कात्यायनसूत्रानुसारिणी

# श्राद्धपद्धतिः



संस्कर्ता

जनार्दनशास्त्री पाण्डेयः

मोतीलाल बनारसीदास

दिल्ली, मुम्बई, चेन्नई, कोलकाता, बंगलौर,

वाराणसी, पुणे, पटना

*प्रथम संस्करण: २००९*



ISBN: 978-81-208-3427-9

**मोतीलाल बनारसीदास**

४१ यू०ए० बंगलो रोड, जवाहर नगर, दिल्ली ११० ००७
८ महालक्ष्मी चैम्बर, २२ भुलाभाई देसाई रोड, मुम्बई ४०० ०२६
२३६ नाइंथ मेन III ब्लाक, जयनगर, बंगलौर ५६० ०११
सनाज प्लाजा, १३०२ बाजीराव रोड, पुणे ४११ ००२
२०३ रायपेट्टा हाई रोड, मैलापुर, चेन्नई ६०० ००४
८ केमेक स्ट्रीट, कोलकाता ७०० ०१७
अशोक राजपथ, पटना ८०० ००४
चौक, वाराणसी २२१ ००१

नरेन्द्रप्रकाश जैन, मोतीलाल बनारसीदास, बंगलो रोड, दिल्ली ११० ००७
द्वारा प्रकाशित तथा जैनेन्द्रप्रकाश जैन, श्री जैनेन्द्र प्रेस,
ए-४५ नारायणा, फेज-१, नई दिल्ली ११० ०२८ द्वारा मुद्रित

## प्रस्तावना

मनुष्य की मनुष्यता यही है कि वह ज्ञान और धर्म के साथ अपने प्रति उपकार करने वाले का कृतज्ञ रहे और उस उपकार का बदला चुकावे। जब तक उपकार का बदला नहीं चुकाता तब तक वह उसका ऋणी रहता है। इसीलिये भारतीय शास्त्रकारों ने प्रत्येक मनुष्य को तीन ऋणों से अवश्य मुक्त होने का निर्देश दिया है। ये ऋण हैं—१. देवऋण, २. ऋषिऋण और ३. पितृऋण।

**देवऋण**—इस विशाल ब्रह्माण्ड में जगन्नियन्ता परमेश्वर की अनन्त शक्तियाँ निरन्तर क्रियाशील रहती हैं, जिन्हें हम देवता कहते हैं। ये हमें हर प्रकार से सुख और शान्ति प्रदान करती हैं। अतः इनके हम पर बहुत ऋण हैं। इष्ट और कर्मों द्वारा हम इन ऋणों से मुक्त होते हैं, जैसा कि भगवान् श्रीकृष्ण ने गीता में कहा है—

देवान् भावयतानेन ते देवा भावयन्तु वः।
परस्परं भावयन्तः श्रेयः परमवाप्स्यथ॥

**ऋषिऋण**—सृष्टि के प्रारम्भ से ही अपने तप और त्याग के बल से ईश्वरीय ज्ञान प्राप्त कर मानवजाति को मानवता सिखाने वाले ऋषि कहलाते हैं। समस्त जगत् के गुण, कर्म और स्वभाव के अनुसार इन्होंने भिन्न-भिन्न जातियों में ज्ञान का प्रसार किया है, इसलिये इनका भी हम पर ऋण है, इन ऋषियों द्वारा उपदिष्ट शास्त्रों का स्वाध्याय और तदनुकूल आचरण करके हम ऋषि-ऋण से मुक्त होते हैं।

**पितृऋण** इसी प्रकार मानव सृष्टि के प्रारम्भिक पूर्वज तथा हमें जन्म देने वाले मातापिता आदि वंशजों का जो हम पर ऋण है उसे पितृऋण कहते हैं। जिस प्रकार उन्होंने स्वयं कष्ट सहकर हमारा भरण पोषण किया है उसी प्रकार हमारा भी कर्तव्य होता है कि हम उनके जीवित रहते उनकी आज्ञा का पालन करें और उनकी मृत्यु के पश्चात् शास्त्रोक्त विधि से श्रद्धापूर्वक उनका क्रिया-कर्म, श्राद्धादि द्वारा उन्हें तृप्त करें, तभी हम पितृऋण से मुक्त होते हैं।

## श्राद्ध

श्राद्ध शब्द ही श्रद्धा को द्योतित करता है अर्थात् हम अपने मृत पितरों की

तृप्ति के लिये श्रद्धापूर्वक जो सत्कर्म करते हैं वही श्राद्ध है। केवल आर्य जाति ही नहीं, संसार की कोई भी जाति या सम्प्रदाय ऐसा नहीं जो अपने धर्मग्रन्थों या परम्पराओं के अनुसार किसी न किसी रूप में मृत पितरों के प्रति श्रद्धा न व्यक्त करता हो। उसका प्रकार, स्वरूप या विधि भिन्न-भिन्न हो सकती है। यहाँ हम केवल वैदिक श्राद्धपद्धति पर ही विचार करेंगे।

श्राद्ध केवल मृत पितरों का ही होता है। पितर दो प्रकार के होते हैं—१. दिव्यपितर और २. मानुषपितर।

**दिव्यपितर**—मानव जाति के आरम्भिक पूर्वज, जो पितृलोक में रहते हैं, दिव्यपितर कहे जाते हैं। पितृलोक की स्थिति भूलोक और अन्तरिक्ष के बाद मानी गई है और उसका शासक यम कहा जाता है। इन पितरों की पृथक् श्रेणियाँ होती हैं, जैसे—अग्निष्वात्त, कव्यवाडनल, बर्हिषद, सोमपा, नान्दीमुख, सुकालि आदि आदि। स्मृतियों और पुराणों में ऐसे भी कर्म गिनाये गये हैं जिन्हें करने वाला मृत्यु के पश्चात् वैकुण्ठ, गोलोक, शिवलोक आदि की तरह ही पितृलोक जाता है और वहाँ इन पितरों की श्रेणी में सम्मिलित हो जाता है। इसीलिये पहिले दिव्य पितरों का तर्पण किया जाता है, तब अपने पितरों का।

**मानुषपितर**—हमारे वे सभी वंशज जो हमसे श्राद्ध की अपेक्षा रखते हैं मानुषपितर कहे जाते हैं। पितर शब्द से यह पितृ-पितामह आदि पूर्वज ही नहीं अपितु वे सभी मृत व्यक्ति ले लिये जाते हैं जिनका हमसे सम्बन्ध रहा है। भले ही हमसे अवस्था या रिस्ते में छोटे हों—स्त्री, पुत्र, भाई बहिन आदि। क्योंकि मरने के बाद सपिण्डीकरण के समय उनके पिण्ड का संयोजन पूर्वजों के साथ कर दिया जाता है अतः वे सभी पितर कोटि में गिने जाते हैं, इसलिये 'ताताम्बात्रितयम्' (देखिये तर्पणविधि पृष्ठ ३ की टिप्पणी) पद्य में जितने लोग गिनाये गये हैं वे सभी पितर कहे जाते हैं और तर्पण, पार्वण एवं तीर्थश्राद्ध के अधिकारी होते हैं।

### श्राद्ध में दिया हुआ अन्नादि मृत पितरों को प्राप्त होता है

श्राद्धकर्ता द्वारा दिया हुआ अन्नादि मृत पितरों को कैसे प्राप्त होता है? इस विषय को लेकर अनेकों बार शास्त्रार्थ और तर्क-वितर्क हो चुके हैं। यदि हम शब्द को प्रमाण मानते हैं, जोकि व्यवहारतः सिद्ध होने से हमारे लिये अनिवार्य है, तो हमें शास्त्रवचनों पर विश्वास करना ही पड़ता है। स्मृतियों और पुराणों के अनुसार वसु, रुद्र और आदित्य श्राद्ध के प्रधान देवता हैं, ये अत्यन्त शक्तिशाली हैं तथा इनकी पहुँच सर्वत्र अप्रतिहत गति से है। ये तीन देवता पिण्ड-

भाक् पितरों (पिता, पितामह, प्रपितामह आदि) के प्रतिनिधि माने जाते हैं अतः मृत पितर जहाँ जिस लोक या जिस योनि में गया हो ये देवता श्राद्धकर्ता द्वारा दिये अन्नादि को रूपान्तर से उस तक पहुंचा देते हैं। यदि वह देवलोक में गया है तो अमृत के रूप में, मनुष्ट योनि में उत्पन्न हुआ हो तो स्वादिष्ट अन्नादि के रूप में, यदि पशु-पक्षी आदि योनियों में गया हो तो तत्तद् योनि के आहार रूप में उसे प्राप्त होता है। इसीलिये पिता की श्रेणी के पितरों के साथ श्राद्ध के संकल्पों में नाम गोत्र के बाद 'वसुस्वरूप', पितामह श्रेणी के पितरों के साथ 'रुद्रस्वरूप' और प्रपितामह श्रेणी के पितरों के साथ 'आदित्यस्वरूप' यह जोड़ा जाता है[1]।

## श्राद्धों के प्रकार

श्राद्ध मूलतः तीन प्रकार के होते हैं—नित्य, नैमित्तिक और काम्य।

**नित्यश्राद्ध**—जिन्हें किसी नियत तिथि पर अवश्य करना होता है नित्य-श्राद्ध कहलाते हैं। जैसे—मातापिता आदि की मृत्युतिथि पर किया जाने वाला एकोद्दिष्ट श्राद्ध, अष्टका, अन्वष्टका, महालयपक्ष आदि में किये जाने वाले पार्वण श्राद्ध आदि।

**नैमित्तिकश्राद्ध**—जो किसी निमित्त विशेष पर किये जाते हैं वे नैमित्तिक श्राद्ध कहलाते हैं, जैसे—पुत्रोत्पत्ति आदि पर किये जाने वाले वृद्धिश्राद्ध, किसी माङ्गलिक उत्सव या यज्ञादि में किये गये आभ्युदयिक श्राद्ध, ग्रहण, गजच्छाया-योग, संक्रान्ति, वैधृति आदि निमित्तों पर के श्राद्ध।

**काम्यश्राद्ध**—जो किसी कामना विशेष से किये जाते हैं वे काम्यश्राद्ध कहलाते हैं। जैसे—पुत्रप्राप्ति के लिये रोहिणी श्राद्ध, स्वर्गादि फल के लिये अनेक श्राद्ध आदि।

ये श्राद्ध पुनः दो प्रकार के होते हैं—एकोद्दिष्ट और पार्वण।

**एकोद्दिष्ट**—माता और पिता आदि की जिस मास की जिस तिथि को मृत्यु हुई हो प्रतिवर्ष उस तिथि को किया जानेवाला श्राद्ध एकोद्दिष्ट श्राद्ध कहा जाता

१. यहाँ ये वचन स्मरणीय हैं—

'श्रद्धया परया दत्तं पितॄणां नामगोत्रतः।
यदाहारास्तु ते जातास्तदाहारत्वमेति तत्' ॥ (मार्कण्डेय पुराण)

'एते देवा वस्वादयः प्रीताः प्रीणयन्ति यत्रतत्रस्थान् मनुष्याणां पितॄन् श्राद्धात्तरसानुप्रदानेनेत्यर्थः। सर्वप्राणिगतत्वाच्चैषां सर्वावस्थितपितृतर्पणसामर्थ्यमविरुद्धम्'।

(याज्ञवल्क्यस्मृति १.२६५ की टीका में विश्वरूप)

है। इस श्राद्ध को करना अनिवार्य होता है क्योंकि जब तक एकोद्दिष्ट न हुआ हो तब तक व्यक्ति पार्वण या वृद्धिश्राद्धादि नहीं कर सकता। यदि जननाशौच या मृताशौच के कारण उस तिथि को श्राद्ध न हुआ तो आशौच निवृत्त होने पर अवश्य करना होता है। अथवा रोग, प्रवास, बन्धन आदि अन्य किसी अनिवार्य कारण से न कर सकें तो उसी मास की अमावास्या को अथवा अगले मास की उसी तिथि को करने का विधान है।

कुछ लोग सोचते हैं कि प्रतिवर्ष महालयापरपक्ष में किये गये पार्वण श्राद्ध में सभी को पिण्ड दिया हो जाता है, तब एकोदिष्ट अलग क्यों करें? यह उचित नहीं है, व्यासस्मृति में इसका स्पष्ट निषेध है—

एकोद्दिष्टं परित्यज्य पार्वणं कुरुते यदि।
अकृतं तद् विजानीयात् स भवेत्पितृघातकः ॥

अर्थात् बिना एकोद्दिष्ट श्राद्ध किये यदि पार्वण श्राद्ध करता है तो वह न किया जैसा ही है (उसका कोई फल नहीं होता) और वह व्यक्ति पितृघाती कहलाता है। पितृघाती इसलिये कहलाता है कि माता-पिता का श्राद्ध करने के बाद ही तो व्यक्ति को अन्य पितरों के श्राद्ध का अधिकार होता है, उनके जीवित रहते नहीं। जब उन्हीं का श्राद्ध न हुआ तो अन्य पितर उसका दिया कैसे ग्रहण करेंगे।

**पार्वणश्राद्ध**—पार्वण शब्द से ही प्रतीत होता है कि इन श्राद्धों का सम्बन्ध पर्वों से है। इस विषय में रघुनाथ और शिवभट्टसुत गोविन्द ने षण्णवतिश्राद्ध नामक ग्रन्थ में ९६ पर्वों को गिनाया है जिनमें पार्वण श्राद्ध करना चाहिये। प्रतिवर्ष वे पर्व ये हैं—

| | |
|---|---|
| युगारम्भ की तिथियाँ | ४ |
| मन्वन्तरारम्भ की तिथियाँ | १४ |
| अष्टकायें | ४ |
| अन्वष्टकायें | ४ |
| अमावास्यायें | १२ |
| संक्रान्तियाँ | १२ |
| वैधृतियोग | १३ |
| महालयापरपक्ष | १६ |
| व्यतीपात योग | १३ |
| हेमन्त-शिशिर ऋतुओं की सप्तमियाँ | ४ |
| | ९६ |

इन सभी तिथियों आदि के संकेत प्रायः पञ्चाङ्गों में दिये रहते हैं। इनके अतिरिक्त भी चन्द्रसूर्य ग्रहण, गजच्छाया योग आदि ऐसे पर्व आते हैं जो कभी-कभी पड़ते हैं उनमें भी पार्वण श्राद्ध होता है। पार्वण की विशेषता यह होती है कि इनमें एक तो तीनों पक्ष—पितृपक्ष, मातृपक्ष और मातामहपक्ष—लिये जाते हैं, तीर्थश्राद्धादि में तो सभो मृतसम्बन्धियों का भो ग्रहण होता है। दूसरे पार्वण श्राद्ध में विश्वेदेवाओं का भी पूजन होता है जो सभी मृतपितरों के प्रतिनिधि माने जाते हैं। ये विश्वेदेवा प्रत्येक पार्वण में भिन्न-भिन्न होते हैं। जैसे—महालया श्राद्ध में पुरुरवोमार्द्रव तोर्थ में धूरिलोचन आदि।

**एकाहपार्वण**—यदि किसी व्यक्ति की मृत्यु ऐसी तिथि में होती है जिसमें पार्वण श्राद्ध होता है, जैसे अमावास्या, पितृपक्ष आदि,तो उसका एकोद्दिष्टक्षयाह श्राद्ध की जगह पार्वणश्राद्ध ही किया जाता है। इसे एकाहपार्वण कहते हैं। परन्तु इसमें ३ ही पिण्ड होते हैं (पितृ-पितामह-प्रपितामह अथवा मातृ-पितामही-प्रपितामही) मातामह आदि के पिण्ड नहीं होते। विश्वेदेवा पूजन होता है।

**अन्वष्टका (नवदैवत्य) श्राद्ध**—यों तो अष्टका-अन्वष्टका वर्ष में ४-४ होती हैं परन्तु आश्विन कृष्ण (महालयापरपक्ष) की अष्टमी और नवमी को ही पर्वतीयों में इनका प्रचलन है। विशेषतः अन्वष्टका श्राद्ध सभी लोग अवश्य करते है क्योंकि मातृश्राद्ध इसी दिन किया जाता है। पिता आदि की मृत्यु जिस तिथि को हुई हो पितृपक्ष में उसी तिथि को उनका पार्वण श्राद्ध करते हैं परन्तु माता की मृत्यु चाहे किसी तिथि को हुई हो उसका श्राद्ध अन्वष्टका (नवमी) तिथि को ही करते हैं। इसीलिये इसे मातृनवमी कहा जाता है। इसका कारण यह है कि अन्वष्टका याग में जिनका आवाहन किया जाता है वे सब स्त्री देवता होते हैं अतः स्त्रियों का श्राद्ध नवमी को ही होता है। पुराणसमुच्चय का कथन है—

सर्वेषामेव मातॄणां श्राद्धं कन्यागते रवौ।
नवम्यामेव कर्तव्यं ब्रह्मलब्धवरा यतः॥

इसमें ९ पिण्ड होते हैं इसलिये इसे नवदैवत्य भी कहते हैं।

**प्रथमवार्षिक श्राद्ध**—पिता आदि की मृत्यु के बाद एक वर्ष तक कई प्रकार के नियमों का पालन करना पड़ता है, इसलिये इस व्रत की समाप्ति पर पितरों की मुक्ति कामना से गोदान, शय्यादान आदि का विधान है। अच्छिद्र द्वारा व्रत समाप्त कर एकोद्दिष्ट विधान से श्राद्ध होता है। इसके बाद प्रतिवर्ष उसी तिथि को केवल एकोद्दिष्ट क्षयाह श्राद्ध किया जाता है।

**मासिक श्राद्ध**—माता-पिता आदि की जिस तिथि को मृत्यु होती है एक वर्ष तक प्रत्येक मास की उस तिथि को किया जाने वाला श्राद्ध मासिक श्राद्ध कहलाता है। इस श्राद्ध में कहीं-कहीं पिण्डदान की प्रथा है किन्तु पर्वतीयों में पिण्ड बनाने का प्रचलन नहीं है। क्योंकि पूर्वकाल में एकवर्ष के बाद मृतक का सपिण्डन होता था, कलियुग में मानव के क्षीणायुष्य को देखकर स्मृतिकारों ने 'द्वादशाहे सपिण्डनम्' यह नियम कर दिया अतः इसमें पिण्डदान नहीं करते केवल पत्रावली परिवेषण और विकिरदान तक ही करते हैं। त्रैपाक्षिक ऊनषाण्मासिक, ऊनाब्दिक आदि मिलाकर ये १६ श्राद्ध होते हैं।

**तीर्थ श्राद्ध**—हमने यहाँ तीर्थ श्राद्ध की सामान्य विधि दी है। जिससे यदि कोई प्रसङ्गवशात् किसी तीर्थ में पहुँच जाय तो वहाँ तीर्थ श्राद्ध कर सके। वास्तव में प्रत्येक तीर्थ के भिन्न-भिन्न देवता होते हैं अतः प्रत्येक तीर्थ श्राद्ध की विधियाँ भी भिन्न-भिन्न होती हैं। जिन्हें उन-उन तीर्थों के तीर्थ पुरोहित ही जानते हैं। अतः तीर्थ यात्रा के उद्देश्य से जिस तीर्थ में जायँ वहाँ के तीर्थ पुरोहित से ही श्राद्ध करवाना चाहिये। प्रत्येक तीर्थपुरोहित उस तीर्थ का प्रतिनिधि रूप होता है, इसीलिये शास्त्रों का आदेश है कि तीर्थ में ब्राह्मण के गुण-दोष की परीक्षा नहीं की जाती। प्रत्येक तीर्थ का अपना अपना अलग महत्त्व होता है। वहाँ किस प्रकार से श्राद्ध होगा, किस वस्तु से पिण्ड बनेंगे आदि वहाँ के तीर्थ पुरोहित ही बता सकते हैं। प्रत्येक तीर्थ की अपनी परम्परायें और अपनी पद्धतियाँ होती हैं जो उन तीर्थों के माहात्म्य में स्पष्ट होती हैं। श्राद्ध में सबसे अधिक महत्त्व श्रद्धा का है, अतः तीर्थ के प्रतिनिधि रूप पुरोहित पर श्रद्धा आवश्यक है।

**आभ्युदयिक श्राद्ध**—इसे वृद्धि श्राद्ध या नान्दीमुख श्राद्ध भी कहते हैं। यह प्रत्येक मांगलिक कृत्य में किया जाता है और इसकी विधि सभी कर्मकाण्ड आदि के ग्रन्थों में रहती है। इसमें पितरों को 'नान्दीमुखाः' इस विशेषण से अभिहित किया जाता है तथा सत्यवसुनामक विश्वेदेवाओं का पूजन होता है।

**आत्मश्राद्ध या जीवच्छ्राद्ध**—यदि कोई व्यक्ति यह समझता है कि मेरे मरने के बाद मेरा क्रिया कर्म और श्राद्ध करने वाला कोई नहीं है तो वह जीवित अवस्था में ही अपना श्राद्ध कर लेता है। इसकी विधि बौधायन गृह्यसूत्र, लिङ्गपुराण, हेमाद्रि आदि में बताई गयी है। यह बहुशः प्रचलित नहीं है क्योंकि इसमें पुत्तलदाह (अपना प्रतिरूप कुश का पुतला बनाकर उसका दाह) करके पूरी दशगात्रक्रिया आदि करनी होती है और एकादशाह कृत्य भी पूरा करना पड़ता है, इसे लोकव्यवहार में शुभ नहीं समझा जाता इसलिये इसका प्रचलन प्रायः नहीं है।

## श्राद्ध के लिये आवश्यक उपकरण

**कुशब्राह्मण**—यद्यपि प्रत्यक्ष ब्राह्मण के अभाव में कुश का ब्राह्मण बनाकर स्वयं प्रैषानुप्रैष (प्रश्नोत्तर) करें, ऐसा स्मृतिकारों का निर्देश है। परन्तु कूर्माचलीय परम्परा में प्रत्यक्ष ब्राह्मण साक्षी रूप में अवश्य रहता है और सास कार्य कुशब्राह्मणों के निमित्त ही किया जाता है।

यह ब्राह्मण ३।३ (पत्ते) वाली ३ कुशा का होता है। अर्थात् ९ दलों को एक में करके उसकी शिखा में ब्रह्मग्रन्थि दे देते हैं।

**पवित्र**—'प्रादेशमात्रं द्विदलं पवित्रम्' यह प्रसिद्ध है। २ दल (पत्ते) का प्रादेश (अंगूठे की नोक से तर्जनी की नोक तक) के बराबर एक पवित्र होता है इसमें भी ब्रह्मग्रन्थि दी जाती है।

**मोटक (मोड़ा)**—तीन दल वाली कुशा को मोड़कर दोहरा कर लेते हैं और उसको जड़ में गाँठ दे देते हैं, मोड़ा हुआ होने से इसे मोटक कहते हैं। यह प्रत्येक संकल्प में पितरों के लिये ही काम आता है विश्वेदेवाओं के लिये सादे कुश से संकल्पादि होता है

**हस्तार्घ-पादार्घ**—पलाश आदि के पत्ते को पीछे की ओर मोड़कर दोहरा करके अर्घाकार बना लेते हैं।

**पत्रावली**—(पत्तल जिनमें पितरों के लिये अन्न परोसा जाता है। ये भी दोहरे पत्तों से बनती है।

**सादे कुश** और पिण्डास्तरण के लिये **कटे फटे कुश**। उपर्युक्त सामग्री की प्रत्येक श्राद्ध में जो संख्या आवश्यक है वह इस प्रकार है—

| श्राद्ध— | एकोद्दिष्ट में | एकाहपार्वण में | पार्वण में | नवदैवत्य में |
|---|---|---|---|---|
| कुशब्राह्मण | १ | २ | ३ | ४ |
| पवित्र | ४ | ६ | १३ | १८ |
| हस्तार्घ | १ | २ | ८ | १२ |
| पादार्घ | १ | २ | ३ | ४ |
| पत्रावली | १ | २ | ३ | ४ |
| मोटक | २५ | ४० | ६० | ९० |
| अग्नीकरण के दोने | | | २ | २ |
| विकिर का दोना | १ | १ | १ | १ |
| पिण्डों की संख्या | १ | ३ | ६ | ९ |

पार्वण और नवदैवत्य में अन्य मृत पितरों का भी श्राद्ध करना हो तो उसके अनुसार पिण्डों की संख्या बढ़ जाती है। इसी आधार पर अवनेजन, प्रत्यवनेजन, स्वधावाचन आदि में मोटकों की संख्या भी अधिक होती है।

## प्रस्तुत संस्करण

प्राचीन काल में परम्परा थी कि और कोई पुस्तक हो या न हो दशकर्म-पद्धति, श्राद्धपद्धति, रुद्री और दुर्गासप्तशती की पुस्तक प्रत्येक ब्राह्मण के घरपर होती थीं, क्योंकि इनकी बराबर आवश्यकता पड़ती थी। श्राद्ध आदि कैसे किया जाता है यह भी प्रत्येक ब्राह्मण बालक घर पर स्वयं ही सीख जाता था। पाश्चात्य शिक्षा तथा सरकारों की धर्म निरपेक्षता का ऐसा असर पड़ा कि आज यदि कोई व्यक्ति श्रद्धापूर्वक पितरों का श्राद्ध या अन्य कोई कर्मकाण्ड करना भी चाहे तो विधिपूर्वक कराने वाले नहीं मिलते। मैंने कई बार देखा कि लोग पुस्तक सामने रखकर स्वयं श्राद्धादि करते हैं किन्तु संस्कृत का पूर्ण ज्ञान न होने से कहाँ क्या करना है इसमें गड़बड़ा जाते हैं। अतः मैंने इसमें विधिवाक्यों (किस मन्त्र से क्या करना है, ऐसे वचनों) का हिन्दी में अनुवाद कर दिया है।

इस पुस्तक का मूल आधार कूर्माचल में परम्परा से प्रचलित हस्तलिखित पुस्तकें ही हैं। यह परम्परा कात्यायन सूत्र के अनुसार प्रचलित है। मैं इसमें श्राद्ध के विषय में बहुत सामग्री देना चाहता था परन्तु कागज और छपाई इतनी मंहगी हो गई है कि ग्रन्थ का आकार बढ़ जाने पर सामान्य व्यक्ति उसका उपयोग नहीं कर पायेंगे अतः केवल अधिक व्यवहार में आने वाले श्राद्धों की ही पद्धति मात्र देकर सन्तोष करना पड़ा है।

इसके प्रकाशन के लिये मैं पाण्डेय पब्लिशिंग हाउस के अधिष्ठाता श्री विनोद पाण्डेय जी का आभारी हूँ। आशा करता हूँ कि प्राचीन परम्पराओं के निर्वाह में आवश्यक पद्धतियों के प्रकाशन से वे धार्मिक जनता को लाभान्वित करेंगे।

मैंने यथासम्भव इसके शुद्ध सम्पादन का प्रयत्न किया है फिर भी मेरी अस्वस्थता एवं अनवधानतावश कोई अशुद्धियाँ रह गई हों या कहीं कोई सन्दिग्ध विषय हो तो प्रार्थना है उसके लिये मुझे सूचित करें।

२२।३९ पञ्चगङ्गा
वाराणसी—१
रामनवमी, सं० २०५२

विद्वदनुचर
**जनार्दनशास्त्री पाण्डेय**

# विषयसूची

श्रीगणेशाय नमः।

## अथ तर्पणविधिः

**यं ब्रह्म वेदान्तविदो वदन्ति, परे प्रधानं पुरुषं तथान्ये।**
**विश्वोद्गतेः कारणमीश्वरं वा तस्मै नमो विघ्नविनाशनाय॥**

**अभीप्सितार्थसिद्ध्यर्थं पूजितो यः सुरैरपि।**
**सर्वविघ्नच्छिदे तस्मै गणाधिपतये नमः॥**

इति गणेशं नत्वा सङ्कल्पं कुर्यात्। कुशयवजलान्यादाय ॐ विष्णुः ३ नमः परमात्मने श्रीपुराणपुरुषोत्तमाय अत्र पृथिव्यां विष्णुप्रजापतिक्षेत्रे जम्बूद्वीपे भरतखण्डे आर्यावर्तान्तर्गतेऽमुक पुण्यक्षेत्रे ब्रह्मणो द्वितीयपरार्धे श्रीश्वेतवाराहकल्पे वैवस्वतमन्वन्तरे अष्टाविंशतितमकलियुगस्य प्रथमचरणे षष्टयब्दानां मध्ये अमुक नाम संवत्सरे अमुकमासे अमुकपक्षे अमुकवासरान्वितायाम् अमुकतिथौ अमुकगोत्रोत्पन्नो अमुक नामाऽहं ममोपात्तदुरितक्षयाय देवर्षिमनुष्यपितॄणां स्वपितॄणाञ्चाक्षयतृप्तिकामनया तर्पणमहं करिष्ये। इति संकल्प्य कुशेन जलमालोडयेत्। (जल में कुशा घुमावें)।

**ॐ विश्वेदेवासऽआगत शृणुता मऽइमं हवम्। एदं व्वर्हिर्निषीदत॥ १॥**
**ॐ विश्वेदेवाः शृणुतेमं हवम्मे येऽअन्तरिक्षे य उपद्यविष्ठ।**
**येऽअग्निजिह्वा ऽउत वा यजत्रा आसद्यास्मिन्वर्हिषि मादयध्वम्॥**

इत्यभिलोड्य। (नदी में अथवा जिस पात्र में तर्पण करना हो उसमें जौ डालें)

**ॐ भूर्भुवः स्वः ब्रह्मादयो देवा इहागच्छन्तु। इहतिष्ठन्तु। गृह्णन्त्वेताञ्जलाञ्जलीन्।** इत्यावाह्य प्राङ्मुखो देवतीर्थेन कुशोपग्रहहस्तः यवमिश्रितजलेन तर्पणं कुर्यात्॥ (पूर्व की ओर मुंह करके कुश और जौ मिले हुए जल से देवतीर्थ (हथेली में चारों अंगुलियाँ जहां से निकलती हैं) से एक एक अंजलि देकर तर्पण करें।)

[1]ॐ ब्रह्मा तृप्यताम्। ॐ विष्णुस्तृप्यताम्। ॐ रुद्रस्तृप्यताम्। ॐ प्रजा-

१. यहां पर किन्हीं पर्वतीय हस्तलिखित प्रतियों में 'गणपतिस्तृप्यताम्' से प्रारम्भ किया है जो उचित नहीं है क्योंकि आवाहन में 'ब्रह्मादयो देवाः' कहा है अतः सर्वप्रथम ब्रह्मा का ही तर्पण होना चाहिये।

पतिस्तृप्यताम्। ॐ देवास्तृप्यन्ताम्। ॐ छन्दांसि तृप्यन्ताम्। ॐ वेदास्तृप्यन्ताम्। ॐ ऋषयस्तृप्यन्ताम्। ॐ पुराणाचार्यास्तृप्यन्ताम्। ॐ गन्धर्वास्तृप्यन्ताम्। ॐ इतराचार्यास्तृप्यन्ताम्। ॐ सँव्वत्सररसः सावयवास्तृप्यन्ताम्। ॐ देव्यस्तृप्यन्ताम्। ॐ अप्सरसस्तृप्यन्ताम्। ॐ देवानुगास्तृप्यन्ताम्। ॐ नागास्तृप्यन्ताम्। ॐ सागरास्तृप्यन्ताम्। ॐ पर्वतास्तृप्यन्ताम्। ॐ सरितस्तृप्यन्ताम्। ॐ मनुष्यास्तृप्यन्ताम्। ॐ यक्षास्तृप्यन्ताम्। ॐ रक्षांसि तृप्यन्ताम्। ॐ पिशाचास्तृप्यन्ताम्। ॐ सुपर्णास्तृप्यन्ताम्। ॐ भूतानि तृप्यन्ताम्। ॐ पशवस्तृप्यन्ताम्। ॐ वनस्पतयस्तृप्यन्ताम्। ॐ ओषधयस्तृप्यन्ताम्। ॐ भूतग्रामश्चतुर्विधस्तृप्यताम्। इत्येकैकमञ्जलिं क्षिपेत्।* ततो निवीती भूत्वा उत्तराभिमुखः प्रजापतितीर्थेन अक्षतजलैस्तर्पयेत्॥ (निवीती होकर (जनेऊ माला की तरह गले में लटका कर) उत्तर की ओर मुंह करके अक्षतों से आवाहन करें फिर कुश और अक्षत मिले जल से मनुष्य तीर्थ (अनामिका और कनिष्ठिका के मूल भाग से) प्रत्येक को दो-दो अंजलि देकर तर्पण करें)।

**ॐ भूर्भुवः स्वः सनकादिसप्तमनुष्या इहागच्छन्त्विहतिष्ठन्तु गृह्णन्त्वेताञ्जलाञ्जलीन् इत्यावाह्य।** मन्त्रावृत्वा द्वौ द्वौ अञ्जली दद्यात्।

ॐ सनकस्तृप्यताम् २। ॐ सनन्दनस्तृप्यताम् २। ॐ सनातनस्तृप्यताम् २। ॐ कपिलस्तृप्यताम् २। ॐ आसुरिस्तृप्यताम् २। ॐ वोढुस्तृप्यताम् २। ॐ पञ्चशिखस्तृप्यताम् २।

ततः प्राचीनावीती (**अपसव्यं विधाय**) दक्षिणाभिमुखो भूत्वा कुशमोटकहस्तः पितृतीर्थेन सतिलः पितॄँस्तर्प्पयेत्। मन्त्रावृत्या त्रींस्त्रीनञ्जलीन् दद्यात्। पात्रे दक्षिणाग्रान्कुशानास्तीर्य पितॄनावाहयेत्। (तिलों से पितरों का आवाहन करें)

*. कूर्माचलीय पद्धतियों में देव तर्पण के बाद ऋषियों के तर्पण की परम्परा नहीं है, जबकि अन्य पद्धतियों में हैं, होनी भी चाहिये क्योंकि संकल्प में 'देव-ऋषि-मनुष्यपितृणां स्वपितृणां च' कहा है तो देवताओं के बाद ऋषियों का तर्पण करके तब मनुष्यों (सनकादि) का तर्पण होना चाहिये। ऋषियों का तर्पण भी देवताओं की तरह जौ से आवाहन और जौ कुश मिले जल से देवतीर्थ से ही एक एक अंजलि देकर किया जाता है जो इस प्रकार है—

भूर्भुवः स्वः मरीच्यादि ऋषय इहागच्छन्तु इह तिष्ठन्तु गृह्णन्त्वेतान् जलाञ्जलीन् ॐ मरीचिस्तृप्यताम्। ॐ अत्रिस्तृप्यताम्। ॐ अङ्गिरा तृप्यताम्। ॐ पुलहस्तृप्यताम्। ॐ क्रतुस्तृप्यताम्। ॐ प्रचेतास्तृप्यताम्। ॐ भृगुस्तृप्यताम्। ॐ नारदस्तृप्यताम्॥

## तर्पणविधिः

(अपसव्य (जनेऊ दांयें कन्धे के ऊपर बांयें हाथ से नीचे) होकर दक्षिण की ओर मुख कर के तिल और कुशमोटक (दोहरा मोड़ा हुआ कुश) से पितृतीर्थं से (अंगुष्ठ और तर्जनी के बीच से) प्रत्येक को तीन-तीन अंजलि दे।)

**ॐ उशन्तस्त्वा निधीमह्युशन्तः समिधीमहि उशन्नुशतऽआवह पितॄन्हविषे अत्तवे। ॐ भूर्भुवः स्वः कव्यवाडनलादयो दिव्यपितर इहागच्छन्तु, इहतिष्ठन्तु गृह्णन्त्वेताञ्जलाञ्जलीन्। इत्यावाह्य।**

ॐ कव्यवाडनलस्तृप्यताम् ३। ॐ सोमस्तृप्यताम् ३। ॐ यमस्तृप्यताम् ३। ॐ अर्यमा तृप्यताम् ३। ॐ अग्निष्वात्ताः पितरस्तृप्यन्ताम् ३। ॐ सोमपा पितरस्तृप्यन्ताम् ३। ॐ बर्हिषदः पितरस्तृप्यन्ताम् ३। (तिलों से १४ यमों का आवाहन करे और पितृतीर्थ से ही प्रत्येक को कुशमोटक और तिलमिश्रित ३/३ अंजलि दे।)

**ॐ भूर्भुवः स्वः चतुर्दशयमा इहागच्छन्त्विह तिष्ठन्तु गृह्णन्त्वेताञ्जलाञ्जलीन्।** इत्यावाह्य।

ॐ यमाय नमः ३। ॐ धर्मराजाय नमः ३। ॐ मृत्यवे नमः ३। ॐ अन्तकाय नमः ३। ॐ वैवस्वताय नमः ३। ॐ कालाय नमः ३। ॐ सर्वभूतक्षयाय नमः ३। ॐ औदुम्बराय नमः ३। ॐ दध्नाय नमः ३। ॐ नीलाय नमः ३। ॐ परमेष्ठिने नमः। ॐ वकोदराय नमः ३। ॐ चित्राय नमः ३। ॐचित्रगुप्ताय नमः ३। ततः प्रसेकः (इसके बाद इन मन्त्रों को पढ़े और फिर अपने पितरों का तर्पण करने के लिये तिलों से आवाहन करें।)

ॐ उदीरतामवरऽउत्परासऽउन्मद्ध्यमाः पितरः सोम्यासः।
असुंय्यऽईयुरवृकाऽऋतज्ञास्ते नोऽवन्तु पितरो हवेषु॥ ३॥

ॐ अङ्गिरसो नः पितरो नवग्ग्वाऽअथर्व्वाणो भृगवः सोम्यासः।
तेषां व्वयं सुमतौ यज्ञियानामपि भद्रे सौमनसेऽस्याम॥ ४॥

ॐ आयन्तु नः पितरः सोम्यासोऽग्निष्वात्ताः पथिभिर्देवयानैः।
अस्मिन्यज्ञे स्वधया मदन्तोऽधि ब्रुवन्तु तेऽवन्त्वस्मान्॥ ५॥

ॐ ऊर्ज्जं वहन्तीरमृतङ्घृतम्पयः कीलालम्परिस्रुतम्।
स्वधास्थ तर्प्पयत मे पितॄन्॥ ६॥

ॐ पितृभ्यः स्वधायिभ्यः स्वधा नमः पितामहेभ्यः स्वधा-
यिभ्यः स्वधा नमः प्रपितामहेभ्यः स्वधायिभ्यः स्वधा नमः।
अक्षन्पितरोऽमीमदन्त पितरोऽतीतृपन्त पितरः शुन्धध्वम्॥ ७॥

ॐ ये चेह पितरो ये च नेह याँश्च व्विद्म याँ २ ॥ उच न प्प्रविद्म ।
त्वं वेत्थ यति ते जातवेदः स्वधाभिर्य्यज्ञं सुकृतञ्जुषस्व ॥ ८ ॥

ॐ मधुव्वाताऽऋतायते मधु क्षरन्ति सिन्धवः माध्वीर्न्नः सन्त्वोषधीः ॥ ९ ॥
मधुनक्तमुतोषसो मधुमत्पार्थिवं रजः मधुद्यौरस्तु नः पिता ॥ १० ॥
मधुमान्नो व्वनस्पतिर्मधुमाँ२॥ऽअस्तु सूर्यः । माध्वीर्गावो भवन्तु नः ॥ ११ ॥
इति पठन् ॐ मधु । मधु । मधु । ॐ तृप्यध्वम् । तृप्यध्वम् । तृप्यध्वम् ।

अथ पित्रादींस्तर्पयेत् । ॐ भूर्भुवः स्वः अस्मत्पितर इहागच्छन्त्विहतिष्ठन्तु गृह्णन्त्वेताञ्जलाञ्जलीन् । (पिता पितामह प्रपितामह, माता, पितामही, प्रपितामही का तर्पण करे, सकल्पपूर्वक गोत्र नाम उच्चारण करके तृप्यताम्, इदं जलं तस्मै स्वधा नमः कहे और तृप्यध्वम् को ३ बार उच्चारण करें। यदि सौतेली माँ हो तो उसका तर्पण भी मां के साथ ही करें।)

ॐ अद्येहेत्यादि देशकालौ संकीर्त्य अमुकगोत्रोऽस्मत्पिता अमुकशर्मा (वर्मा गुप्तो वा) वसुस्वरूपस्तृप्यताम्, तृप्यताम्, तृप्यताम् इदं जलं सतिलं तस्मै स्वधा नमः । तृप्यध्वम्, तृप्यध्वम्, तृप्यध्वम् ॥ ॐ अमुकगोत्रः अस्मत्पितामहोऽमुकशर्मा रुद्रस्वरूपस्तृप्यताम् ३ । इदं जलं सतिलं तस्मै स्वधानमः तृप्यध्वम् ३ । ॐ अमुकगोत्रोऽस्मत्प्रपितामहोऽमुकशर्मा आदित्यस्वरूपस्तृप्यताम् ३ । इदं जलं सतिलं तस्मै स्वधानमः । तृप्यध्वम् ३ ॥ ततो मातृतर्पणम् ॥ ॐ अमुकगोत्राऽस्मन्माता अमुक[1]सुन्दरी देवी वसुस्वरूपा तृप्यताम् ३ । इदं जलं सतिलं तस्यै स्वधानमः तृप्यध्वम् ३ । ॐ अमुकगोत्रास्मत्पितामही अमुकसुन्दरी देवी तृप्यताम् ३ । इदं जलं सतिलं तस्यै स्वधानमः तृप्यध्वम् ३ । ॐ अमुकगोत्रा अस्मत्प्रपितामही अमुकसुन्दरो देवी आदित्यस्वरूपा तृप्यताम् ३ । इदं जलं तस्यै स्वधानमः तृप्यध्वम् ३ । एवं सपत्नमातृतर्पणम् । ततः प्रसेकः ।

ॐ नमो वः पितरो रसाय नमो वः पितरः शोषाय नमो वः पितरो जीवाय नमो वः पितरः स्वधायै नमो वः पितरो घोराय नमो वः पितरो मन्यवे नमो वः पितरः पितरो नमो वो गृहान्नः पितरो दत्त सतो वः पितरो द्वेष्मैतद्वः पितरो व्वासऽआधत्त ॥ आधत्त पितरो गर्ब्भङ्कुमारम्पुष्करस्रजम् । यथेह पुरुषो सत् ॥ (पूर्वोक्त प्रकार से मातामह आदि का तर्पण करें) ।

ॐ अद्येहेत्यादि–अमुक गोत्रोऽस्मन्मातामहः अमुक शर्मा सपत्नीको वसुस्व-

1. पर्वतीय परम्परा में प्रथम विवाहिता पत्नी 'सुन्दरी' और शेष पत्नियाँ 'मञ्जरी' कही जाती हैं। जैसे पिता का नाम देवदत्त है तो प्रथम पत्नी 'देवसुन्दरी' और शेष पत्नियाँ 'देवमञ्जरी' कहलायेंगी।

रूपस्तृप्यताम् ३ । इदं जलं तस्मै स्वधा नमः । तृप्यध्वम् ३ । ॐ अद्येह अमुकगो-त्रोऽस्मत्प्रमातामहः अमुकशर्मा सपत्नीकः रुद्रस्वरूपस्तृप्यताम् ३ । इदं जलं तस्मै-स्वधा नमः । तृप्यध्वम् ३ । ॐ अमुकगोत्रोऽस्मद्वृद्धप्रमातामहोऽमुकशर्मा सप-त्नीक आदित्यस्वरूपस्तृप्यताम् ३ । इदं जलं तस्मै स्वधा नमः । तृप्यध्वम् ३ । एवमन्यानपि मृतान् सपिण्डान् भ्रातृ-पुत्र-पत्नी-भ्रातृजाया गुरुश्वसुर मित्रादींस्त-र्पयेत् ॥* (इसी प्रकार अन्य सपिण्डों आदि का तर्पण करके सामान्य तर्पण करें) ।

ॐ गुरवस्तृप्यन्ताम् ॐ आचार्यास्तृप्यन्ताम् ॐ शिष्यास्तृप्यन्ताम् ॐ बान्ध-वास्तृप्यन्ताम् ॐ ज्ञातयस्तृप्यन्ताम् । इत्येकैलाञ्जलीन् दत्त्वा अवसानाञ्जलीं-न्दद्यात् ।

ॐ आब्रह्मस्तम्बपर्यन्तं देवर्षिपितृमानवाः ।
तृप्यन्तु पितरः सर्वे मातृमातामहादयः ॥ १ ॥

अतीतकुलकोटीनां सप्तद्वीपनिवासिनाम् ।
आब्रह्म भुवनांल्लोकानिदमस्तु तिलोदकम् ॥ २ ॥

आब्रह्मणो ये पितृवंशजाता मातुस्तथा वंशभवा मदीयाः ।
कुलद्वये ये मम संगताश्च तेभ्यः स्वधातोयमिदं ददामि ॥

देवासुरास्तथा नागा यक्षगन्धर्वकिन्नराः ।
पिशाचा गुह्यकाश्चैव कूष्माण्डा तरवस्तथा ॥

जलेचरा भूमिचरा वाय्वाहाराश्च जन्तवः ।
ते सर्वे तृप्तिमायान्तु मद्दत्तेनाम्बुनाऽखिलाः ॥

* तर्पण का क्रम इस प्रकार है—

तातम्बात्रितयं सपत्नजननी मातामहादित्रयं
सस्त्रि, स्त्री तनयादि तातजननीस्वभ्रातरस्तत्स्त्रियः ।
तातम्बात्मभगिन्यपत्यधवयुग् जायापिता सद्गुरुः
शिष्याप्ताः पितरो महालयविधौ तीर्थे तथा तर्पणे ॥

अर्थ—तातम्बत्रितयं=पिता, पितामह, प्रपितामह, माता, पितामही, प्रपिता-मही । सपत्नजननी=सौतेली माँ । मातामहादित्रयं सस्त्रि=मातामह, प्रमातामह, वृद्ध-प्रमातामह सपत्नीक । स्त्रीतनयादि=अपनी स्त्री-पुत्र । तातजननीस्वभ्रातर=पिता के भाई (ताऊ चाचा), माता के भाई (मामा), अपने भाई, तत्स्त्रियः=उनकी स्त्रियां । तातम्बात्मभगिन्यपत्यधवयुक्=पिता की बहनें, माता की बहनें, अपनी बहनें सभर्तृ-का और सापत्या । जायापिता=श्वसुर । सद्गुरुः=अपने गुरु । शिष्याप्ताः=शिष्य और हितैषी (मित्र) इनका महालय में तीर्थ में तथा तर्पण में ग्रहण किया जाता है ।

नरकेषु समस्तेषु यातनासु च संस्थिता।
तेषामाप्यायनायैतद्दीयते सलिलं मया॥
यत्र क्वचन संस्थानां क्षुत्तृषोपहतात्मनाम्।
इदमक्षय्यमेवास्तु मया दत्तं तिलोदकम्।
मातृवंशे मृता ये च पितृवंशे च ये मृताः।
गुरुश्वसुरबन्धूनां ये चान्ये बान्धवा मृताः॥
ये मे कुले लुप्तपिण्डाः पुत्रदारविवर्जिताः।
क्रियालोपगता ये च जात्यन्धाः पङ्गवस्तथा॥
विरूपा आमगर्भाश्च ज्ञाताऽज्ञाताः कुले मम।
तेषामाप्यायनायैतद्दीयते सलिलं मया॥
येऽबान्धवा बान्धवा वा येऽन्यजन्मनि बान्धवाः।
ते सर्वे तृप्तिमायान्तु येऽस्मत्तोयाभिकाङ्क्षिणः।

इति तर्पणं कृत्वा स्नानवस्त्रं निष्पीडयेत्। (यदि नदी में स्नान करके तर्पण कर रहे हों तो स्नान वस्त्र, अन्यथा यज्ञोपवीत जल में भिगोकर इस मन्त्र से गार दें।)

ये चास्माकं कुले जाता अपुत्रा गोत्रिणो मृताः।
ते गृह्णन्तु मया दत्तं वस्त्रनिष्पीडनोदकम्॥

ततः **सव्येना**चम्य प्राणानायम्य पात्रे शुद्धोदकं पूरयित्वा तन्मध्येऽनामिकया षड्दलं कृत्वा गन्धाक्षतश्वेतपुष्पतुलसीदलैः ब्रह्मादीन् पूजयेत्।

(सव्य (जनेऊ बांयें कन्धे दाहिने हाथ के नीचे) करके आचमन करें, चन्दन से तर्पण के जलमें षट्दल कमल बनाकर गन्धाक्षत फूल और तुलसीदल से ब्रह्मा आदि का पूजन करें।)

ॐ ब्रह्मयज्ञानम्प्रथमम्पुरस्ताद्विसीमतः सुरुचो व्वेन आवः। स बुध्न्याऽउपमा अस्यव्विष्ठाः सतश्च योनिमसतश्च व्विव। ॐ ब्रह्मणे नमः॥ १॥ ॐ इदं विष्णुर्विचक्रमे त्रेधा निदधे पदम्। समूढमस्य पांसुरे स्वाहा। ॐ विष्णवे नमः॥ २॥ ॐ नमस्ते रुद्रमन्यव उतोतइषवे नमः बाहुभ्यामुत ते नमः। ॐ रुद्राय नमः॥३॥ ॐ आकृष्णेन रजसा वर्तमानो निवेशयन्नमृतं मर्त्यञ्च हिरण्ययेन सविता रथेन देवो याति भुवनानि पश्यन्। ॐ सूर्याय नमः॥ ४॥ ॐ मित्रस्य चर्षणी धृतो वो देवस्य सानसि। द्युम्नं चित्रश्रवस्तमम्। ॐ मित्राय नमः॥ ५॥ ॐ इमम्मे वरुण श्रुधी हवमद्या च मृडय त्वामवस्यु राचके। ॐ वरुणाय नमः॥ ६॥ (सूर्य को अर्घ दें।)

एहि सूर्य सहस्रांशो तेजोराशे जगत्पते ।
अनुकम्पय मां भक्त्या गृहाणार्घ्यं दिवाकर ॥

सूर्योपस्थानम् ॐ अदृश्रमस्य केतवो व्विरश्मयो जनाँ अनुभ्राजन्तोऽअग्नयो यथा । ॐ हंसः शुचिषद्वसुरन्तरिक्षसद्धोताव्वेदिसदतिथिर्दुरोणसत् नृषद्वरसदृतसद्व्योमसदब्जा गोजाऽऋतजाअद्रिजाऽऋतम्बृहत् ॥ २ ॥ (दिशाओं और उनके देवताओं को नमस्कार करें) ।

दिग्देवता नमस्काराः । ॐ प्राच्यै दिशे नमः ॐ इन्द्राय नमः । ॐ आग्नेय्यै दिशे नमः ॐ अग्नये नमः । ॐ दक्षिणायै दिशे नमः । ॐ यमाय नमः । ॐ नैर्ऋत्यै दिशे नमः । ॐ निर्ऋतये नमः । ॐ पश्चिमायै दिशे नमः । ॐ वरुणाय नमः । ॐ वायव्यै दिशे नमः । ॐ वायवे नमः । ॐ उदीच्यै दिशे नमः । कुबेराय नमः । ॐ ऐशान्यै नमः । ॐ ईशानाय नमः । ॐ ऊर्ध्वायै दिशे नमः । ॐ ब्रह्मणे नमः । ॐ अधोदिशे नमः । ॐ अनन्ताय नमः । पुनर्देवतीर्थेन जले तर्पणम् (पुनः देवतीर्थ से केवल जल से तर्पण करें) ।

ॐ ब्रह्मणे नमः ॐ अग्नये नमः ॐ पृथिव्यै नमः ॐ ओषधिभ्यो नमः ॐ वाचे नमः ॐ वाचस्पतये नमः ॐ विष्णवे नमः ॐ महद्भ्यो नमः ॐ अद्भ्यो नमः ॐ अपांपतये वरुणाय नमः ॥ इत्येकैकाञ्जलिं देवतीर्थेन दत्त्वा एभिरेव दशमन्त्रैर्नमस्कारं कुर्यात् ततो मुखमार्जनम् ॥ (तर्पण किये हुए जल से मुख का मार्जन करें) ।

ॐ संव्वर्च्चसा पयसा संतनूभिरगन्महि मनसा सं शिवेन ॥ त्वष्टा सुदत्रोव्विदधातुरापो न मार्ष्टु तन्वो यद्विलिष्टम् ॥ विसर्जनम् (विसर्जन करें) ।

ॐ देवा गातु विदो गातु वित्त्वा गातुमित ।
मनसस्पतऽइमं देवयज्ञं स्वाहा व्वातेधाः ॥ इति पठित्वा । आचमेत् ।

यस्य स्मृत्या च नामोक्त्या तपोयज्ञक्रियादिषु ।
न्यूनं सम्पूर्णतां याति सद्यो वन्दे तमच्युतम् ॥ ॐ अच्युतायनमः ३ ।

इति तर्पणविधिः सम्पूर्णः ।

## अथैकोद्दिष्टश्राद्धप्रयोगः

(श्राद्धकर्ता संध्यावन्दनादि नित्यकर्म, मध्याह्न स्नान और तर्पण करके गोमय से लिप्त भूमि में भस्म से मण्डल बनाकर सुखासन में श्राद्ध के लिये बैठे। दीप जलाकर आचमन करें तब देवताओं में पुष्पाञ्जलि अर्पित करें—)

**शुक्लाम्बरधरं विष्णुं शशिवर्णं चतुर्भुजम्।**
**प्रसन्नवदनं ध्यायेत् सर्वविघ्नोपशान्तये॥**

**यं ब्रह्म वेदान्तविदो वदन्ति परे प्रधानं पुरुषं तथान्ये।**
**विश्वोद्गतेः कारणमीश्वरं वा तस्मै नमो विघ्नविनाशनाय॥**

**अभीप्सितार्थसिद्धयर्थं पूज्यते यः सुरैरपि।**
**सर्वविघ्नच्छिदे तस्मै गणाधिपतये नमः॥**

(कुशनिर्मित ब्राह्मण को तिल-जल से स्नान करावे—)

कुशोऽसि कुशपुत्रोऽसि ब्रह्मणा निर्मितः पुरा।
त्वय्यर्चिते सोऽर्चितोऽस्तु यस्याहं नाम कोर्तये॥

(पात्र में रखकर अक्षतों से प्रतिष्ठा करें—)

ॐ एतन्ते देव सवितर्यज्ञं प्राहुर्बृहस्पतये ब्रह्मणे तेन यज्ञमव तेन यज्ञपति तेन मामव मनोजूतिर्जुषतामाज्यस्य बृहस्पतिर्यज्ञमिमन्तनोत्वरिष्ट यज्ञं समिमं दधातु विश्वेदेवास इह मादयन्तामों २ प्रतिष्ठ ॐ भूर्भुवः स्वः पितृ(मातृ)सम्बन्धि कुशब्रह्मन् सुप्रतिष्ठितो भव।

(अपसव्य होकर तिल हाथ में लेकर निमंत्रण दें—)

ॐ अद्येहेत्यादि अमुकगोत्रस्य अस्मत्पितुः अमुकशर्मणो वसुस्वरूपस्य (अमुकगोत्रायाः अस्मन्मातुः अमुकीदेव्या वसुस्वरूपायाः) अद्यकर्तव्ये सांवत्सरिकैकोद्दिष्टक्षयाहश्राद्धे ब्रह्मन् भवान् मया निमन्त्रितः। ॐ निमन्त्रितोऽस्मीति प्रतिवचनम्।

(हाथ जोड़कर प्रार्थना करें—)

अक्रोधनैः शौचपरैः सततं ब्रह्मचारिभिः।
भवितव्यं भवद्भिश्च मया च श्राद्धकारिणा॥
सर्वायासविनिर्मुक्तैः कामक्रोधविवर्जितैः।
भवितव्यं भवद्भिर्नोऽद्यतने श्राद्धकर्मणि॥

(सव्य होकर दोनों हाथ आगे कर के स्वागत करें)

**'सव्येन'** आगतं वः सुस्वागतम्। (अपसव्य होकर जल चढ़ाये)।

**'अपसव्येन'** एतद्वः पाद्यमस्तु।

यत्फलं कपिलादाने कार्तिक्यां ज्येष्ठपुष्करे।
तत्फलं पाण्डवश्रेष्ठ विप्राणां पादशोधने॥

(सव्य होकर पादार्घ स्थापन करें—)

**'सव्येन' पादार्घसम्पादनं** भूमौ शङ्खचक्रादिकं लिखित्वा, आसनम्, आसने पात्रम्, पात्रे पवित्रम्—ॐ पवित्रेस्थो वैष्णव्यो सवितुर्वः प्रसव उत्पुनाम्यच्छिद्रेण पवित्रेण सूर्यस्य रश्मिभिः। जलम् ॐ शन्नो देवीरभिष्टय आपो भवन्तु पीतये शँय्योरभिस्रवन्तु नः। तिलान्–ॐतिलोसि सोमदैवत्यो गोसवो देवनिर्मित.। प्रत्नमद्भिः पृङ्क्तः स्वधया, पितॄँल्लोकान् प्रीणाहि नः स्वाहा। इति तिलान्निक्षिप्य गन्धाक्षतपुष्पादि प्रणवेन, तूष्णीं वा यथाधिकारं निक्षिप्य (हाथ जोड़कर कहे)।

भो ब्राह्मणाः पादार्घसंपत्तिरस्तु ? अस्तु पादार्घ सम्पत्तिः **इति प्रतिवचनम्।**
(अपसव्य होकर जल गन्ध अक्षत पुष्प तुलसीदल ब्राह्मण में चढ़ावे)

'अपसव्येन' अत्रं नमः, गन्धोऽस्तु स्वधा, अक्षताः पुष्पाणि तुलसीदलञ्च समर्प्य **पादार्घं करे कृत्वा** (पादार्घ हाथ में लेकर सकल्प करें)।

ॐ अद्येहेत्यादि अमुकगोत्रस्य अस्मत्पितुः अमुकशर्मणः वसुस्वरूपस्य (अमुकगोत्रायाः अस्मन्मातुः अमुकीदेव्याः वसुस्वरूपायाः) अद्यकर्त्तव्ये सांवत्सरिकैकोद्दिष्टक्षयाहश्राद्धे ब्रह्मन् ? एष ते पादार्घोऽस्तु स्वधा। (पादार्घ देकर सव्य हो स्वय आचमन करें और अपसव्य होकर ब्राह्मण को आचमन करावे)।

सव्येनाचम्य। **अपसव्येन** ब्राह्मणमाचामयेत्। (सव्य होकर ब्राह्मण को वहाँ से उठाकर दूसरे पत्ते या पात्र पर उत्तर की ओर उसका मुख करके रखें)।

'सव्येन' ॐ ब्रह्मन्नत्रोपविश्यताम् इतिब्राह्मणं श्राद्धदेशे उदङ्मुखपवेशयेत्॥ (सव्य से ही अपनी बांई ओर कर्मपात्र स्थापन के लिये भूमिस्पर्श करें वहां चन्दन से शंखचक्रादि लिखकर कुश का आसन रखे उस पर कर्मपात्र रखे और उसमें पवित्र, जल, यव तिल गन्धादि डालें—)

अथ **सव्येन** कर्मपात्रस्थापनम्–स्ववामभागे ॐ भूरिसि भूमिरस्यदितिरसि विश्वधाया विश्वस्य भुवनस्य धर्त्री पृथिवीं यच्छ पृथिवीन्दृं ह पृथिवीं मा हिंसीः। इति भूमिमभिमन्त्र्य तत्र गन्धेन शंखचक्रादिकं विलिख्य, आसनं पूर्वाग्रदर्भास्तर-

णम्, आसने कर्मपात्रम्, पात्रे पवित्रम्, ॐ पवित्रेस्थो वैष्णव्यौ सवितुर्वः प्रसव उत्पुनाम्यच्छिद्रेण पवित्रेण सूर्यस्य रश्मिभिः। ॐ शन्नोदेवीति जलम्, ॐ यवोसि यवयास्मद्द्वेषो यवयारातीर्दिवे त्वान्तरिक्षाय त्वा पृथिव्यै त्वा शुन्धन्ताँल्लोकाः पितृसदनाः पितृसदनमसि, इति यवान्। ॐ तिलोसि सोमदैवत्यो गोसवो देवनिर्मितः। प्रत्नमद्भिः पृक्तः स्वधया पितृँल्लोकान्प्रीणाहितः स्वाहा इति तिलान् क्षिप्त्वा गन्धपुष्पाक्षतादि तूष्णीं प्रणवेन वा निक्षिप्य (उस कर्मपात्र में वरुण का आवाहन करें)

ॐ इमम्मे वरुण श्रुधीहवमद्या च मृडय त्वामवस्युराचके ॐ भूर्भुवः स्वः वरुणदेव ! इहागच्छेहतिष्ठ। ॐ कर्मपात्रं सुसम्पन्नमस्तु ? अस्तु सुसम्पन्नम्। तेन जलेनात्मानं सर्वामेकोद्दिष्टश्राद्धसामग्रीश्च संप्रोक्ष्य प्राणायामं विधाय ॐ पुण्डरीकाक्षाय नमः ३।

ॐ अपवित्रः पवित्रो वा सर्वावस्थां गतोऽपि वा।
यः स्मरेत्पुण्डरीकाक्षं स बाह्याभ्यन्तरः शुचिः॥

(कर्मपात्र के जल से अपने और श्राद्ध सामग्री पर छींटे डालकर पवित्र करें प्राणायाम करें। हाथ जोड़कर तीन बार इस मन्त्र को पढ़ें—)

ॐ देवताभ्यः पितृभ्यश्च, महायोगिभ्य एव च।
नमः स्वाहायै स्वधायै नित्यमेव नमो नमः॥ ३

'अपसव्येन' (अपसव्य होकर इन मन्त्रों को पढ़ें—)

सप्तव्याधा दशार्णेषु मृगाः कालञ्जरे गिरौ।
चक्रवाकाः शरद्वीपे हंसाः सरसि मानसे॥
तेऽपि जाताः कुरुक्षेत्रे ब्राह्मणा वेदपारगाः।
प्रस्थिता दीर्घमध्वानं यूयं किमवसीदथ॥
श्राद्धकाले गयां ध्यात्वा ध्यात्वा देवं गदाधरम्।

मनसा स्वपितॄन्ध्यात्वा ततः ॐ अमुकगोत्रस्य अस्मत्पितुः अमुकशर्मणः वसुस्वरूपस्य (अमुकगोत्राया अस्मन्मातुः अमुकीदेव्याः वसुस्वरूपायाः) सांवत्सरिकैकोद्दिष्टक्षयाहश्राद्धं समारभे। 'सव्येन'

पञ्चक्रोशं गयाक्षेत्रं क्रोशमेकं गयाशिरः।
यत्र यत्र स्मरिष्यामि पितॄणां दत्तमक्षयम्॥
शमीपत्रप्रमाणेन पिण्डं दद्यादगयाशिरे।
उद्धरेत्सप्तगोत्राणां कुलमेकोत्तरं शतम्॥ इति पठेत्।

## एकोद्दिष्टश्राद्धप्रयोगः

ततो 'अपसव्येन' तिलमोटकं गृहीत्वा स्ववामकट्यां नीवीबन्धनम्।

(अपसव्य से ही तिल जौ और मोटक लेकर अपनी बाईं ओर कमर में इस मन्त्र से खोंस लें—)

ॐ सोमस्य नीविरसि विष्णोः शर्मासि शर्म यजमानस्येन्द्रस्य योनिरसि सुसस्याः कृषीस्कृधि ॥ सव्येन दिग्बन्धनम्—

(सव्य होकर दिग्बन्धन करे अर्थात् चारों दिशाओं में निम्नांकित मन्त्र पढ़ते हुए जौ तिल अक्षत और मोटक फेंके।)

ॐ अग्निष्वात्ताः पितृगणाः प्राचीं रक्षन्तु मे दिशम्।
तथा बर्हिषदः पान्तु यामीं ये पितरस्तथा ॥
प्रतीचीमाज्यपास्तद्वन्दुदीचीमपि सोमपाः।
विदिशश्च गणाः सर्वे रक्षन्तूर्ध्वमधोऽपि वा ॥
रक्षोभूतपिशाचेभ्यस्तथैवासुरदोषतः ।
सर्वतश्चाधिपस्तेषां यमो रक्षां करोतु मे ॥
तिला रक्षन्तु दितिजाद्दर्भा रक्षन्तु राक्षसात्।
पंक्तिं वै श्रोत्रियो रक्षेदतिथिः सर्वरक्षकः ॥

कर्मपात्राभिमन्त्रणम् (सव्य से ही कुशा लेकर कर्मपात्र के जल को अभिमन्त्रित करे। कुशा का मुख जलपात्र में घुमावे)

ॐयद्देवा देवहेडनं देवासश्चक्रिमा वयम्। अग्निर्मा तस्मादेनसो विश्वान्मुञ्चत्वं हसः। ॐ यदि दिवा यदि नक्तमेनांसि चक्रिमा वयम्। वायुर्मा तस्मादेनसो विश्वान्मुञ्चत्वं हसः। ॐ यदि जाग्रद्यदि स्वप्न एनांसि चक्रिमा वयम्। सूर्यो मा तस्मादेनसो विश्वान्मुञ्चत्वंहसः। (गायत्री मन्त्र से भी अभिमन्त्रित करें। फिर उस जल से पाक पात्र (श्राद्ध के लिये जिसमें भात आदि पका हो) को खोलकर अन्न पर छींटे डाले)

गायत्र्या चाभिमन्त्र्य दर्भतिलयुतं तज्जलं गृहीत्वा पाकपिधानमुत्तार्य शुद्रादि दृष्टिदूषितान्नपाकः पूतोऽस्तु गायत्र्या चान्नं संप्रोक्ष्य।

प्रतिज्ञासंकल्पं कुर्यात्। (प्रतिज्ञा संकल्प करे)।)

ॐ विष्णु ३ नमः परमात्मने श्रीपुराणपुरुषोत्तमाय अत्र पृथिव्यां जम्बूद्वीपे भरतखण्डे आर्यावर्ते पुण्यक्षेत्रे (हिमवत्पर्वतैकदेशे) अमुकस्थाने ब्रह्मणो द्वितीयपरार्द्धे श्रीश्वेतवाराहकल्पे वैवस्वतमन्वन्तरे,अष्टाविंशतितमकलियुगस्य प्रथमचरणे षष्टयब्दानां मध्ये अमुकनामसंवत्सरे अमुकायने अमुकऋतौ अमुकमासे अमुकपक्षे

अमुकतिथौ अमुकगोत्रोत्पन्नः अमुकराशिरमुकशर्मा (वर्मा गुप्तो वा) अहम् (यहाँ अपसव्य कर लें)।

'अपसव्येन' अमुकगोत्रस्य अस्मत्पितुः अमुकशर्मणः वसुस्वरूपस्य (अमुकगोत्राया अस्मन्मातुः अमुकीदेव्या वसुस्वरूपायाः) अक्षयतृप्तिकामनया एकोद्दिष्टविधिना अर्घपिण्डसहितं सांवत्सरिकैकोद्दिष्टक्षयाहश्राद्धं करिष्ये ॐ कुरुष्व।

**सव्येना**चम्य (सव्य होकर आचमन करें—)

**आसनदानम्** (अपसव्य होकर तिलमोटक लेकर आसनदान का संकल्प करें–)

अपसव्येन तिलमोटकं गृहीत्वा–अद्येहेत्यादि अमुकगोत्रस्य अस्मत्पितुः अमुकशर्मणो वसुस्वरूपस्य (अमुकगोत्राया अस्मन्मातुः अमुकीदेव्याः वसुस्वरूपायाः) अस्मिन्सांवत्सरिकैकोद्दिष्टक्षयाहश्राद्धे इदं कुशासनमस्तु। **'सव्येन'** ॐ भूर्भुवः स्वः इदमासनमास्यताम् ॐ आसे॥ ततः (सव्य से ही हस्तार्थ सम्पादन करें।)

**सव्येनैव** हस्तार्घसंपादनम्। भूमौ चन्दनेन शंखचक्रे लिखित्वा तत्रासनम्, आसने हस्तार्घपात्रम्, पात्रे पवित्रम्, ॐ पवित्रेस्थ० इति पवित्रम्, शन्नोदेवीरिति जलम्, तिलोसीति तिलान्, गन्धपुष्पाक्षतादि तूष्णीं निक्षिपेत् ॐ हस्तार्घपात्रं संपन्नमस्तु ॐ अस्तु सुसंपन्नम्, ततः पात्रस्थं पवित्रं विप्र दक्षिणे समर्प्य सपवित्रेषु हस्तेषु (हस्तार्ध पात्र को हाथ में लेकर उसमें रखे पवित्र को यह मन्त्र पढ़ते हुए ब्राह्मण के पास रखे)

ॐ या दिव्या आपः पयसा संबभूवुर्या अन्तरिक्षा उत पार्थिवीर्या। हिरण्यवर्णा यज्ञियास्ता न आपः शिवाः शं स्योनाः सुहवा भवन्तु॥ हस्तार्घमादाय। अद्येहेत्यादि अमुकगोत्र अस्मत्पितः अमुकशर्मन् वसुस्वरूप (अमुकगोत्रे अस्मन्मातः अमुकीदेवि वसुस्वरूपे) अस्मिन् सांवत्सरिकैकोद्दिष्टक्षयाहश्राद्धे एष ते हस्तार्घोऽस्तु। (हस्तार्ध दे। सव्य होकर पुनःउस पवित्र को ब्राह्मण के पास से उठाकर अर्घ में रख लें और अर्घ में बचे जल से उस पवित्र द्वारा अपने शिर में अभिषेक करे।)

इत्यर्घं दत्वा पुनः प्रत्यर्घं च 'विप्रकरस्थेन पवित्रेण शेषम् अर्घोदकं स्वमूर्ध्न्यभिषिंचेत्।

ॐ अर्घोदकं श्रियं दद्यात् पुत्रपौत्राभिवर्द्धनम्।
यस्मात्तस्माच्छिवं मे स्यादिहलोके परत्र च॥

(अपसव्य होकर पितृ ब्राह्मण की बाईं ओर दक्षिण को जिसका अग्रभाग हो ऐसे कुश रखकर उस पर पवित्र सहित उस हस्तार्थ को उलटा करके रख दे और उसके ऊपर तीन कुशा स्वधावाचन के निमित्त रखे। कर्मपात्रोदक से उस पर छींटे डालें—)

'अपसव्येन, पितृवामभागे दक्षिणाग्रान्कुशानास्तीर्य तदुपरि सपवित्रमर्घपात्रं ॐ पितृभ्य स्थानमसि। इति न्युब्जं कृत्वा तदुपरि स्वधावाचनीयान् त्रीन्कुशान् दक्षिणाग्रानास्तीर्य आचारात् 'ॐ शुन्धन्ताँल्लोकाः पितृषदनाः पितृषदनमसि'। इति कर्मपात्रोदकेन संप्रोक्ष्य॥

ततः पितृब्राह्मणार्चनम्—(पितृब्राह्मण का पूजन जल गन्ध आदि से करे)—

अत्रन्नमः इति जलम् ॐ पितृभ्यः स्वधायिभ्यः स्वधा नमः पितामहेभ्यः स्वधायिभ्यः स्वधा नमः प्रपितामहेभ्यः स्वधायिभ्यः स्वधा नमः। अक्षन्पितरोऽमीमदन्त पितरोऽतीतृपन्त पितरः शुन्धध्वम्॥ इति पठन् गन्धोऽस्तु स्वधा,पुष्पाणि, तुलसीदलानि, धूपदीपौ, वस्त्रभूषणताम्बूलदक्षिणादि समर्प्य, पुनः पवित्रे करे कृत्वा तिलमोटकं गृहीत्वा ॐ अद्येह अमुकगोत्र अस्मत्पितः अमुकशर्मन् वसुस्वरूप (अमुगोत्रे अस्मन्मातः अमुकीदेवि वसुस्वरूपे) सांवत्सरिकैकोद्दिष्टक्षयाहश्राद्धे विप्रार्चनविधौ—इमानि गन्धाक्षतपुष्पतुलसीदलधूपदोपवासोभूषणादीनि मद्दत्तानि ते स्वधा। विप्रार्चनवधिः सर्वं परिपूर्णमस्तु अस्तुपरिपूर्णम्।

सव्य होकर स्वय आचमन करे और अपसव्य होकर ब्राह्मण को आचमन करावे—)

गन्धा दिदानात् 'सव्येन' स्वयमाचम्य, 'अपसव्येन' पितृब्राह्मणमाचामयेत्। सव्येन (पुनः सव्य होकर विष्णु का स्मरण करें और नैवेद्य परोसे—)

अच्युतस्मरणम् ॐ अच्युताय नमः ३।

ततो विष्णवे नैवेद्यं परिवेष्य ॐ नाभ्या आसीदन्तरिक्षं शीर्ष्णो द्यौः समवर्तत। पद्भ्याम्भूमिर्दिशः श्रोत्रांस्तथा लोकाँ २॥ अकल्पयन्। इति सतुलसीदलजलेन विष्णवे निवेद्य। अपसब्येन—(कुश ब्राह्मण के आगे भस्म से चतुष्कोण मण्डल बनावे।)

यथा चक्रायुधो विष्णुस्त्रैलोक्यं परिरक्षति।
एवं मण्डलभस्माङ्कः सर्वभूतानि रक्षतु॥

(उसके उपर पत्तल रखकर पास में जलपात्र रखें। पत्तल में अन्न परोसे और गायत्री मन्त्र से उस पर छीटे मारें।)

इति भस्मना ब्राह्मणाग्रे चतुष्कोणमण्डलं विधाय, तदुपरि पत्रावलिं संस्थाप्य, पितृद्विजसमीपे जलपात्रं च संस्थाप्य, सव्येन अन्नं परिवेष्य, गायत्र्या सम्प्रोक्ष्य,

'अपसव्येन' अन्वाचितवामजानुः, स्वस्तिकाकृतिना ऊर्ध्वमुखेन, दक्षिणोपरिस्थितेन वामहस्तेन, ॐ मधु मधु मधु पात्रमालभ्य जपति (अपसव्य होकर बायां

घुटना मोड़ लें दाहिने हाथ के ऊपर बांयां हाथ स्वस्तिकाकार ऊपर की ओर खुला रख कर 'मधु मधु मधु' कहकर पत्रावली को स्पर्श करके यह मन्त्र पढ़े—)

ॐ पृथिवी ते पात्रं द्यौरपिधानं ब्राह्मणस्य मुखे अमृते अमृतं जुहोमि ॥ (उस-पर तिल बिखेरे— )

ॐ विष्णो कव्यं रक्ष ॐ अपहता असुरा रक्षांसि वेदिषदः। इति अप्रादक्षिण्येन तिलान्विकीर्य अङ्गुष्टग्रहणम् (बांयेहाथ का अंगूठा भूमि पर टेके संकल्प ले।)

ॐ इदं विष्णुर्विचक्रमे त्रेधा निदधे पदम् । समूढमस्य पाँ सुरे। इदमन्नम्, इमा आपः, इदमाज्यम्, इदं शाकादिकं सर्वं कव्यम् । ॐ अद्येहेत्यादि अमुकगोत्राय अस्मत्पित्रेऽमुकशर्मणे वसुस्वरूपाय (अमुकगोत्रायै अस्मन्मात्रे अमुकीदेव्यै वसुस्वरूपायै) अस्मिन्नेकोद्दिष्टक्षयाहश्राद्धे इदमन्नम्, इदमाज्यम्, इमा आपः, इदं शाकादिकम्, यत्परिविष्टं यत्परिवेष्यमाणं ब्राह्मणेभ्य आतृप्ति दास्यमानमन्नञ्च अमृतस्वरूपं मद्दतं ते स्वधा।

(प्रार्थना करें।) ॐ ये चेह पितरो येच नेह याँश्च विद्म यां २॥ उच न प्रविद्म। त्वं वेत्थयति ते जातवेदः स्वधाभिर्यज्ञँ सुकृतं जुषस्व।

इत्यपोशानं दत्त्वा (ब्राह्मण को जल देकर कहे।) भोब्राह्मणाः !! यथासुखेन भुङ्ध्वम् ? भुञ्जमहि।

(सव्य होकर पूर्व की ओर मुख करके गायत्री मन्त्र का स्मरण करें।)

ततः 'सव्येन' प्राङ्मुखः प्रणवव्याहृतिपूर्विकां गायत्रीं पठेत् ॥

ॐ मधु मधु मधु ॐ मधुव्वाताऽऋतायते मधुक्षरन्ति सिन्धवः। माध्वीर्नः सन्त्वोषधीः।१। मधु नक्तमुतोषसो मधुमत्पार्थिवँ रजः। मधुद्यौरस्तुनः पिता।२। मधुमान्नो व्वनस्पति र्मधुमाँ २॥ अस्तु सूर्यः। माध्वीर्गावो भवन्तु नः।३। ॐ मधु मधु मधु ॐ विष्णवेनमः।

(अपसव्य होकर पिण्ड बनावे। १ पिण्ड और १ बलि, पिण्ड गोल आकार का और बलि कुछ लम्बा)। ततस्ताम्रादिपात्रे तुलसीशर्करागव्यदुग्धाज्यमधुतिलगङ्गाजलयुतमन्नं कृत्वा कर्मपात्रोदकं विष्णुनिवेदितान्नभागमपि दत्त्वा **अपसव्येन** पिण्डं निर्माय विकिरदानम् कुर्यात्। नैर्ऋत्यां दिशि मण्डलाद्वहिः, भूमौ कुशत्रयासनं क्षिपेत्। (विकिरदान करे, मण्डल से बाहर नैर्ऋत्यदिशा में तीन पत्रों वाला कुश छोड़े—)

असंस्कृतप्रमीतानां त्यागिनां कुलभागिनाम्।
उच्छिष्टभागधेयानां दर्भेषु विकिरासनम् ॥

इति आसनं दत्त्वा; सजलतिलमोटकयुतमन्नं विकिरेत्। (जल तिल मोटक और पिण्ड बनाने से बचा हुआ अन्न वहां बिखेर दें—)

अग्निदग्धाश्च ये जीवा येऽप्यदग्धाः कुले मम ।
भूमौ दत्तेन तृप्यन्तु तृप्ता यान्तु परां गतिम् ॥
येषां न पचते माता येषां न पचते पिता ।
उच्छिष्टं ये च काङ्क्षन्ति तेभ्योऽन्नं दत्तमक्षयम् ॥

'उच्छिष्टभागधेयेभ्यो नमः' इति गन्धाक्षतपुष्पैः पूजनम् ।

(पिण्ड बनाते समय पहिने हुए कुशपवित्र को छोड़ दे, हाथ पैर धोकर सव्य होकर आचमन करे, श्राद्धस्थल पर आकर दूसरा पवित्र पहिने और पुनः आचमन करे —) अंगुष्ठपवित्रे त्यक्त्वा, हस्तौ पादौ प्रक्षाल्य '**सव्येन**' आचम्य श्राद्धदेशमागत्यान्ये-ऽङ्गुष्ठपवित्रे करे कृत्वा पुनराचमेत् । (अपसव्य होकर ब्राह्मण को जल दे, सव्य हो गायत्री स्मरण करे और कहे ।)

'**अपसव्येन**' ब्राह्मणहस्ते सकृदपो दत्त्वा 'सव्येन' पूर्ववत् गायत्रीं मधु मध्विति च मधुमतीं जप्त्वा । (थोड़ा खीर आदि मन्त्रावली में फिर परोसे ओर कहें—)

भो ब्रह्मन् ? अस्मिन् पाकमध्ये यद्रोचते तत्प्रतिगृह्यताम् इत्युच्चार्य परमान्नं पुनरपि दत्वा, 'स्वदितम् ? सुस्वदितम् । शेषान्नेन किं क्रियताम् ? इष्टैः सह भुज्यताम् ।' (अपसव्य हो पिण्डदान के लिए वेदी गोबर और जल से लीप कर बनावे ।)

'अपसव्येन' पिण्डदानार्थं वेदिकालेपनं गोमयोदकेन, (कुश की जड़ से उत्तर से दक्षिण की ओर वेदी में रेखा खींचे—)

ॐ अपहता असुरा रक्षांसि वेदिषदः इति दक्षिणाग्ररेखाकरणं कुशमूलेन, उल्मुकधारणम् (अधजली लकड़ी वेदी के ऊपर घुमावे—)

ॐ येरूपाणि प्रतिमुञ्चमाना असुराः सन्तः स्वधया चरन्ति ।
परा पुरो निपुरो ये भरन्त्यग्निष्ठाँल्लोकान्प्रणुदात्यस्मात् । इति वेद्युपरि उल्मुकं भ्रामयित्वा नैर्ऋत्यां स्थापयेत् । उदकस्पर्शः । (घुमाई लकड़ी को नैर्ऋत्यकी ओर रखदे और जलस्पर्श करे ।)

अवनेजनम्—(जलतिल और मोटक से संकल्प लेकर वेदी पर की गई रेखा में रखें)

(वेद्युपरि रेखायाम्) सजलतिलमोटकं गृहीत्वा ॐ अद्येह अमुकगोत्र अस्मत्पितः ! अमुकशर्मन् वसुस्वरूप (अमुकगोत्रे अस्मन्मातः अमुकीदेवि वसुस्वरूपे) अस्मिन्साम्वत्सरिकैकोद्दिष्टक्षयाहश्राद्धे पिण्डासने अवनेनिक्ष्व ॥ ततः

उपमूललूनदक्षिणाग्रकुशास्तरणम् । (कटे फटे कुशों को वेदी में बिछावे ।)
**'सव्येन'** पदस्मरणम् (सव्य होकर इन मंत्रों से पद स्मरण करे—)
ॐ ईशानविष्णुकमलासनकार्तिकेयवह्नित्रयार्करजनीशगणेश्वराणाम् ।
क्रोञ्चामरेज्यकलशोद्भवकाश्यपानां पादान्नमामि शिरसा पितृमुक्तिहेतून् ॥

गङ्गागयादीन् स्मरेत् ॐ गङ्गायै नमः ॐ गयायै नमः ॐ गदाधराय नमः । कुरुक्षेत्राय नमः ॐ तीर्थराजप्रयागाय नमः । ब्रह्मकपालाय नमः । पितृरूपं ध्यात्वा (पिता या माता का (जिसका श्राद्ध हो उसका) ध्यान कर कहे—)

भो ब्रह्मन् युष्मदनुज्ञया पिण्डप्रदानमहं करिष्ये, ॐ कुरुष्व इति तदनुज्ञया 'अपसव्येन' (अपसव्य होकर तिल मोटज सहित पिण्ड हाथों में ले और बायां घुटना मोड़ कर संकल्प ले ।)

तिलमोटकयुतं पिण्डं पितृतीर्थेन गृहीत्वा वामजान्वन्वाच्य ॐ विष्णुः ३ अद्येहेत्यादि अमुकगोत्र अस्मत्पितः अमुकशर्शन् वसुस्वरूप (अमुकगोत्रे अस्मन्मातः अमुकीदेवि वसुस्वरूपे) अस्मिन्सांवत्सरिकैकोद्दिष्टक्षयाहश्राद्धे एषोऽन्नपिण्डोऽमृतस्वरूपो मद्दत्तस्ते स्वधा, (पितृतीर्थ से अर्थात् अंगूठे की ओर से पिण्ड को बेदी पर रखे उसी प्रकार पितृतीर्थ से उस पर जल छोड़े ।)

इयं भूमिर्गयातुल्या इदमुदकं गाङ्गं (असति गङ्गाजले) गङ्गाजलतुल्यं वा अमुकगोत्राय अस्मत्पित्रे अमुकशर्मणे वसुस्वरूपाय (अमुकगोत्रायै अस्मन्मात्रे अमुकीदेव्यै वसुस्वरूपायै) इति पिण्डोपरि तज्जलञ्च निक्षिपेत् । (३) (पिण्ड के पास बलि रखे)

आचारात्[1] लेपभागिनामयं भागोऽस्तु । इतिलेपभागं पिण्डपार्श्वे दद्यात्, (कुशा से हाथ झारे और हाथ धोकर सव्य हो आचमन करे ।)

पिण्डास्तरणकुशेषु करोन्मार्जनं कृत्वा हस्तप्रक्षालनम् **'सव्येन'** पिण्डदानाचमनम् ।

(अपसव्य हो अत्र पितरो० से उत्तर की ओर मुख करके सांस खींचे । उसी स्थिति में सव्य होकर सांस रोके ।)

**'अपसव्येन'** उदङ्मुखेन ॐ अत्र पितरो मादयध्वम्, यथाभागमावृषायध्वम् 'सव्येन' उदङ्मुखेनैव ॐ इति श्वासं नियम्य (अपसव्य होकर दक्षिण की ओर मुख करके अमीमदन्त मंत्र से सांस बाहर छोड़े ।)

'अपसव्येन' दक्षिणाभिमुखं परावृत्य ॐ अमीमदन्त पितरो यथाभाग मा

१. पितृपितामह प्रपितामह के पूर्व की तीन पीढ़ियां लेपभागी कही जाती हैं और सातवीं पीढ़ी के बाद सपिण्ड नहीं कहलाता ।

वृषायिषत, इत्युच्चार्य श्वासं निनयेत्। ततः प्रत्यवनेजनम्, **(जल तिल मोटक लेकर संकल्प से पिण्ड के ऊपर छोड़े।)**

सजलतिलमोटकं गृहीत्वा--अद्येह अमुकगोत्र अस्मत्पितः अमुकशर्मन् वसुस्वरूप ! (अमुकगोत्रे अस्मन्मातः अमुकी देवि वसुस्वरूपे) अस्मिन्साम्वत्सरिकैकोद्दिष्टक्षयाहश्राद्धे पिण्डे प्रत्यवनेनिक्ष्व। **(नीवी जो कमर में खोसी थी उसे थोड़ा ढीला कर दे)**

अत्र किञ्चिन्नीवीविस्रंसनम्। नमो व० इति षडञ्जलिकरणम् **(हाथ जोड़े)**

ॐ नमो वः पितरो रसाय नमो वः पितरः शोषाय नमो वः पितरो जीवाय नमो वः पितरः स्वधायै नमो वः पितरो घोराय नमो वः पितरो मन्यवे नमो वः पितरः पितरो नमो वो गृहान्नः पितरो दत्त सतो वः पितरो देष्म।

**(पिण्ड के ऊपर सूत तिगुना करके रखे)**

पिण्डोपरि त्रिगुणित सूत्रदानम्—ॐ **एतद्वः पितरो व्वासः।** ऊर्ज्जकरणं कर्मपात्रोदकेन। **(कर्मपात्रोदक पिण्ड के ऊपर पितृतीर्थ से चढावे)**

ॐ ऊर्ज्जं वहन्तीरमृतं घृतं पयः कीलालं परिस्रुतम् स्वधास्थ तर्पयत मे पितॄन्। **(सव्य होकर देवताभ्य मन्त्र का तीन बार पाठ करे)**

'सव्येन' देवताभ्य० इति त्रिर्जपः। 'अपसव्येन, पिण्डार्चनम्—**(अपसव्य होकर पिण्ड की पूजा करे।)**

पिण्डार्चनविधावत्रन्नमः, गन्धोऽस्तु स्वधा, अक्षताः, पुष्पाणि, तुलसीदलानि, ॐ पितृभ्यः स्वधायिभ्यः स्वधा नमः, पितामहेभ्यः स्वधायिभ्यः स्वधा नमः, प्रपितामहेभ्यः स्वधायिम्यः स्वधा नमः। अक्षन्न पितरोऽमीमदन्त पितरोऽतीतृपन्त पितरः पितरः शुन्धध्वम्। वस्त्रम्, धूपदीपौ, नैवेद्यं ताम्बूलं भूषणञ्च समर्प्य, अद्येह अमुकगोत्र अस्मत्पितः अमुकशर्शन् वसुस्वरूप (अमुकगोत्रे, अस्मन्मातः, अमुकीदेवि वसुस्वरूपे) अस्मिन्सांवत्सरिकैकोद्दिष्टक्षयाहश्राद्धे पिण्डार्चनविधौ, इमानि गन्धाक्षतपुष्पतुलसीदलवासोधूपदीपनैवेद्यताम्बूलभूषणानि मद्दत्तानि ते स्वधा। पिण्डार्चनविधिः सर्वः परिपूर्णोऽस्तु ? अस्तु परिपूर्णः।

**(सव्य होकर पिण्ड के आगे जमीन में जल छिड़के)**

'सव्येन' कर्मपात्रोदकेन पिण्डाग्रभूमौसुप्रोक्षितमस्तु ? अस्तु सुप्रोक्षितम्। **(ब्राह्मण के हाथ में जल डाले)**

विप्रकरे शिवा आपः सन्तु ? सन्तु।

अपां मध्ये स्थिता देवा सर्वमप्सु प्रतिष्ठितम् ।
ब्राह्मणस्य करे न्यस्ताः शिवा आपो भवन्तु मे ॥

(ब्राह्मण के हाथ में फूल चढ़ावे ।)

पुष्पदानम्—सौमनस्यमस्तु ? अस्तु सौमनस्यम्

लक्ष्मीर्वसति पुष्पेषु लक्ष्मीर्वसति पुष्करे ।
लक्ष्मीर्वस्ते गवां गोष्ठे सौमनस्यं सदाऽस्तु मे ॥

(ब्राह्मण के हाथ में अक्षत चढ़ावे)

अक्षताश्चारिष्टं घ्नन्तु,

अक्षतं चास्तु मे नित्यं शान्तिपुष्टिकरं परम् ।
यद्यच्छ्रेयस्करं लोके तत्तदस्तु सदा मम ।

(कुशा से कर्मपात्र का जल अपने मस्तक पर छींटे)

ततः कुशैः कर्मपात्रोदकेन प्रतिमन्त्रं मूर्धाभिषेकं कुर्यात्—मम कुले दीर्घमायुरस्तु ? अस्तु, शान्तिरस्तु ? अस्तु, पुष्टिरस्तु ? अस्तु, वृद्धिरस्तु ? अस्तु,यद्यच्छ्रेयस्तदस्तु ? अस्तु, यत्पापं रोगः शोको दुःखं दारिद्र्यं तत्प्रतिहतमस्तु ? अस्तु प्रतिहतम्, इति भूमौ क्षिपेत् । ॐ अमृताभिषेकोऽस्तु । इति पुनः शिरसि ।

(अपसव्य होकर संकल्प करे अन्त में संकल्प का जल ब्राह्मण में छोड़े और मोटक पिण्ड में रखे)

'अपसव्येन' अक्षय्योदकदानं विप्रकरे एव ॐ अद्येह अमुकगोत्रस्य अस्मत्पितुः अमुकशर्मणः वसुस्वरूपस्य (अमुकगोत्राया अस्मन्मातुः अमुकीदेव्या वसुस्वरूपायाः अस्मिन् सांवत्सरिकैकोद्दिष्टक्षयाहश्राद्धे इदमन्नोदकादिकं यद्दत्तं तदक्षय्यमस्तु । अस्तु अक्षय्यम्, इति ब्राह्मणहस्ते जलं पिण्डोपरि मोटकं दद्यात् ।

(सव्य होकर हाथ जोड़कर आशीर्वाद ग्रहण करे)

ततः 'सव्येन' आशीर्ग्रहणम्, अञ्जलिं बद्ध्वा-अघोराः पितरः सन्तु ? सन्तु । गोत्रं नो वर्द्धताम् ? वर्द्धताम् । दातारो नोऽभिवर्द्धन्ताम् ? वर्द्धन्ताम् । वेदा वर्द्धन्ताम् ? वर्द्धन्ताम् । सन्ततिर्वर्द्धताम् ? वर्द्धताम् । श्रद्धा च नो माव्यगमत् ? मागात् । बहुदेयञ्च नो अस्तु ? अस्तु । अन्नञ्च नो बहु भवेत् ? भवतु । अतिथींश्च लभेमहि ? लभध्वम् । याचितारश्च नः सन्तु ? सन्तु । मास्म याचिष्म कञ्चन ? मा याचद्धवम् । एता एव आशिषः सत्याः सन्तु ? सन्तु ।

ततः स्वधावाचनम् । (सव्य होकर प्रार्थना करे ।)

'सव्येन' भो ब्रह्मन् ! युष्मदनुज्ञया स्वधां वाचयिष्ये ? वाच्यताम् ।

(अपसव्य होकर उलटे रखे हुए स्वधा पात्र पर जो ३ कुश रखे थे उन्हें पिण्ड पर रखे जल से छींटे दे संकल्प करे)

## एकोद्दिष्टश्राद्धप्रयोगः

'अपसव्येन' स्वधावाचनीयान् त्रीन् कुशान् पिण्डोपरि संस्थाप्य जलेनाभ्युक्ष्य तिलमोटकं गृहीत्वा अद्येह अमुकगोत्रेभ्यः अस्मत्पितृभ्यः अमुकशर्मभ्यो वसुस्वरूपेभ्यः (अमुकगोत्राभ्यः अस्मन्मातृभ्यः अमुकीदेवीभ्यो वसुस्वरूपाभ्यः) अस्मिन्साम्वत्सरिकैकोद्दिष्टक्षयाहश्राद्धे भो ब्रह्मन् ? मधु मधु स्वधोच्यताम्, अस्तु स्वधा। इति स्वधावाचनीयेष्वपो निषिञ्चति। (पिण्ड पर पितृतीर्थ से दूध चढ़ावे।)

दुग्धेनोर्ज्जकरणम् ॐ ऊर्ज्जं वहन्तीरमृतं घृतं पयः कीलालं परिस्रुतम्। स्वधास्थ तर्पयत मे पितॄन् ॐ स्वधा संपद्यताम् ॐ सम्पद्यताम् स्वधा।

(उलटे रखे हुए स्वधापात्र को सीधा कर कहे)

न्युब्जं पात्रमुत्तानं कृत्वा ॐ पितरः स्वर्गे लोके प्रस्थिताः भवन्तु ॐ त्रीन्समुद्रान्समसृपत् स्वर्गानपांपतिर्वृषभ इष्टकानाम्। पुरीषं व्वसानः सुकृतस्य लोके तत्र गच्छ यत्र पूर्वे परेताः। (सव्य होकर दक्षिणा संकल्प करे)

सव्येन दक्षिणासंकल्पः। देयद्रव्यं संप्रोक्ष्य, अद्येह अमुकसंवत्सरे अमुकायने अमुकर्तौ अमुकसासे अमुकपक्षे अमुकतिथौ अमुकस्थाने अमुकगोत्रोत्पन्नः अमुकराशिरमुकशर्माहं अमुकगोत्रस्य, अस्मत्पितुः अमुकशर्मणो वसुस्वरूपस्य (अमुकगोत्रायाः अस्मन्मातुः अमुकीदेव्याः वसुस्वरूपायाः) अक्षयतृप्तिकामनया कृतस्यास्य साम्वत्सरिकैकोद्दिष्टक्षयाहश्राद्धस्य सांगतासिद्ध्यर्थं न्यूनातिरिक्तपरिपूर्त्यर्थमिमां दक्षिणां श्राद्धभोक्तृभ्यो ब्राह्मणेभ्यः अन्येभ्योऽपि विभज्य दातुमुत्सृजे ॐ तत्सन्न मम। स्वतिलकम्—(अपने को चन्दन लगावे)

सत्यानुष्ठानसम्पन्नाः सर्वदा यज्ञबुद्धयः।
पितृमातृपराश्चैव सन्त्वस्मत्कुलजा नराः॥

अक्षताः पान्तु। स्वस्ति भवन्तो ब्रुवन्तु। ॐ स्वस्तीति विप्रोक्तिः। विशेष पूजा (विशेष पूजा फूलों से करे)

आयुः प्रजां धनं विद्यां, स्वर्गं मोक्षं सुखानि च।
प्रयच्छन्ति तथा राज्यं नृणां प्रीताः पितामहाः॥
आयुः पुत्रान् यशः स्वर्गं कीर्ति पुष्टिं बलं श्रियम्।
पशून् सुखं धनं धान्यं प्राप्नुयात् पितृपूजनात्॥

(अपसव्य करके पिण्ड को उठावे सव्य होकर उसे सूंघे फिर अपसव्य से दूसरे पत्ते पर रखे। फिर सव्य होकर वहाँ पर दीपक जलाकर ऋतुओं का पूजन अक्षतों से करें और हाथ जोड़े)

'अपसव्येन' पिण्डमुत्थाप्य, सव्येनाघ्राय, अपसव्येन पात्रान्तरे निधाय, पिण्डस्थाने चन्दनेन शङ्खचक्रादिकं लिखित्वा गन्धपुष्पाक्षतैः पूजयेत्। पिण्डस्थाने अत्र-

नमः, गन्धोऽस्तु स्वधा, अक्षताः, पुष्पाणि, 'सव्येन' तत्र दीपं संस्थाप्य पुष्पाक्षतैः षड्ऋतून् पूजयेत् ॐ वसन्ताय नमः ॐ ग्रीष्माय नमः ॐ वर्षाभ्यो नमः ॐ शरदे नमः ॐ हेमन्ताय नमः ॐ शिशिराय नमः। ततो हस्तौ संहतौ कृत्वा—

यान्तु पितृगणाः सर्वे यस्मात्स्थानादुपागताः।
सर्वे ते हृष्टमनसः सर्वान्कामान् ददन्तु मे॥
ये लोका दानशीलानां ये लोकाः पुण्यकर्मणाम्।
सम्पूर्णाः सुखभोगैस्तु तान्व्रजध्वं सुपुष्कलान्॥
इहास्माकं शिवं शान्तिरायुरारोग्यसंपदः।
वृद्धिः सन्तानवर्गस्य जायतामुत्तरोत्तरा॥

(दीप को वहाँ से उठाकर अलग रखे और अपसव्य होकर पिण्ड को उसी स्थान पर रखे और उस पर जल की धार दें)

दीपस्थाने दीपः, अपसव्येन पिण्डस्थाने पिण्डः। असञ्चरमभ्युक्ष—

यः कश्चित्पितृरूपेण तिष्ठते परमेश्वरः।
सोऽयं श्राद्धप्रदानेन तृप्तिं लभतु शाश्वतीम्॥
गयायां पितृरूपेण स्वयमेको जनार्दनः।
यं दृष्ट्वा पुण्डरीकाक्षं मुच्यते च ऋणत्रयात्॥
पञ्चक्रोशं गयाक्षेत्रं क्रोशमेकं गयाशिरः।
यत्र यत्र स्मरिष्यामि पितॄणां दत्तमक्षयम्॥
शमीपत्रप्रमाणेन पिण्डं दद्याद् गयाशिरे।
उद्धरेत्सप्तगोत्राणां कुलमेकोत्तरं शतम्॥
पितुः शतगुणं पुण्यं सहस्रं मातुरुच्यते।
भगिन्यां शतसाहस्रं सोदर्ये दत्तमक्षयम्॥

इति पठेत्। (सव्य होकर कहे)

'सव्येन' अद्यदिने अपरमपि आमं पक्वं हिरण्यं उदयास्तपर्यन्तं यद्दत्तं यद्दास्ये तत्स्वर्गद्वारे अस्मत्पित्रे (अस्मन्मात्रे) अमृतीभूयोपतिष्ठतु। ॐ देवताभ्य इति त्रिर्जपः। (देवताभ्य मन्त्र का ३ बार पाठ करे)

ॐ देवताभ्यः पितृभ्यश्च महायोगिभ्य एव च।
नमः स्वाहायै स्वधायै नित्यमेव नमो नमः॥ ३

(अपसव्य होकर पढ़े) अपसव्येन

सप्तव्याधा दशार्णेषु मृगा कालञ्जरे गिरौ।
चक्रवाकाः शरद्वीपे हंसाः सरसि मानसे॥

तेऽपि जाताः कुरुक्षेत्रे ब्राह्मणा वेदपारगाः।
प्रस्थिता दीर्घमध्वानं यूयं किमवसीदथ॥
श्राद्धकाले गयां ध्यात्वा ध्यात्वा देवं गदाधरम्।

मनसा च पितॄन्ध्यात्वा, ततोऽमुकगोत्रस्यास्मत्पितुः अमुकशर्मणो वसुस्वरूपस्य (अमुकगोत्राया अस्मन्मातुः वसुस्वरूपायाः) सांवत्सरिकैकोद्दिष्टक्षयाहश्राद्धं विसृजे। (सव्य होकर कहे)

'सव्येन' इदं श्राद्धं मया विधिहीनं द्रव्यहीनं देशहीनं कालहीनं भावनाहीनं वाक्यहीनं श्रद्धाहीनं यत्कृतं तत्सुकृतमस्तु, यन्न कृतं तत् श्रीविष्णोः प्रसादात् ब्राह्मण वचनात्सर्वं परिपूर्णमस्तु ॐ अस्तु परिपूर्णमिति प्रत्युक्तिः।

(कुशा से ब्राह्मण का स्पर्श करे)

कुशेन विप्रस्पर्शः ॐ उत्तिष्ठ ब्रह्मणस्पते देवयन्तस्त्वेमहे उपप्रयन्तु मरुतः सुदानवऽइन्द्रप्राशूर्भवासचा। (ब्राह्मण को उठाकर पिण्ड पर रखे और कर्मपात्र को घुमाकर उसका जल उस पर डालें और कहे—)

इति ब्राह्मणमुत्थाप्य पिण्डोपरि संस्थाप्य कर्मपात्रं करयोः कृत्वा प्रदक्षिणीकरणम् ॐ आमा व्वाजस्य प्रसवोजगम्या देवे द्यावापृथिवी विश्वरूपे आमा गन्तां पितरा मातरा चामा सोमो अमृतत्वेन गम्यात्। इत्युनुब्रज्य कर्मपात्रं विप्रपादाग्रेनिनीय जलधारां दत्त्वा ॐ अभिरम्यताम् इति विसृज्य अभिरता स्म इति प्रत्युक्तिः। ॐ वाजे वाजे वत वाजिनो नो धनेषु विप्रा अमृता ऋतज्ञाः। अस्य मध्वः पिबत मादयध्वं तृप्ता यात पथिभिर्देवयानैः। इति पठित्वा नमस्कृत्य प्रार्थयेत्। (नमस्कार करके मन्त्र पढ़े)

अद्य मे सफलं जन्म अद्य मे सफलं तपः।
अद्य मे गोत्रजाः सर्वे याता वोऽनुग्रहाद्दिवम्॥

पत्रशाकादिदानेन क्लेशिता यूयमीदृशाः।
यत्क्लेशमिह संजातं विस्मृत्य क्षन्तुमर्हथ॥

इति संप्रार्थ्य ब्राह्मणशिखां विमोचयेत् (ब्राह्मण की शिखा खोल दे।)

ॐ मुञ्चन्तु मा सपथ्यादथो वरुण्यादुत, अथो यमस्य पड्वोशात्सर्वस्मादेव किल्विषात्। इति कुशवटुशिखां विमुच्य। (अपसव्य करके नीवी को कमर से निकाल दे, हाथ से दीपक बुझा दे और सव्य होकर आचमन करे—)

'अपसव्येन' नीवीं विसृज्य, पाणिना दीपं निर्वाप्य, सव्येन आचम्य विष्णुं स्मरेत्, (विष्णु स्मरण करे।)

यस्य स्मत्या च नामोक्त्या तपोयज्ञक्रियादिषु ।
न्यूनं सम्पूर्णतां याति सद्यो वन्दे तमच्युतम् ॥

ॐ अच्युताय नमः ३

ॐ चतुर्भिश्च चतुर्भिश्च द्वाभ्यां पञ्चभिरेव च ।
हूयते च पुनर्द्वाभ्यां तस्मै यज्ञात्मने नमः ॥

ॐ कर्मसाक्षिणे नारायणाय नमः । अनेन कर्मणा पितृस्वरूपी सविता प्रीयताम् ॐ तत्सत् ।

ततो वैश्वदेवं कृत्वा ब्राह्मणान् भोजयित्वा इष्टबन्धुभिः सह स्वयमपि भुञ्जीत ।

इति एकोद्दिष्टश्राद्धप्रयोगः ।

## अथ पार्वणश्राद्धप्रयोगः

तत्रादौ मध्याह्नस्नानसंकल्पः—यवकुशजलान्यादाय ॐ विष्णुर्विष्णुर्विष्णुः नमः परमात्मने श्रीपुराणपुरुषोत्तमाय अत्र पृथिव्यां जम्बूद्वीपे भरतखण्डे आर्यावर्ते पुण्यक्षेत्रेऽमुकक्षेत्रे ब्रह्मणो द्वितीये परार्धे श्रीश्वेतवाराहकल्पे वैवस्वतनाम मन्वन्तरे सत्यत्रेताद्वापरान्ते कलियुगस्य प्रथमचरणे षष्ठ्यब्दानां मध्ये अमुकनाम संवत्सरे अमुकायने अमुकऋतौ अमुकमासे अमुकपक्षे अमुकवासरान्वितायाममुकतिथौ अमुकगोत्रोत्पन्नोऽमुकराशिरमुकोऽहं (अपसव्यं विधाय, तिलमोटकजलमादाय) अमुकगोत्राणामस्मत्पितृपितामहप्रपितामहानाममुकामुकशर्मणां सपत्नीकानां तथा अमुकगोत्राणामस्मन्मातामहप्रमातामहवृद्धप्रमातामहानाममुकामुकशर्मणां सपत्नीकानामक्षयतृप्तिकामनया पुरूरवोमाद्रवसंज्ञकविश्वेदेवपूर्वकपार्वणश्राद्धाधिकारसिद्ध्यर्थमात्मनः शुद्ध्यर्थं च मध्याह्नस्नानमहं करिष्ये। (सव्य होकर स्नान करे।

(शुद्ध धौत वस्त्र पहिनकर श्राद्धतर्पण करके श्राद्धस्थल में भस्म का मण्डल बना कर वहाँ शालिग्रामादि देवता रखकर दीप जलावे, दक्षिण की ओर मुख करके बैठे, आचमन करके देवताओं को य ब्रह्म वेदान्त० इत्यादि से पुष्पाञ्जलि अर्पण करें)

(तीनों कुशब्राह्मणों को तिल-जल से कुशोऽसि० इस मन्त्र से अलग-अलग स्नान करावे। पहले वैश्वदेविक ब्राह्मण को नहलाकर उत्तराभिमुख फिर पितृ और मातामह ब्राह्मण को नहलाकर पूर्वाभिमुख करके पत्ते पर रखें)

ॐ कुशोऽसि कुशपुत्रोऽसि ब्रह्मणा निर्मितः पुरा।
त्वय्यर्चिते सोऽर्चितोऽस्तु यस्याहं नाम कीर्तये॥

इति वैश्वदैविकपूर्वक्रमेण ब्राह्मणत्रयं तैलाभ्यङ्गपूर्वकं संस्नापयेत्।

**अथ प्रतिष्ठा** (१) (वैश्व देविक ब्राह्मण की जो से प्रतिष्ठा करें।)

मन्त्र—ॐ एतन्ते देव सवितर्यज्ञं प्राहुर्बृहस्पतये ब्रह्मणे तेन यज्ञमव तेन यज्ञपतिन्तेन मामव। मनो जूतिर्जुषतामाज्यस्य बृहस्पतिर्यज्ञमिमन्तनोत्वरिष्टं यज्ञं समिमं दधातु विश्वेदेवास इह मादयन्तामो ३ प्रतिष्ठ॥ ॐ भूर्भुवः स्वः

वैश्वदैविकब्रह्मन् सुप्रतिष्ठितो भव। एवं मन्त्रावृत्या। (इसी मन्त्र एतन्ते० को पुनः पढ़कर पितृ और मातामह ब्राह्मणों की प्रतिष्ठा अक्षतों से करें)

ॐ भूर्भुवः स्वः पित्रादित्रयश्राद्धसम्बन्धिकुशब्रह्मन् सुप्रतिष्ठितो भव। ॐ भूर्भुवः स्वः मातामहादित्रयश्राद्धसम्बन्धिकुशब्रह्मन् सुप्रतिष्ठितो भव॥

**अथ निमन्त्रणम्** (२)। यवान् गृहीत्वा (जौ लेकर विश्वे० ब्राह्मण को निमन्त्रण दें।)

अद्येहेत्यादि देशकालौ संकीर्त्य अमुक संवत्सरे दक्षिणायने शरदृतौ, आश्विनमासे, महालयापरपक्षे, अमुकतिथौ, अमुकगोत्रास्मत्पित्रादित्रयश्राद्धसंबन्धिनां तथामुकगोत्रास्मन्मातामहादित्रयश्राद्धसम्बन्धिनां पुरूरवोमार्द्रवसञ्ज्ञकानां विश्वेषां देवानामद्य कर्तव्ये अमुक पार्वणश्राद्धे वैश्वदैविककुशब्रह्मन् भवान् मया निमन्त्रितः निमन्त्रितोऽस्मीति प्रतिवचनम्। हस्तौ संहतौ कृत्वा—

(हाथ जोड़कर प्रार्थना करें।)

अक्रोधनैः शौचपरैः सततं ब्रह्मचारिभिः।
भवितव्यं भवद्भिश्च मया च श्राद्धकारिणा॥
सर्वायासविनिर्मुक्तैः कामक्रोधविवर्जितैः।
भवितव्यं भवद्भिर्नोऽद्यतने श्राद्धकर्मणि॥

(दोनों हाथ की हथेलियाँ सामने करके स्वागत करें।)

आगतं वः सुस्वागतम्। (जल चढ़ावें।) एतद्वः पाद्यमस्तु।

यत्फलं कपिलादाने कार्तिक्यां ज्येष्ठपुष्करे।
तत्फलं पाण्डवश्रेष्ठ विप्राणां पादशोधने॥

ततोऽपसव्येन तिलैः पितृब्राह्मणनिमन्त्रणम्। (अपसव्य करके इसी प्रकार तिल लेकर पितृब्राह्मण व मातामहब्राह्मण को निमंत्रण दें स्वागत करें जल चढ़ावें)।

अद्येह अमुकसंवत्सरे दक्षिणायने शरदृतावाश्विनमासे महालयापरपक्षे कन्यागते सवितरि अमुकतिथौ अमुकगोत्राणाम् अस्मपितृपितामहप्रपितामहानाम् अमुकामुकशर्मणां सपत्नीकानां वसुरुद्रादित्यस्वरूपाणाम् अद्य कर्तव्ये अमुकपार्वणश्राद्धे पित्रादित्रयश्राद्धकृत्ये पितृसंबंधिकुशब्रह्मन् भवान्मया निमन्त्रितः? निमन्त्रितोऽस्मि इति प्रत्युक्तिः। अक्रोधनैरिति नियमं श्रावयेत्। 'सव्येन' आगतं वः सुस्वागतम् 'अपसव्येन' एतद्वः पाद्यमस्तु यत्फलं कपिलादाने०इति पठेत्। ततो मातामहानाम्—अद्येहेत्यादि अमुकगोत्राणामस्मद् मातामहप्रमातामहवृद्धप्रमातामहानाम्, अमुकामुकशर्मणां सपत्नीकानां वसुरुद्रादित्यस्वरूपाणाम् अद्यकर्तव्येऽमुकपार्वणश्राद्धे मातामहादित्रयश्राद्धसम्बन्धिकुशब्रह्मन् भवान्मया निमन्त्रितः। निमन्त्रि-

तोऽऽस्मीति प्रत्युक्तिः। अक्रोधनैरिति पठित्वा सव्येन आगतम् वः सुस्वागतम्। 'अपसव्येन' एतद्वः पाद्यमस्तु, यत्फलमिति पठेत् ॥ ३ ॥

**ततः पादार्घदानं पादपूजनञ्च** 'सव्येन' (सव्य करके पादार्घ सम्पादन करे।)

पादार्घं सम्पाद्य गन्धपुष्पाक्षतादि तूष्णीं निक्षिप्य पादार्घपात्रं गृहीत्वा— अद्येह अमुकसंवत्सरे अमुकायने अमुकर्तौ अमुकमासे अमुकपक्षेऽमुकतिथौ अमुकगोत्रास्मत्पित्रादित्रयश्राद्धसम्बन्धिनः तथामुकगोत्रास्मन्मातामहादित्रयश्राद्धसम्बन्धिनः पुरूरवोमार्द्रवसंज्ञकविश्वेदेवाः एष पादार्घो वोऽस्तु इति। निवेदयेत्।

'अपसव्येन' पादार्घं संपाद्य (अपसव्य करके पादार्घ सम्पादन कर पितृ ब्राह्मण को पादार्घ दे।)

हस्ते गृहीत्वा अद्येहेत्यादि अमुकसंवत्सरे दक्षिणायने शरदृतौ आश्विनमासे महालयापरपक्षे कन्यागते सवितरि अमुकतिथौ अमुकगोत्राणामस्मत्पितृपितामहप्रपितामहानाम् अमुकामुकशर्मणां सपत्नीकानां वसुरुद्रादित्यस्वरूपाणाम् अद्यकर्तव्ये अमुकपार्वणश्राद्धे ब्रह्मन् एष ते पादार्घोऽस्तु। अद्येह अमुकसंवत्सरे दक्षिणायने शरदृतावाश्विनमासे महालयापरपक्षे कन्यागते सवितरि अमुकतिथौ अमुकगोत्राणाम् अस्मन्मातामहप्रमातामहवृद्धप्रमातामहानाम् अमुकामुकशर्मणां सपत्नीकानां वसुरुद्रादित्यस्वरूपाणामद्य कर्तव्ये अमुकपार्वणश्राद्धे ब्रह्मन्नेष ते पादार्घोऽस्तु।

ततः 'सव्येन' विश्वेषां देवानाँ पादपूजनम्। (सव्य करके विश्वेदेवा ब्रा० को गन्ध यव पुष्प चढ़ावे)

ॐ नमोऽस्त्वनन्ताय सहस्रमूर्तये सहस्रपादाक्षिशिरोरुबाहवे।
सहस्रनाम्ने पुरुषाय शाश्वते सहस्रकोटीयुगधारिणे नमः॥

इति गन्धाक्षतपुष्पैः पादौ सम्पूज्य। 'अपसव्येन' (अपसव्य से पितृ-मातामह ब्रा० को अक्षत पुष्प चढावे)

पितृभ्यः स्वधायिभ्यः स्वधा नमः पितामहेभ्यः स्वधायिभ्यः स्वधा नमः प्रपितामहेभ्यः स्वधायिभ्यः स्वधा नमः। अक्षन्पितरोऽमोमदन्त पितरोऽतीतृपन्त पितरः पितरः शुन्धध्वम्। इति पितृब्राह्मणपादपूजनम्। ॐ नमो वः पितरो रसाय नमो वः पितरः शोषाय नमो वः पितरो जीवाय नमोः वः पितरः स्वधायै नमो वः पितरो घोराय नमो वः पितरो मन्यवे नमो वः पितरः पितरो नमो वो गृहान्नः पितरो दत्तसतो वः पितरो देष्मै।

इति मातामहादिद्विजपादपूजनं गन्धादिभिः कुर्यात्। (सव्य करके स्वयं आचमन कर विश्वे० ब्रा० को आचमन करावे और अपसव्य से पितृ-माता० ब्रा० को आचमन करावे।

'सव्येन' स्वयमाचम्य विश्वेदेवान् आचामयेत् 'अपसव्येन' पितृब्राह्मणमातामहब्राह्मणानाचामयेत् ॥ ४ ॥

**श्राद्धदेशोपवेशन**—(सव्य हो विश्वे० ब्राह्मण को उठाकर दूसरे स्थान पर पूर्वाभिमुख रखे और अपसव्य होकर पितृ-माता० ब्राह्मणों को उत्तराभिमुख रखें ।)

सव्येन निक्षिप्तयवकुशस्थाने ॐ ब्रह्मन् अत्रोपविश्यताम् इति प्राङ्मुखं वैश्वदैविकब्राह्मणं स्थापयेत् । 'अपसव्येन' निक्षिप्ततिलकुशस्थाने ॐ ब्रह्मन्नत्रोपविश्यतामिति वाक्यावृत्या पित्रादिब्राह्मणं मातामहादिब्राह्मणञ्च उदङ्मुखमुपवेशयेत् ॥ ५ ॥

**कर्मपात्रस्थापनम्**—'सव्येन' (सव्य हो कर अपनी बाईं ओर कर्मपात्र स्थापन के लिये भूमिस्पर्श करे ।)

भूरसि भूमिरस्यदितिरसि विश्वधाया विश्वस्य भुवनस्य धर्त्री पृथिवीं यच्छ पृथिवीं दृंह पृथिवीम्मा हिंसीः । इति भूमिमभिमन्त्य (भूमि में शंखचक्रादि लिखकर कुशा का आसन और उस पर कर्मपात्र रखे ।)

भूमौ शङ्खचक्रादिकं लिखित्वा 'आसनम् (पूर्वाग्रकुशपत्रद्वयेन) आसने पात्रम् । (पात्र में कुशपवित्र रखे ।)

पात्रे पवित्रं ॐ पवित्रे स्थो वैष्णव्यौ सवितुर्वः प्रसवऽउत्पुनाम्यच्छिद्रेण पवित्रेण सूर्यस्य रश्मिभिः । (जल डाले) ।

जलम्—ॐ शन्नोदेवीरभिष्टय आपो भवन्तु पीतये शंय्योरभिस्रवन्तु नः ।
(जौ डाले) ॐ यवोऽसि यवयास्मद्द्वेषो यवयारातीः । दिवे त्वान्तरिक्षाय त्वा पृथिव्यै त्वा शुन्धन्तांल्लोकाः पितृषदनाः पितृषदनमसि । इति यवान् क्षिपेत् ।
(तिल डाले) ॐ तिलोऽसि सोमदैवत्यो गोसवो देवनिर्मितः । प्रत्नमद्भिः पृक्तः स्वधया पितृंल्लोकान्प्रीणाहि नः स्वाहा ।

गन्धपुष्पाक्षतादि तूष्णीं प्रणवेन वा निक्षिप्य (गन्ध अक्षत पुष्प विना मन्त्र के या ॐ कार से डाले ।) ।

(वरुण का आवाहन करे ) ।

ॐ इमम्मे वरुणश्रुधीहवमद्या च मृडय त्वामवस्युराचके ॐ भूर्भुवः स्वः वरुण इहागच्छेह तिष्ठ । इति वरुणमावाह्य कर्मपात्रं सुसम्पन्नमस्तु अस्तु सुसम्पन्नम् । (पवित्र से कर्मपात्र का जल लेकर अपने ऊपर तथा श्राद्ध सामग्री पर छींटे डाले प्राणायाम करे । मन्त्र पढ़ें ।)

पवित्रगृहीतेन तेन जलेनात्मानं सर्वां श्राद्धसामग्रीं च सम्प्रोक्ष्य प्राणायामं विधाय पुण्डरीकाक्षाय नमः ३

ॐ अपवित्रः पवित्रो वा सर्वावस्थां गतोऽपि वा ।
यः स्मरेत्पुण्डरीकाक्षं स बाह्याभ्यन्तरः शुचिः ॥ ६ ॥

हस्तौ संहतौ कृत्वा—(हाथ जोड़कर ३ बार देवताभ्यः मन्त्र पढ़े ।)

देवताभ्यः पितृभ्यश्च महायोगिभ्य एव च ।
नमः स्वाहायै स्वधायै नित्यमेव नमो नमः ॥ ३

इति त्रिः पठित्वा । 'अपसव्येन' कृताञ्जलिः—(अपसव्य होकर पढ़े) ।

सप्तव्याधा दशार्णेषु मृगाः कालञ्जरे गिरौ ।
चक्रवाकाः शरद्वीपे हंसाः सरसि मानसे ।
तेऽपि जाताः कुरुक्षेत्रे ब्राह्मणा वेदपारगाः ।
प्रस्थिता दीर्घमध्वानं यूयं किमवसीदथ ।
श्राद्धकाले गयां ध्यात्वा, ध्यात्वा देवं गदाधरम् ।

मनसा च पितॄन्ध्यात्वा ततोऽमुकगोत्राणाम् अस्मत्पितृ-पितामह-प्रपितामहानाममुकामुकशर्मणां सपत्नीकानां वसुरुद्रादित्यस्वरूपाणां तथामुकगोत्राणाम् अस्मन्मातामहप्रमातामहवृद्धप्रमातामहानाम् अमुकामुकशर्मणां सपत्नीकानाम् वसुरुद्रादित्यस्वरूपाणाम् अक्षयतृप्तिप्राप्त्यर्थं पुरूरवोमार्द्रवसंज्ञकविश्वेदेवपूजनपूर्वकम्, अमुकपार्वणश्राद्धं समारभे । सव्येन गंगां गदाधरं च नत्वा–(सव्य होकर प्रार्थना करे ।)

पञ्चक्रोशं गयाक्षेत्रं क्रोशमेकं गयाशिरः ।
यत्र यत्र स्मरिष्यामि पितॄणां दत्तमक्षयम् ॥ ७ ॥

**नीवीबन्धनम्** (अपसव्य होकर तिलमोटक को बांई ओर कमर में खोंसे) ।

'अपसव्येन' तिलमोटकं गृहीत्वा वामकट्यां ॐ सोमस्य नीविरसि विष्णोः शर्म्मासि शर्म यजमानस्येन्द्रस्य योनिरसि सुसस्याः कृषीस्कृधि ।

निहन्मि सर्वं यदमेध्यमत्र, निहन्मि सर्वानपि दानवासुरान् ।
रक्षांसि यक्षाश्च पिशाचगुह्यका, मया हता यातुधानाश्च सर्वे ॥
इति नीवीं वद्ध्वा, सव्येनाचामेत् ॥ ८ ॥ (सव्य होकर आचवन करें ।)

**दिग्बन्धनम्** (नीचे के मंत्र पढ़ते हुए चारों दिशाओं में मोटक तिल जौ फेंकें) ।

अग्निष्वात्ताः पितृगणाः प्राचीं रक्षन्तु मे दिशम् ।
तथा बर्हिषदः पान्तु यामीं ये पितरस्तथा ।
प्रतीचीमाज्यपाः पान्तु उदीचीमपि सोमपाः ।
रक्षोभूतपिशाचेभ्यस्तथैवासुरदोषतः ।
सर्वतश्चाधिपस्तेषां यमो रक्षां करोतु मे ।

तिला रक्षन्तु दितिजाद्दर्भा रक्षन्तु राक्षसात्।
पंक्ति वै श्रोत्रियो रक्षेद्, अतिथिः सर्वरक्षकः।
अत ऊर्ध्वञ्च कोणेषु हविष्मन्तश्च सर्वदा।
इति प्रतिदिशं तिलमोटकान् निक्षिपेत्॥ ९॥

**प्रतिज्ञासंकल्पः** (कर्मपात्र का जल व कुशा लेकर संकल्प करें।)

'सव्येन' यवतिलकर्मपात्रस्थजलकुशान् गृहीत्वा।

ॐ विष्णुः ३। नमः परमात्मने श्रीपुराणपुरुषोत्तमाय ॐ तत्सत्। इह पृथिव्यां जम्बूद्वीपे भरतखण्डे आर्यावर्ते पुण्यक्षेत्रे (हिमवत्पर्वतैकदेशे) अद्य ब्रह्मणो द्वितीये परार्द्धे श्रीश्वेतवाराहकल्पे वैवस्वतमन्वन्तरे अष्टाविंशतितमे कलियुगे प्रथमचरणे षष्ट्यब्दानां मध्ये अमुकनामसंवत्सरे दक्षिणायने शरदृतौ आश्विनमासे महालयापरपक्षे कन्यांगते सवितरि अमुक तिथौ अमुक गोत्रोत्पन्नः अमुकराशिरमुकशर्माहम् (अपसव्य करें।)

'अपसव्येन' अमुकगोत्राणाम् अस्मत्पितृपितामहप्रपितामहानाम् अमुकामुकशर्मणां सपत्नीकानां वसुरुद्रादित्यस्वरूपाणां तथामुकगोत्राणामस्मन्मातामहप्रमातामहवृद्धप्रमातामहानाम्, अमुकामुकशर्मणां सपत्नीकानां, वसुरुद्रादित्यस्वरूपाणाम् अक्षयतृप्तिकामनया पुरुरवोमार्द्रवसंज्ञकविश्वेदेवपूजनपूर्वकम् अर्घपिण्डसहितं पार्वणश्राद्धं करिष्ये। ॐ कुरुष्व इति प्रत्युक्तिः।

ततः सव्येन साग्रान्कुशान् गृहीत्वा कर्मपात्रस्थं जलं यद्देवा इति तिसृभिर्मन्त्रैरभिलोडयेत्। (कर्म पात्र के जल को कुशा से अभिमन्त्रित करें।)

ॐ यद्देवा देवहेडनं देवासश्चक्रिमा व्वयम्।
अग्निर्मा तस्मादेनसो विश्वान् मुञ्चत्वंहसः॥

यदि दिवा यदि नक्तमेनांसि चक्रिमा वयम्।
वायुर्मा तस्मादेनसो विश्वान् मुञ्चत्वंहसः॥

ॐ यदि जाग्रद्यदि स्वप्न एनांसि चक्रिमा वयम्।
सूर्यो मा तस्मादेनसो विश्वान्मुञ्चत्वंहसः॥

गायत्र्या चाभिमन्त्र्य, (कुश तिल कर्मपात्रोदक से श्राद्ध के लिये पके हुए अन्न पर छीटे डालें)।

ततो दर्भतिलयुतेन तज्जलेन पाकपिधानमुत्तार्य 'शूद्रादि-दृष्टि-दूषितपाकः पूतोऽस्तु' इति, गायत्र्या चान्नं संप्रोक्षेत्॥ १०॥

**आवाहनम्** 'सव्येनैव' कुशद्वययवान् गृहीत्वा। (कुश और जौ लेकर विश्वेदेव ब्राह्मण का आवाहन करें संकल्प के बाद उसका स्पर्श करें)।

ॐ अद्येह अमुकगोत्र अस्मत्पित्रादित्रयश्राद्धसम्बन्धिन: तथामुष्कगोत्रास्मन्मातामहादित्रयश्राद्धसम्बन्धिन: पुरूरवोमाद्रवसंज्ञकान् विश्वेदेवानावाहयिष्ये । ॐ आवाहय इति प्रत्युक्ति: । वैश्वदैविकद्विजजान्वालभ्य जपति—

ॐ विश्वेदेवास आगत श्रृणुताम ऽइमं हवम् । एदं बर्हिर्निषीदत । इत्यावाह्य (घुमाकर जौ डालें) ।

प्रदक्षिणं यवान् विकीर्य ॐ व्विश्वेदेवा: श्रृणुतेमं हवम् । येऽअन्तरिक्षे य ऽउपद्यविष्ठ । ये ऽअग्निजिह्वाऽउतवा यजत्रा आसद्यास्मिन् बर्हिषि मादयध्वम् ।

आगच्छन्तु महाभागा: विश्वेदेव: महाबला: ।
ये चात्र विहिता: श्राद्धे सावधाना भवन्तु ते ॥

आगच्छत । (अपसव्य होकर तिलमोटक से पितृब्राह्मण का आवाहन करें बिना घुमाये तिल डालें) ।

तत: 'अपसव्येन' पितॄनावाहयेत्—तिलमोटकं गृहीत्वा—

अद्येह शरदृतौ, आश्विनमासे महालयापरपक्षे कन्यागते सवितरि अमुकतिथौ अमुकगोत्रान्, अस्मत्पितृपितामहप्रपितामहान्, अमुकामुकशर्मण:, सपत्नीकान्, वसुरुद्रादित्यस्वरूपान् पितॄनावाहयिष्ये ॐ आवाहय । (पितृद्विजस्य जान्वालभ्य) ॐ उशन्तस्त्वा निधीमह्युशन्त: समिधीमहि । उशन्नुशतऽआवह पितॄन् हविषे अत्तवे । इत्यावाह्य, अप्रदक्षिणं तिलानवकीर्य ॐ आयन्तु न: पितर: सोम्या सोऽग्निष्वात्ता: पथिभिर्देवयानै: । अस्मिन्यज्ञे स्वधया मदन्तोऽधिब्रुवन्तु ते ब्रुवन्त्वस्मान् ।

ये मया मन्त्रिता: पूर्वं पितर: पितृपक्षगा: ।
आश्रित्य पितृकार्येषु सावधाना भवन्तु ते ॥

(अपसव्य से ही तिल मोटक लेकर मातामह ब्राह्मणों का आवाहन करें । उन्हीं मन्त्रों को दुहरावें जो पितृ ब्राह्मण के आवाहन में कहे थे ।)

पुनस्तिलमोटकं गृहीत्वा मातामहानावाहयेत् । ॐ अद्येह शरदृतौ आश्विनमासे महालयापरपक्षे कन्यागते सवितरि अमुकतिथौ, अमुकगोत्रान्, अस्मन्मातामहप्रमातामहवृद्धप्रमातामहान्, अमुकामुकशर्मण:, सपत्नीकान्, वसुरुद्रादित्यस्वरूपान्, मातामहानावाहयिष्ये । ॐ आवाहय । उशन्तस्त्वा निधीमह्युशन्त: समिधीमहि । उशन्नुषत आवह पितॄन् हविषे अत्तवे । इति आवाह्य अप्रदक्षिणं तिलान्विकीर्य आयन्तु न:० इति जपेत्–आगच्छन्तु ॥ ११ :।

'सव्येन' आसनम् ऋजुकुशद्वययवानादाय, (सव्य होकर विश्वेदेवा ब्राह्मण को आसन दे, दो कुश और जौ लेकर) ।

अद्येहेत्यादि अमुकनामसम्वत्सरे, दक्षिणायने शरदृतौ–आश्विनमासे, महालयापरपक्षे, कन्यागते सवितरि अमुकतिथौ, अमुकगोत्रास्मत्पित्रादित्रयश्राद्धसम्बन्धिनां तथामुकगोत्रास्मन्मातामहादित्रयश्राद्धसम्बन्धिनां पुरूरवोमाद्रंवसंज्ञकानां विश्वेषां देवानामिदमासनमस्तु। ॐ भूर्भुवः स्वः इदमासनमास्यताम् ? आसे।

ततः 'अपसव्येन' तिलमोटकं गृहीत्वा (अपसव्य होकर पितृ-मातामह ब्राह्मणों को आसन दे तिल और कुशमोटक से)।

अद्येहेत्यादि अमुकसम्वत्सरे दक्षिणायने शरदृतावाश्विनमासे महालयापरपक्षे कन्यागते सवितरि अमुकतिथौ अमुकगोत्राणामस्मत्पितृपितामहप्रपितामहानाम्, अमुकामुकशर्मणां सपत्नीकानां वसुरुद्रादित्यस्वरूपाणाम्, अमुकपार्वणश्राद्धे इदमासनमस्तु। ॐ भूर्भुवः स्वः इदमासनमास्यताम् ? आसे।

तथा अद्येहामुकगोत्राणाम्—-अस्मन्मातामहप्रमातामहवृद्धप्रमातामहानाम् अमुकामुकशर्मणां सपत्नीकानां, वसुरुद्रादित्यस्वरूपाणाम् अस्मिन् श्राद्धे इदमासनमस्तु ॐ भूर्भुवः स्व इदमासनमास्यताम् ? आसे॥ १२॥

ततः 'सव्येन' हस्तार्घस्थापनम् (वैश्वदेविक तथा पित्रादि सभी ब्राह्मणों के आगे अर्घदान सव्य करके ही होता है। भूमि पर शंखचक्रादि लिखकर कुश का आसन, उसपर हस्तार्घ का दोना, पवित्रेस्थ० से पवित्र, शन्नो देवी० से जल, यवोसि० से वैश्वदेविक अर्घ में जौ तिलोऽसि० से पितृ मातामह अर्घों में तिल तथा गंधाक्षतपुष्प बिना मंत्र के डालें। भो ब्राह्मणा कह कर पूर्णता की भावना करें। विश्वेदेवा ब्राह्मण का एक और पितृ-मातामह ब्राह्मणों के तीन-तीन अर्घपात्र होते हैं।)

देवाग्रे भूमौ शङ्खचक्रादिकं लिखित्वा प्रागग्रासादितदर्भयोरुपरि अर्घ्यपात्रद्वयं (एकं वा) संस्थाप्य पात्रयोः पवित्रे ॐ पवित्रेस्थो वैष्णव्यो सवितुर्वः प्रसव उत्पुनाम्यच्छिद्रेण पवित्रेण सूर्यस्य रश्मिभिः। इति पवित्रे निधाय ॐ शन्नोदेवी रभिष्टय आपो भवन्तु पीतये, शंय्योरभिस्रवन्तु नः। इति जलम्। ॐ यवोसि यवयास्मद्द्वेषो यवयारातीः इति यवान्, गन्धपुष्पाक्षतादि प्रणवेन तूष्णीं वा निक्षिप्य। भो ब्राह्मणा देवार्घपात्रं परिपूर्णमस्तु ? अस्तु परिपूर्णम्। (एवं रीत्या त्रीणि पित्रर्घपात्राणि, त्रीणि मातामहार्घपात्राणि।)

आसनम्, आसने पात्रम्, पात्रे पवित्रम्, पवित्रेस्थो वैष्णव्यौ० इति,शन्नो देवी० जलम्, तिलोसि सोमदैवत्यो गोसवो देवनिर्मितः। प्रत्नमद्भिः पृक्तः स्वधया पितृँल्लोकान्प्रीणाहि नः स्वाहा। इति तिलान्। गन्धपुष्पाक्षतादि प्रणवेन तूष्णीं वा यथाधिकारं निक्षिपेत्॥ भो ब्राह्मणाः पित्रर्घपात्राणि परिपूर्णानि सन्तु ? सन्तु। तथा मातामहार्घपात्राणि परिपूर्णानि सन्तु ? सन्तु।

(अर्घपात्र हाथ में लेकर उसमें रख पवित्र को यादिव्या० मन्त्र से विश्वे० ब्राह्मण के पास रखें। दोनों हाथों में अर्घपात्र लेकर संकल्प करके अर्घ दें पुनः प्रत्यर्घं च कहकर फिर उस पवित्र को अर्घ में रख लें।)

ततः वैश्वदैविक-अर्घपात्रस्थं पवित्रं विप्रकरे दत्त्वा हस्ताभ्यामर्घपात्रमादाय सपवित्रेषु हस्तेषु—

ॐ या दिव्याऽआपः पयसा सम्बभूवुर्य्याऽअन्तरिक्षा उत पार्थिवीर्य्याः। हिरण्यवर्णा यज्ञियास्तानऽआपः शिवाः शं स्योना सुहवा भवन्तु। पुनः प्रत्यर्घं च।
(इसी प्रकार पितृ और मातामह अर्घपात्रों में भी करें)।

ॐ, अद्येह अमुकसंवत्सरे दक्षिणायने शरदृतावाश्विनमासे महालयापरपक्षे कन्यागते सवितरि, अमुकतिथौ, अमुकगोत्रपित्रादित्रयसम्बन्धिनः तथाऽमुकगोत्रास्मन्मातामहादित्रयश्राद्धसम्बन्धिनः पुरुरवोमार्द्रवसंज्ञकविश्वेदेवा अमुकपार्वणश्राद्धे एष वो हस्तार्घोऽस्तु। ॐ पुनः प्रत्यर्घञ्च।

(अत्रायं विधिः विप्रहस्तगतपवित्रयोरुपरि देवतीर्थेन अर्घपात्रस्थं जलं दत्त्वा, पात्रं तत्रैव भूमौ निधाय पुनः प्रत्यर्घञ्चेति द्विजकरदत्तपवित्रं गृहीत्वा अर्घपात्रोपरि स्थापयेत्)।

ततः पित्राद्यर्घदानम्—'सव्येनैव' सपवित्रेषु हस्तेषु।

ॐ या दिव्या आपः पयसा इति पठित्वा अद्येह अमुकगोत्र अस्मत्पितः अमुक शर्मन् सपत्नीक वसुस्वरूप अमुकपार्वणश्राद्धे एष ते हस्तार्घोऽस्तु इति पितृतीर्थेन विप्रहस्ते किञ्चित्सावशेषं जलं दद्यात्। ॐ पुनः प्रत्यर्घञ्च। विप्रहस्तस्थपवित्रं पात्रे स्थापयेत्। एवमग्रेऽपि॥ सपवित्रेषु हस्तेषु—ॐ यादिव्या० इति पठित्वा ॐ अद्येह अमुकगोत्र अस्मत्पितामह अमुकशर्मन् सपत्नीक रुद्रस्वरूप एष ते हस्तार्घोऽस्तु। पुनः प्रत्यर्घञ्च। सपवित्रेषु हस्तेषु ॐ या दिव्या इति मन्त्रान्ते अद्येह अमुकगोत्र अस्मत्प्रपितामह अमुकशर्मन् सपत्नीक आदित्यस्वरूप एष ते हस्तार्घोऽस्तु। पुनः प्रत्यर्घञ्च॥ सपवित्रेषु हस्तेषु ॐ यादिव्या इति मन्त्रान्ते ॐ अद्येह अमुकगोत्र अस्मद् मातामह अमुकशर्मन् सपत्नीक वसुस्वरूप एष ते हस्तार्घोऽस्तु। पुनः प्रत्यर्घञ्च। सपवित्रेषु हस्तेषु ॐ यादिव्या आपः पयसा इति मन्त्रान्ते ॐ अद्येह अमुकगोत्र अस्मत्प्रमातामह अमुकशर्मन् सपत्नीक रुद्रस्वरूप एष ते हस्तार्घोऽस्तु। पुनः प्रत्यर्घञ्च। सपवित्रेषु हस्तेषु ॐ यादिव्या आप इति मन्त्रान्ते। ॐ अद्येह अमुकगोत्र अस्मद् वृद्धप्रमातामह अमुकशर्मन् सपत्नीक आदित्यस्वरूप एष ते हस्तार्घोऽस्तु। पुनः प्रत्यर्घञ्च।

ततः सर्वपात्राणां संस्रवान् (सावशेषाणि जलादीनि) प्रथमे पितृपात्रे समवनीय

(एकीकृत्य) तेन जलेन—(सभी अर्घपात्रों में बचा हुआ जल प्रथम पितृ अर्घपात्र में डालकर पवित्र से अपने शिर पर छींटे डालें)।

ॐ अर्घोदकं श्रियं दद्यात् पुत्रपौत्राभिवर्द्धनम्।
यस्मात्तस्माच्छिवं मे स्यादिह लोके परत्र च।

ॐ आपः शिवाः शिवतमाः शान्ताः शान्ततमास्तथा ता मे कृण्वन्तु भेषजम्। इति प्राङ्मुखो यजमानः स्वमूर्ध्नि अभिषिञ्चेत्॥ १३॥

'अपसव्येन' पितृद्विजवामभागे दक्षिणाग्रदर्भैतिलानास्तीर्य तदुपरि सपवित्रम्, अर्घपात्रं ॐ पितृभ्यः स्थानमसि। इति (दक्षिणाग्रं) न्युब्जं कृत्वा तदुपरि स्वधावाचनीयान् त्रीन् कुशान् सपवित्रान् दक्षिणाग्रान् संस्थाप्य।

(अपसव्य करके पितृब्राह्मण के बांई ओर कुशा रखकर उस अर्घपात्र को उलट कर रख दें और उसके ऊपर तीन कुशा स्वधावाचन के लिये रख दें गन्धाक्षतपुष्प उस पर चढ़ावें)।

आचारात्—ॐ शुन्धन्ताँल्लोकाः पितृषदनाः पितृषदनमसि, इति संप्रोक्ष्य ॐ पितृभ्यः स्वधायोति गन्धतिलतुलसीदलपुष्पैः संपूजयेत् (तत्पात्रञ्च दक्षिणादानपर्यन्तं न स्पृशेन्न विचालयेत्) इति न्युब्जीकरणम्॥ १४॥

'सव्येन' पूजनम्, (सव्य होकर विश्वेदेवा और अपसव्य होकर पित्रादि ब्राह्मणों का पूजन करें)।

विश्वेषां देवानाम्, अत्रं नमः इति जलम् दत्त्वा सहस्रशीर्षेति-पठन्—

ॐ नमोऽस्त्वनन्ताय सहस्रमूर्तये सहस्रपादाक्षिशिरोरुबाहवे।
सहस्रनाम्ने पुरुषाय शाश्वते सहस्रकोटीयुगधारिणे नमः॥

इति गन्धोऽस्तु स्वाहा, अक्षताः, पुष्पाणि, तुलसीदलानि धूपदीपवासांसि समर्प्य कुशयवजलान्यादाय।

ॐ अद्येह अमुकपार्वणश्राद्धे अमुकगोत्रास्मत्पित्रादित्रयश्राद्धसंबन्धिनः तथामुकगोत्रास्मन्मातामहादित्रयश्राद्धसम्बन्धिनः पुरूरवोमाद्रवसंज्ञकविश्वेदेवाः अर्चनविधौ—इमानि गन्धाक्षतपुष्पतुलसीदलधूपदीपवासांसि वः संपद्यन्तां स्वाहा। इति ब्राह्मणहस्ते संकल्पं दत्त्वा-ॐ विश्वेदेवार्चनविधिः सर्वं परिपूर्णमस्तु, अस्तु परिपूर्णम्।

'अपसव्येन' पितृब्राह्मणहस्ते पितॄणाम् अर्चनविधौ अत्रं नमः इति जलम् ॐ पितृभ्यः स्वधायिभ्यः स्वधा नमः, पितामहेभ्यः स्वधायिभ्यः स्वधा नमः,

प्रपितामहेभ्यः स्वधायिभ्यः स्वधा नमः। अक्षन्पितरोऽमीमदन्त पितरोऽतीतृपन्त पितरः पितरः शुन्धध्वम् ॥ इति गन्धाक्षततिलपुष्पतुलसीदलधूपदीपवासांसि दत्त्वा सतिलजलमोटकत्रयं गृहीत्वा ॐ अद्येह अमुकगोत्रा अस्मत्पितृपितामहप्रपितामहा अमुकामुकशर्माणः सपत्नीकाः वसुरुद्रादित्यस्वरूपा अमुकपार्वणश्राद्धे विप्रार्चनविधौ—इमानि जलगन्धाक्षतपुष्पतुलसीदलधूपदीपवासांसि मद्दत्तानि यथाविभागं वः संपद्यन्ताम् स्वधा।

ततो मातामहादिद्विजकरे ब्राह्मणार्चनविधौ—

अत्रं नमः ॐ नमो वः पितरो रसाय नमो वः पितरः शोषाय नमो वः पितरो जीवाय नमो वः पितरः स्वधायै नमो वः पितरो घोराय नमो वः पितरो मन्यवे नमोः वः पितरः पितरो नमो वो गृहान्नः पितरो दत्त सतो वः पितरो देष्मै तद्वः पितरो वास आधत्त। इत्यनेन गन्धादिना सम्पूज्य—ॐ अद्येह अमुकगोत्राः अस्मन्मातामहप्रमातामहवृद्धप्रमातामहाः अमुकामुकशर्माणः सपत्नीका वसुरुद्रादित्यस्वरूपाः अस्मिन् अमुकपार्वणश्राद्धे विप्रार्चनविधौ इमानि जलगन्धाक्षतपुष्पतुलसीदलवासांसि मद्दत्तानि यथाविभागं वः स्वधा। (सव्य से विश्वे० और अपसव्य से पितृ० अर्चन विधि परिपूर्ण होने का संकल्प करें)।

कृताञ्जलिः भवत्प्रसादात् पैतृको विप्रार्चनविधिः सर्वः परिपूर्णोऽस्तु ? अस्तु परिपूर्णः ॥ १५ ॥

'सव्येन' स्वयमाचम्य विश्वेदेवाब्राह्मणमाचामयेत् 'अपसव्येन' पित्रादिब्राह्मणानाचमयेत्। (सव्य हो स्वयं आचमन करे विश्वे० ब्रा० को करावें अपसव्य हो पित्रादि ब्रा० को)।

सव्येन' ॐ अच्युतायनमः ३ इति अच्युतस्मरणम् ॥ १६ ॥

ततः—(भस्म से विश्वे० का गोल और पित्रादि का चतुष्कोण मण्डल बनाकर उनपर पत्रावली रखें)।

यथा चक्रायुधो विष्णुस्त्रैलोक्यं परिरक्षति।
एवं मण्डलभस्मांकः सर्वभूतानि रक्षतु ॥

इति भस्मना चतुष्कोणादिमण्डलानि विधाय तेषु भोजनपात्राणि संस्थाप्य पितृद्विजसमीपे जलपात्रञ्च संस्थाप्य घृताक्तमन्नं पिहितमादाय उद्धृत्य, अथाग्नौकरणम्—सम्प्रोक्ष्य पृच्छेत्—भो ब्राह्मणा युष्मदनुज्ञया जले अग्नौकरणं करिष्ये। ॐ कुरुष्व इति प्रत्युक्तिः।

(अग्नौकरण—पितृ ब्राह्मण के पास एक दोने में जल रखें, दूसरे दोने में घी डाला हुआ भात हाथ में लेकर दूसरे हाथ से ढकें, अग्नौकरण की आज्ञा लेकर अपसव्य

करके दोने के जल में उस भात की २ आहुति दें, शेष बचा हुआ भात थोड़ा-थोड़ा प्रत्येक पत्रावली में डालें और बाकी पिण्डों में मिलावें)।

'अपसव्येन' अन्नपात्रपिधानमुत्तार्य, वामहस्ते कृत्वा, दक्षिणहस्तेन सतिलमोटकेन, ॐ अग्नये कव्यवाहनाय स्वाहा इति जले एकाहुतिं हुत्वा ॐ इदमग्नये कव्यवाहनाय इति जलं दद्यात्। एवं ॐ सोमाय पितृमते स्वाहा। ॐ इदं सोमाय पितृमते, द्वितीयाम्। अग्नौकरणशेषं पितृपत्रावल्यां मातामहपत्रावल्याञ्च किञ्चित् दत्त्वा, शेषं पिण्डार्थमवशेषयेत्॥ १७॥ (सव्य होकर पहले विष्णु का नैवेद्य रखें फिर पत्रावलियों में अन्नादि परोसें)।

ततः सव्येन परिवेषणम्। पूर्वं विष्णवे नैवेद्यं निवेद्य, सजलतुलसीदलेनाभ्युक्ष्य।

ॐ नाभ्या आसीदन्तरिक्ष ँ शीर्ष्णो द्यौः समवर्तत। पद्भ्यां भूमिर्दिशः श्रोत्रांस्तथा लोकाँ॥ २ अकल्पयन् ॐ साङ्गाय सपरिवाराय विष्णवे अमृतस्वरूपं नैवेद्यं निवेदयामि। ततो वैश्वदैविकपूर्वकं सुशीतलजलसहितोष्णान्नपरिवेषणं रजतादिपात्रेषु पत्रावल्यां वा कुर्यात्।

(गायत्री से अन्न पर छीटें डालें, दाहिना घुटना मोड़कर, हथेली नीचे की ओर किये हुए स्वस्तिकाकार बायें हाथ के ऊपर दाहिना हाथ करके मधु मधु कहते हुए पत्रावली का स्पर्श करके मन्त्र पढ़ें)।

गायत्र्याऽन्नं संप्रोक्ष्य अन्वाचितदक्षजानुः स्वस्तिकाकृतिनाधोमुखेन वामोपरिस्थितेन दक्षिणहस्तेन ॐ मधु ३ इति पात्रमालभ्य जपति।

ॐ पृथिवी ते पात्रं द्यौरपिधानं ब्राह्मणस्य मुखेऽअमृते अमृतं जुहोमि स्वाहा विष्णो हव्यं रक्ष इति प्रादक्षिण्येन यवान्विकीर्य। (बिना घुमाये जौ डालें)

ॐ अपहताऽअसुरा रक्षा ँसि व्वेदिषदः इत्युच्चार्य, अङ्गुष्ठग्रहणम्। (पत्रावली अंगूठे से दबावे)।

ॐ इदं विष्णुर्विचक्रमे त्रेधा निदधे पदम्। समूढमस्य पा ँ सुरे। इदमन्नम्, इमा आपः, इदमाज्यम्, इदं शाकादिकं सर्वं हव्यम्। सजलकुशपत्रद्वयं गृहीत्वा वामकरेण पत्रावलिं स्पृशन्। (बांये हाथ से पत्रावली छूकर कुश जल से संकल्प लें)

ॐ अद्येह अमुकसंवत्सरे दक्षिणायने शरदृतावाश्विनमासे महालयापरपक्षे कन्यागते सवितरि अमुकतिथौ, अमुकगोत्रास्मत्पित्रादित्रयश्राद्धसम्बन्धिभ्यः तथाऽमुकगोत्रास्मन्मातामहादित्रयश्राद्धसम्बन्धिभ्यः पुरूरवोमार्द्रवसंज्ञकेभ्यो विश्वेभ्यो देवेभ्योऽस्मिन् अमुकपार्वणश्राद्धे इदमन्नम्, इमा आपः, इदमाज्यम्, इदं शाकादिकम्, यत्परिविष्टं यत्परिवेष्यमाणं ब्राह्मणेभ्य आतृप्तिदास्यमानमन्नञ्च सर्वम् अमृतस्वरूपेण यथाविभागं वः संपद्यतां स्वाहा। इति अन्नपार्श्वे भूमौ जलं दद्यात्। (जल भूमि पर छोड़े।)

(ब्राह्मणहस्तदाने प्रत्यवायः) ॐ ये देवासो दिव्येकादशस्थ पृथिव्या मध्येकादशस्थ। अप्सु क्षितौ महिनैकादशस्थ ते देवासो यज्ञमिमं जुषध्वम्। इति पठित्वा विप्रहस्ते जलमर्पयेत् ॐ नमो देवेभ्यः। (इस मंत्र से ब्राह्मण को जल दें।)

(अपसव्य होकर बायां घुटना मोड़कर हथेली ऊपर की ओर किये स्वस्तिकाकार दाहिने हाथ के ऊपर बायां हाथ रखकर मधु-मधु कहकर पत्रावली स्पर्श करे, बिना घुमाये पत्रावली पर तिल डाले। अंगूठा टेके इदं विष्णु० मन्त्र पढ़कर संकल्प करके पितृ ब्राह्मण के हाथ में जल दें यही प्रक्रिया मातामह ब्राह्मण के लिये भी करें।)

तथा गायत्र्यान्नं संप्रोक्ष्य 'अपसव्यं' कृत्वा अन्वाचितवामजानुः स्वस्तिकाकृतिना उत्तानेन दक्षिणोपरिस्थितेन वामहस्तेन ॐ मधु३ इति पात्रमालभ्य जपति।

ॐ पृथिवी ते पात्रं द्यौरपिधानं ब्राह्मणस्य मुखे अमृते अमृतं जुहोमि स्वधा ॐ विष्णो कव्य ँ् रक्ष। अप्रादक्षिण्येन तिलान्विकीर्य।

ॐ अपहता असुरा रक्षांसि वेदिषदः। ॐ इदं विष्णुरिति पठित्वा, अङ्गुष्ठ ग्रहणम् इदमन्नम् इमा आपः इदमाज्यम् इदं शाकादिकं सर्वं कव्यम्। तिलमोटकं गृहीत्वा अद्येह अमुकगोत्रेभ्योऽस्मत्पितृपितामहप्रपितामहेभ्यः, अमुकामुकशर्मभ्यः सपत्नीकेभ्यो वसुरुद्रादित्यस्वरूपेभ्योऽमुकपार्वणश्राद्धे इदमन्नम्, इमा आपः, इदमाज्यम् इदं शाकादिकं, यत्परिविष्टं यत्परिवेष्यमाणं ब्राह्मणेभ्य आतृप्ति दास्यमानमन्नञ्च अमृतस्वरूपं मद्दत्तं यथाविभागं वः स्वधा। ॐ येचेह पितरो येचनेह याँश्च विद्मयाँ ँ॥ उचन प्रविद्म त्वं वेत्थ यति ते जातवेदः स्वधाभिर्यज्ञं सुकृतं जुषस्व। इति पितृब्राह्मणदक्षिणहस्ते अपोशानं दद्यात्।

एवं मातामहादिपात्रे। (यही प्रक्रिया मातामह पात्र में करें)।

उत्तानाभ्यां पाणिभ्याम्। ॐ मधु ३ इतिपात्रमालभ्य जपति ॐ पृथिवी ते पात्रम्०। इति। ॐ विष्णो कव्यं रक्ष इति। अप्रादक्षिण्येन तिलान्विकीर्य अपहता असुरा रक्षाँसि वेदिषदः। इदं विष्णुरिति पठित्वा अङ्गुष्ठग्रहणम्। इदमन्नम्, इमा आपः, इदमाज्यम् इदं शाकादिकं सर्वं कव्यम्। पुनः तिलमोटकं गृहीत्वा ॐ अद्येह अमुकगोत्रेभ्यः अस्मन्मातामहप्रमातामहवृद्धप्रमातामहेभ्यः अमुकामुकशर्मभ्यः सपत्नीकेभ्यो वसुरुद्रादित्यस्वरूपेभ्यः अमुकपार्वणश्राद्धे इदमन्नम्, इमा आपः, इदमाज्यम्, इदं शाकादिकं यत्परिविष्टं यत्परिवेष्यमाणं ब्राह्मणेभ्य आतृप्ति दास्यमानमन्नञ्च अमृतस्वरूपं मद्दत्तं यथाविभागं वः सम्पद्यताम् स्वधा। ये चेह पितर० इति पठित्वा मातामहादिब्राह्मणहस्तेऽपोशानं दत्त्वा। यथासुखेन भुङ्ध्वम् इत्यामन्त्रयेत्। भुञ्जमहे इति विप्रोक्तिः।

(सव्य होकर गायत्री मन्त्र और मधु मधु० मन्त्र पढ़ें।

ततः 'सव्येन' प्रणवव्याहृतिपूर्वकगायत्रीं, मधुमतीं ऋक्त्रयञ्च पठेत्।

ॐ मधु मधु मधु ॐ मधुव्वाता ऋतायते मधु क्षरन्ति सिन्धवः। माध्वीर्नः सन्त्वोषधीः ॥ १ ॥ ॐ मधुनक्तमुतोषसो मधुमत्पार्थिव ँ् रजः मधु द्यौरस्तु नः पिता ॥ २ ॥ ॐ मधुमान्नो वनस्पतिर्मधु माँ ॥ २ अस्तु सूर्यः। माध्वीर्गावो भवन्तु नः ॥३॥ ॐ मधु मधु मधु। यथाशक्ति पितृसूक्तं, पुरुषसूक्तं,—अप्रतिरथं आशुः शिशान इति सप्तदशर्चं सूक्तम्, रुचिस्तवम्, चतुर्भिश्चेति विष्णुहृदयं मन्त्रम् भुञ्जानेषु विप्रेषु स्वयं पठेद् ब्राह्मणद्वारा वा पाठयेत्।

ततः 'अपसव्येन' (अपसव्य होकर अष्टाङ्ग पिण्ड और लेपभागियों के लिये ३ चुचुण्ड बनावें।)

तुलसी, चीनी, दूध, घी, अन्न मधु, तिल और शिव (या विष्णु) का निर्माल्य इन आठ वस्तुओं से पिण्ड बनाते हैं। अन्न में केवल अन्न (दाल साक आदि रहित) ही लिया जाता है।

(पिण्ड सामान्यतः ६ बनते हैं परन्तु यदि ताऊ चाचा आदि सम्बन्धी, जिनका कोई अन्य श्राद्ध कर्ता न हों उनका भी पिण्ड बनाया जा सकता है। जितने पिण्ड होंगे उतने ही अवनेजन, प्रत्यवनेजन भी करने पड़ेंगे। पिण्ड बनाते समय मधु-मधु आदि तीन ऋचाएँ, पितृ सूक्त, पुरुषसूक्त आदि का पाठ करना चाहिये। जो इस ग्रन्थ के अन्त में दिया है।)

[रौप्यादिपात्रे, 'तुलसी शर्करा क्षीरमाज्यमन्नं तथा मधु। तिलाश्च शिव(विष्णु)निर्माल्यमष्टाङ्गः पिण्ड उच्यते' ॥ इत्यष्टाङ्गं सूप-शाक-तिक्त-कटु-लवणाम्लादिनिषिद्धरहितमन्नम्, अग्नौकरणावशिष्टमन्नम्, कर्मपात्रोदकञ्च सम्मेल्य गायत्रीं मधुमतीञ्च पठन् कपित्थ-विल्वसदृशान् पिण्डान् तथा चुचुण्डाँश्च निर्माय पात्रे निधाय] विकिरदानम् ॥ १८ ॥

नैर्ऋत्यां दिशि (देवपितृविप्रयोर्हस्तमात्रान्तराले मण्डलाद्बहिः) कुशत्रयं भूमौ क्षिप्त्वा (विकिरदान—पिण्ड बनाने से बचा अन्न एक दोने में रखकर नैर्ऋत्य दिशा में तीन कुशा मोड़कर डालें।)

असंस्कृतप्रमीतानां त्यागिनां कुलभागिनाम्।
उच्छिष्टभागधेयानां दर्भेषु विकिरासनम् ॥

इत्यासनं दत्त्वा तत्र सजलतिलमोटकयुतं सर्वविधमन्नमेकीकृत्य विकिरेत्। (भूमि में दोने का अन्न जल तिल मोटक सहित बिखेर दें।)

ॐ अग्निदग्धाश्च ये जीवा येऽप्यदग्धाः कुले मम।
भूमौ दत्तेन तृप्यन्तु तृप्ता यान्तु पराङ्गतिम् ॥

येषां न पचते माता येषां न पचते पिता।
उच्छिष्टं ये च काङ्क्षन्ति तेभ्योऽन्नं दत्तमक्षयम्॥

उच्छिष्टभागधेयेभ्यो नमः। इति पुनस्तिलोदकं तत्र दद्यात्। (सव्य होकर हाथ पैर धोकर श्राद्ध स्थल में आकर आचमन करें। अपसव्य होकर पित्रादि तथा सव्य से विश्वे० ब्राह्मणों को जल दें और प्रार्थना करे)।

'सव्येन' हस्तौ पादौ प्रक्षाल्य आचम्य श्राद्धदेशे आसने उपविश्य अन्यत्पवित्रे करयोः कृत्वा पुनराचमेत्। 'अपसव्येन' पितृपूर्वं सकृत् सकृदपो दत्त्वा 'सव्येन' वैश्वदेवानाचमयेत्॥ १९॥

ततः पूर्ववत् प्रणवव्याहृतिपूर्विकां गायत्रीं, मधुमतीं ऋक्त्रयञ्च पठेत्।

(कुछ भोजन (खीर आदि) पुनः पत्राबलियों में डालें।)

'भो ब्राह्मणा अस्मिन्पाकमध्ये यत्किञ्चिद्रोचते तत्प्रतिगृह्यताम्' इत्युक्त्वा परमान्नं (पायसं) पुनर्दत्त्वा ॐ तृप्ताःस्थः? इति प्रश्ने तृप्ताः स्मः इति प्रत्युक्तिः। शेषान्नेन किं क्रियताम्? इष्टैः सह भुज्यताम्॥ २१॥

'अपसव्येन' पिण्डार्थं वेदिकालेपनं गोमयेम। अपहता इति रेखाकरणं कुशेन।

(अपसव्य होकर पिण्डदान के लिए वेदी बनावें कुशा से उसमें उत्तर से दक्षिण को २ रेखा करें।)

अपहता असुरा रक्षाँसि वेदिषदः इति दक्षिणाग्रां रेखां कृत्वा—तथैव द्वितीयामपि कृत्वा तिलोदकेनाभ्युक्ष्य उदकालंभनम्। उल्मुकधारणम्—(अधजली लकड़ी घुमावें)।

ॐ ये रूपाणि प्रतिमुञ्चमाना असुराः सन्तः स्वधया चरन्ति परा पुरो निपुरो ये भरन्त्यग्निष्ठाँल्लोकात्प्रणुदात्यस्मात्। इत्यप्रदक्षिणं वेद्युपरि भ्रामयित्वा। राक्षसादिभयनिवारणार्थे नैरृत्यां स्थापयेत्। इत्युल्लेखनोदकालम्भनोल्मुकधारणानि॥ २४॥

अवनेजनम्— (अवनेजन –सकल्प में प्रत्येक का नाम लेकर जितने पिण्ड हैं उतने तिल मोटक वेदी पर रखें।)

सतिलजलमोटकं गृहीत्वा ॐ अद्येह अमुकसंवत्सरे दक्षिणायने शरदृताश्विनमासे, महालयापरपक्षे, कन्यागते सवितरि, अमुकगोत्र अस्मत्पितः अमुकशर्मन् सपत्नीक वसुस्वरूप अस्मिन् (अमुक) पार्वणश्राद्धे पिण्डासने अवनेनिक्ष्व (इति प्रथमरेखामूले अवनेजनं दत्त्वा ततः क्रमशो दद्यात्) ॐ अद्येह अमुकगोत्र अस्मत्पितामह अमुकशर्मन् सपत्नीक रुद्रस्वरूप पिण्डासनेऽवनेनिक्ष्व॥ ॐ अद्येह अमुकगोत्र अस्मत्प्रपितामह अमुकशर्मन् सपत्नीक आदित्यस्वरूप अस्मिन्पिण्डासने-

ऽवनेनिक्ष्व। द्वितीयरेखायाम् ॐ अद्येह असुकगोत्र अस्मन्मातामह अमुकशर्मन् सपत्नीक वसुस्वरूप अस्मिन् पिण्डासनेऽवनेनिक्ष्व। अद्येहामुकगोत्र अस्मत्प्रमातामह अमुकशर्मन् सपत्नीक रुद्रस्वरूप अस्मिन्पिण्डासने अवनेनिक्ष्व। ॐ अद्येहामुकगोत्र अस्मद्वृद्धप्रमातामह अमुकशर्मन् सपत्नीक आदित्यस्वरूप अस्मिन्पिण्डासने अवनेनिक्ष्व॥ २५॥

ततः उपमूललूनकुशान् दक्षिणाग्रानास्तीर्य तिलजलैरभ्युक्ष्य (जड़ और शिखा-विहीन कटी कुशाएँ वेदी पर विछावें और सव्य होकर विष्णु का स्मरण करें)।

'सव्येन' पदस्मरणम्

ॐ ईशानविष्णुकमलासनकार्तिकेयवह्नित्रयार्करजनीशगणेश्वराणाम्।

क्रौञ्चामरेज्यकलशोद्भवकाश्यपानां पादान्नमामि शिरसा पितृमुक्तिहेतोः।

ॐ गंगायै नमः ॐ गयायै नमः ॐ गदाधराय नमः ॐ कुरुक्षेत्राय नमः ॐ तीर्थराजप्रयागाय नमः इति गङ्गादीन्नमस्कृत्य पितृस्वरूपं ध्यायेत्। भो ब्राह्मणाः! युष्मदनुज्ञया पिण्डप्रदानमहं करिष्ये ॐ कुरुष्व इति प्रतिवचनम्। ततोऽपसव्येन सतिलजलमोटकं पिण्डं दक्षिणहस्तेनादाय वामजान्वाच्य (अपसव्य होकर बायां घुटना मोड़कर संकल्प लें जल तिल और पिण्ड लेकर प्रत्येक आसन पर रखे और उस पर पितृतीर्थ से जल चढ़ावें।)

ॐ विष्णु ३ अद्येह दक्षिणायने शरदृतावाश्विनमासे महालयापरपक्षे कन्यागते सवितरि अमुकतिथौ अमुकगोत्र अस्मत्पितः अमुकशर्मन् सपत्नीक वसुस्वरूप अमुकपार्वणश्राद्धे एषोऽन्नपिण्डोऽमृतस्वरूपो मद्दत्तस्ते स्वधा इति प्रथमेऽवनेजनोपरि निधाय।

इयं भूमिर्गयातुल्या इदमुदकं गाङ्गं (गङ्गाजलतुल्यं वा) अमुकगोत्राय अस्मत्पित्रे, अमुकशर्मणे सपत्नीकाय वसुस्वरूपाय १ 'इति पितृतीर्थेन पिण्डोपरि जलं दद्यात्, एवमग्रेऽपि। अद्येहामुकगोत्र, अस्मत्पितामह, अमुकशर्मन् सपत्नीक रुद्रस्वरूप अमुकपार्वणश्राद्धे एषोऽन्नपिण्डोऽमृतस्वरूपो मद्दत्तस्ते स्वधा। इयं भूमिर्गयातुल्या इदमुदकं गाङ्गं गङ्गाजलतुल्यं वा अमुकगोत्राय अस्मत्पितामहाय अमुकशर्मणे सपत्नीकाय रुद्रस्वरूपाय २ ॐ अद्येह अमुकगोत्र अस्मत्प्रपितामह अमुकशर्मन् सपत्नीक आदित्यस्वरूप एषोऽन्नपिण्डोऽमृतस्वरूपो मद्दत्तस्ते स्वधा इयं भूमि० अमुकगोत्राय अस्मत्प्रपितामहाय अमुकशर्मणे सपत्नीकाय आदित्यस्वरूपाय ३ ॐ अद्येह अमुकगोत्र अस्मन्मातामह अमुकशर्मन् सपत्नीक वसुस्वरूप एषोऽन्नतिण्डोऽमृतस्वरूपो मद्दत्तस्ते स्वधा। इयं भूमिर्गयातुल्या इदमुदकं गाङ्गं गङ्गाजलतुल्यं वा अमुकगोत्राय अस्मन्मातामहाय अमुकशर्मणे सपत्नीकाय वसुस्वरूपाय ४ ॐ अद्येह अमुकगोत्र अस्मत्प्रमातामह सपत्नीक रुद्रस्वरूप एषोऽन्न-

पिण्डोऽमृतस्वरूपो मद्दत्तस्ते स्वधा । इयं भूमिर्गयातुल्या इदमुदकं गाङ्गं गङ्गाजल तुल्यं वा अमुकगोत्राय अस्मत्प्रमातामहाय अमुकशर्मणे सपत्नीकाय रुद्रस्वरूपाय ५ ॐ अद्येह अमुकगोत्र अस्मद्वृद्धप्रमातामह अमुकशर्मन् सपत्नीक आदित्यस्वरूप अमुकपार्वणश्राद्धे एषोऽन्नपिण्डोऽमृतस्वरूपो मद्दत्तस्ते स्वधा । इयं भूमिर्गयातुल्या इदमुदकं गाङ्गं गङ्गाजलतुल्यं वा अमुकगोत्राय अस्मद्वृद्धप्रमातामहाय अमुक शर्मणे सपत्नीकाय आदित्यस्वरूपाय ६ **(लेपभागियों के लिये बने चुचुण्ड (बलि) रखें, कुशा से हाथ झारे, हाथ धोकर सव्य हो आचमन करें) ।**

लेपभागिनामयं भागोऽस्तु, इति लेपभागं प्रतिपिण्डं प्रतिपक्षं वा चुचुण्डरूपं पिण्डपार्श्वे दद्यात् । पिण्डास्तरणकुशेषु करोन्मार्जनं कृत्वा हस्तौ प्रक्षाल्य 'सव्येन' आचमनम् ॥ २७ ॥ २८ ॥ २९ ॥

ततः अपसव्येन दक्षिणाभिमुख एवं कृताञ्जलिः **(अपसव्य हो हाथ में फूल लेकर दक्षिण की ओर मुख करके अत्र पितरो० से श्वास लें फिर श्वास रोकते हुए सव्य होकर मुख को उत्तर की ओर करके पितरों का ध्यान करें और फिर घुमाकर अपसव्य हो दक्षिण मुख करके अमीमदन्त० से रोके हुए श्वास को धीरे-धीरे छोड़ें और फूल पिण्ड पर चढ़ा दें) ।**

'ॐ अत्र पितरो मादयध्वं यथाभागमावृषायध्वम्, इत्युच्चार्य 'सव्येन' प्रदक्षिणं पराङ्मुखोपावृत्य उदङ्मुखः पितॄन् ध्यायन् श्वासं नियम्य मुक्तोच्छ्वासः, तेनैव क्रमेण परावृत्य 'अपसव्येन' दक्षिणाभिमुखः कृताञ्जलिः ॐ अमीमदन्त पितरो यथाभागमावृषायिषत । इत्युच्चार्य शनैरुच्छ्वसेत् । पुष्पं पिण्डोपरि निदध्यात् ॥ ३० ॥

अथ प्रत्यवनेजनम् । **(तिलमोटक लेकर संकल्प के साथ प्रत्येक पिण्ड पर रखें) ।**

सतिलमोटकं गृहीत्वा ॐ अद्येह अमुकगोत्र अस्मत्पितः अमुकशर्मन् सपत्नीक वसुस्वरूप अस्मिन्पार्वणश्राद्धे पिण्डे प्रत्यवनेनिक्ष्व ॥ इति पिण्डोपरिदद्यात् ॥ ॐ अद्येह अमुकगोत्र अस्मत्पितामह अमुकशर्मन् सपत्नीक रुद्रस्वरूप अस्मिन्पार्वणश्राद्धे पिण्डे प्रत्यवनेनिक्ष्व २ ॐ अद्येह अमुकगोत्र अस्मत्प्रपितामह अमुकशर्मन् सपत्नीक आदित्यस्वरूप अस्मिन्पार्वणश्राद्धे पिण्डे प्रत्यवनेनिक्ष्व । ३ ॐ अद्येह अमुकगोत्र अस्मन्मातामह अमुकशर्मन् सपत्नीक वसुस्वरूप अस्मिन्पार्वणश्राद्धे पिण्डे प्रत्यवनेनिक्ष्व ४ ॐ अद्येह अमुकगोत्र अस्मत्प्रमातामह अमुकशर्मन् सपत्नीक रुद्रस्वरूप अस्मिन्पार्वणश्राद्धे पिण्डे प्रत्यवनेनिक्ष्व ५ ॐ अद्येह अमुकगोत्र अस्मद् वृद्धप्रमातामह अमुकशर्मन् सपत्नीक आदित्यस्वरूप अस्मिन्पार्वणाद्धे पिण्डे प्रत्यवनेनिक्ष्व ६ । (३१) अत्र किञ्चिनीवीविस्रंसनम् **(कमर में खोंसी नीवी ढीली कर दें ।)** (३२)

ॐ नमो व इति षडञ्जलिकरणम् । (हाथ जोड़ें)

ॐ नमो वः पितरो रसाय, नमो वः पितरः शोषाय, नमो वः पितरो जीवाय, नमो वः पितरः स्वधायै, नमो वः पितरो घोराय, नमो वः पितरो मन्यवे नमो वः पितरः पितरो नमो वो गृहान्नः पितरो दत्तसतो वः पितरो देष्म इति ॥ ३३ ॥

(तेहरा करके तागा (सूत) पिण्डों पर चढ़ावें)

सूत्रदानम् एतद्वः पितरो वासः, इति प्रतिपिण्डं प्रतिपंक्ति वा त्रिगुणितसूत्रं दद्यात् ॥३४॥ (कर्मपात्र के जल से पिण्डों पर धार दें।)

ऊर्ज्जंकरणम् । कर्मपात्रोदकेन ॐ ऊर्ज्जं वहन्तीरमृतं घृतम्पयः कीलालम्परिस्रुतम् । स्वधास्थ तर्पयत मे पितॄन् । मन्त्रावृत्त्या मातामहान् ॥ इति सिञ्चेत् ॥ ३५ ॥

'सव्येन' (सव्य होकर पिण्ड पूजा के लिये ब्राह्मणों से आज्ञा ले । ३ बार देवताभ्य० मन्त्र पढ़ें ।

देवताभ्यः पितृभ्यश्च महायोगीभ्य एव च ।
नमः स्वाहायै स्वधायै नित्यमेव नमो नमः ।। ३

इति त्रिर्जपं कृत्वा, भो ब्राह्मणाः युष्मदनुज्ञया पिण्डार्चनमहं करिष्ये ? ॐ कुरुष्व । 'अपसव्येन' (अपसव्य होकर पिण्डों पर जल गन्धादि चढ़ावें—)

पिण्डार्चनविधौ-अत्रं नमः गन्धोऽस्तु स्वधा अक्षताः पुष्पाणि तुलसीदलानि पितृभ्यः स्वधायिभ्यः स्वधा नमः, पितामहेभ्यः स्वधायिभ्यः स्वधा नमः, प्रपितामहेभ्यः स्वधायिभ्यः स्वधा नमः, अक्षन्पितरोऽमीमदन्त पितरोऽतीतृपन्त पितरः पितरः शुन्धध्वम् । वस्त्रम्, धूपदीपौ, नैवेद्यम्, ताम्बूलम्, भूषणञ्च समर्प्य

(अर्चन विधि की पूर्णता का संकल्प करें—)

तिलजलमोटकानि गृहीत्वा ॐ अद्येह अमुकगोत्रा अस्मत्पितृपितामहप्रपितामहा अमुकामुकशर्माणः सपत्नीकाः वसुरुद्रादित्यस्वरूपा तथा अमुकगोत्रा अस्मन्मातामहप्रमातामहवृद्धप्रमातामहाः अमुकाअमुकशर्माणः सपत्नीका वसुरुद्रादित्यस्वरूपाः पिण्डार्चनविधौ—इमानि गन्धाक्षतपत्रपुष्पवासोधूपदीपनैवेद्यताम्बूलभूषणादीनि मद्दत्तानि यथा विभागं वः संपद्यन्तां स्वधा । भोब्राह्मणाः भवत्प्रसादात्पिण्डार्चनविधिः सर्वः परिपूर्णोऽस्तु ? अस्तु परिपूर्णः ।। ३६ ॥

'सव्येन' कर्मपात्रोदकेन पिण्डाग्रभूमौ सुप्रोक्षितमस्तु ? अस्तु सुप्रोक्षितम् देवादिक्रमेण । (सव्य होकर कर्मपात्र का जल पिण्डों के आगे छिड़कें और ब्राह्मणों को जल पुष्प और अक्षत दें) ।

द्विजकरेषु ॐ शिवा आपः सन्तु—

अपां मध्ये स्थिता देवाः सर्वमप्सु प्रतिष्ठितम्।
ब्राह्मणस्य करे न्यस्ताः शिवा आपो भवन्तु मे।

ॐ सन्तु शिवा आपः।

ॐ सौमनस्यमस्तु इति पुष्पाणि।

लक्ष्मीर्वसति पुष्पेषु लक्ष्मीर्वसति पुष्करे।
लक्ष्मीर्वसते गवां गोष्ठे सौमनस्यं सदास्तु मे।

ॐ अस्तु सौमनस्यम्।

ॐ अक्षताश्चारिष्टं घ्नन्तु ?

अक्षतं चास्तु मे नित्यं शान्तिपुष्टिकरं परम्।
यद्यच्छ्रेयस्करं लोके तत्तदस्तु सदा मम॥ ॐ घ्नन्तु अरिष्टम् (३७)

ततः कुशैः कर्मपात्रोदकेन स्वमूर्धाभिषेकं कुर्यात्। (कुशा से अपने ऊपर कर्मपात्र के जल से छींटे डालें)।

ॐ मम कुले दीर्घमायुरस्तु ?। ॐ अस्तु। वृद्धिरस्तु ? अस्तु। शान्तिरस्तु ? अस्तु। पुष्टिरस्तु ? अस्तु। यच्छ्रेयस्तदस्तु ? अस्तु। यत्पापं रोगः शोको दुःखं दारिद्र्यं तत्प्रतिहतमस्तु ?। इति भूमौ जलं क्षिपेत्, अस्तु प्रतिहतम्। ॐ अमृताभिषेकोऽस्तु ? अस्तु। द्विपदचतुष्पदेभ्यः शान्तिरस्तु ? अस्तु (३८)

अक्षय्योदकदानम्। (अपसव्य होकर तिलमोटक जल लेकर प्रत्येक पितर के नाम से कुश ब्राह्मण को जल दें, यह जल विश्वेदेवा ब्राह्मणों को नहीं दिया जाता)।

अक्षय्यन्तु विप्रकरे एव। अपसव्येन तिलमोटकजलान्यादाय ॐ अद्येह अमुकगोत्रस्य अस्मत्पितुः अमुकशर्मणः सपत्नीकस्य वसुस्वरूपस्य अस्मिन्पार्वणश्राद्धे इदमन्नोदकादिकं यद्दत्तं तदक्षय्यमस्तु, अस्तु अक्षय्यम्। ॐ अद्येह अमुकगोत्रस्य अस्मत्पितामहस्य अमुकशर्मणः सपत्नीकस्य रुद्रस्वरूपस्य अस्मिन्पार्वणश्राद्धे इदमन्नोदकादिकं यद्दत्तं तदक्षय्यमस्तु, अस्तु अक्षय्यम् ॐ अद्येह अमुकगोत्रस्य अस्मत्प्रपितामहस्य अमुकशर्मणः सपत्नीकस्य आदित्यस्वरूपस्य अमुकपार्वणश्राद्धे इदमन्नोदकादिक यद्दत्तं तदक्षय्यमस्तु?अस्त्वक्षय्यम्। अद्येह अमुकगोत्रस्य अस्मन्मातामहस्य अमुकशर्मणः सपत्नीकस्य वसुस्वरूपस्य अमुकपार्वणश्राद्धे इदमन्नोदकादिकं यद्दत्तं तदक्षय्यमस्तु। अस्तु अक्षय्यम्। अद्येह अमुकगोत्रस्य अस्मत्प्रमातामहस्य अमुकशर्मणः सपत्नीकस्य रुद्रस्वरूपस्य अमुकपार्वणश्राद्धे इदमन्नोदकादिकं यद्दत्तं तदक्षय्यमस्तु। अस्तु अक्षय्यम्। अद्येह अमुकगोत्रस्य अस्मद्वृद्धप्रमातामहस्य अमुकशर्मणः सपत्नीकस्य आदित्यस्वरूपस्य अमुकपार्वणश्राद्धे इदमन्नोदका-

दिकं यद्त्तं तदक्षय्यमस्तु अस्तु अक्षय्यम् ॥ ३९ ॥ ॐ अघोराः पितरः सन्तु ? सन्तु । (अपसव्य होकर हाथ जोड़ें पुनः सव्य होकर प्रार्थना करें ।)

'सव्येन' ॐ गोत्रं नो वर्द्धताम् ? वर्द्धताम् । दातारो नोऽभिवर्द्धन्ताम् ? वर्द्धन्ताम्, वेदाः वर्द्धन्ताम् ? वर्धन्ताम् । सन्ततिर्वर्द्धताम् ? वर्द्धताम्; श्रद्धा च नो मा व्यगमत् ? मागाद्वः श्रद्धा, बहुदेयं च नोऽस्तु ? अस्तु । अन्नञ्च नो बहु भवेत् ? भवतु । अतिथींश्च लभेमहि ? लभध्वम्, याचितारश्च नः सन्तु ?, सन्तु, मास्म याचिष्म कञ्चन ? मा याचेथाः । एता एव आशिषः सत्याः सन्तु ? सन्तु सत्याः । अत्र द्विजैर्दत्तमक्षतपुष्पं गृहीत्वा शिरसि धारयेत् ॥ ४० ॥

ततः स्वधावाचनम् । (स्वधावाचन की प्रार्थना करें, अपसव्य होकर उलटे हुए अर्घपात्र के ऊपर रखी स्वधावाचन की ३ कुशाओं को पिण्डों की दो पंक्तियों (पितृपिण्ड और मातामह पिण्ड) के बीच में रखे और संकल्पपूर्वक प्रत्येक पितर को स्वधावाचन करें । यहाँ पर प्रत्येक पितर के लिए बहुवचन का प्रयोग होता है—जैसे पिता के लिए पितृभ्यः, पितामह के लिए पितामहेभ्यः आदि ।)

भो ब्राह्मणा युष्मदनुज्ञया स्वधां वाचयिष्ये, वाच्यताम् । अपसव्येन न्युब्जार्घपात्रोपरि स्थापितान् स्वधावाचनीयान् त्रीन् कुशान् समानीय पिण्डपंक्तिद्वयमध्ये दक्षिणाग्रान्निधाय सजलतिलमोटकं गृहीत्वा ॐ अद्येह अमुकगोत्रेभ्यः अस्मत्पितृभ्यः अमुकशर्मभ्यः सपत्नीकेभ्यो अमुकपार्वणश्राद्धे ब्राह्मणा मधु २ स्वधोच्यताम् । अस्तु स्वधा । (पितृतीर्थेन पिण्डोपरि जलम्, ब्राह्मणहस्ते मोटकं दद्यात् सर्वत्र) एवमेव पितामहेभ्यो रुद्रस्वरूपेभ्यः, प्रपितामहेभ्य आदित्यस्वरूपेभ्यः तथा मातामहेभ्य प्रमातामहेभ्यः वृद्धप्रमातामहेभ्यश्च प्रतिपुरुषं प्रतिपिण्डं स्वधां वाचयेत् । (स्वधावाचनीय कुशों पर जल छिड़ककर फिर पितृ तीर्थ से उस पर दूध की धार दें ।)

ततः स्वधावाचनीयेष्वपो निषिञ्चति ॐ ऊर्ज्जं वहन्तीरमृतं घृतम्पयः कीलालं परिस्रुतम् स्वधास्थ तर्पयत मे पितॄन् । अत्र दुग्धेनाप्यूर्ज्जकरणमाचारात्, ॥ ४१ ॥ (त्रीन् समुद्रान्० मन्त्र पढ़ते हुए उस उल्टे अर्घपात्र को सीधा कर दें ।)

ॐ त्रीन्समुद्रान्समतृपत् स्वर्गानपांपतिर्वृषभ इष्टकानाम् । तुरीयं वसानः सुकृतस्यलोके तत्र गच्छत यत्र पूर्वे परेताः ॥ ॐ पितरः स्वर्गे लोके प्रस्थिता भवन्तु' इति न्युब्जं पात्रं उत्तानं कृत्वा पितरः स्वर्गे लोके प्रस्थिता भवन्तु ।

देयद्रव्यं सम्प्रोक्ष संपूज्य तिलमोटकानादाय दक्षिणासङ्कल्पः (दक्षिणा संकल्प करे तिलमोटक से पितृ० मातामह ब्राह्मणों को, जौ कुश से विश्वेदेवा ब्राह्मणों को ।)

ॐ अद्येह अमुकसंवत्सरे अमुकायने अमुकऋतौ अमुकमासे पक्षे तिथौ अमुक-

गोत्रोत्पन्नः अमुकराशिरमुकशर्माहम्, अमुकगोत्राणाम् अस्मत्पितृपितामहप्रपितामहानाममुकामुकशर्मणां सपत्नीकानां वसुरुद्रादित्यस्वरूपाणां तथा अमुकगोत्राणामस्मन्मातामहप्रमातामहवृद्धप्रमातामहानाम् अमुकामुकशर्मणां सपत्नीकानां वसुरुद्रादित्यस्वरूपाणाम् अक्षयतृप्तिप्राप्त्यर्थं पुरूरवोमार्द्रवसंज्ञकविश्वेदेवापूजनपूर्वकं कृतस्यास्य अमुकपार्वणश्राद्धकर्मणः षाड्गुण्यार्थमिदं रजतं सोमदैवतं रजतनिष्क्रयिणीं दक्षिणां वा श्राद्धभोक्तृभ्यो ब्राह्मणेभ्योऽपि दातुमुत्सृजे। ॐ तत्सत् नमम। पुनः सुवर्णं संप्रोक्ष हिरण्यगर्भेति संपूज्य यवकुशानादाय ॐ अद्येह अमुकगोत्रास्मत्पित्रादित्रयश्राद्धसम्बन्धिनां तथामुकगोत्रास्मन्मातामहादित्रयश्राद्धसम्बन्धिनां पुरूरवोमार्द्रवसंज्ञकानां विश्वेषां देवानां प्रीतये वैश्वदैविककर्मणः षाड्गुण्यार्थम् इदं सुवर्णमग्निदैवतं तन्मूल्योपकल्पितां दक्षिणां वा ब्राह्मणेभ्यो दातुमुत्सृजे। ॐ तत्सन्नमम। ॐ स्वस्ति भवन्तो ब्रुवन्तु ॐ स्वस्तीति विप्रोक्तिः। विश्वेदेवाः प्रीयन्ताम् ? प्रीयन्तां वो विश्वेदेवाः ॥ ४४ ॥ (अपने मस्तक पर चन्दन लगावें)।

स्वतिलकम्।

सत्यानुष्ठानसम्पन्नाः सर्वदा यज्ञबुद्धयः।
पितृमातृपराश्चैव सन्त्वस्मत्कुलजा नराः॥

अक्षताः पान्तु ॥ ४५ ॥

(पत्नी या अन्य कुटुम्बियों सहित पिण्ड की पुष्पादि से पूजा करें।)

विशेषपूजनम्—पितृद्विजहस्ते जलं दत्वा ॐ पितृभ्यः स्वधायीति ॐ नमोवः पितरः इति पितृपिण्डान् जलगन्धादिना संपूज्य—'सव्येन' (सपत्नीकः सकुटुम्बः)।

आयुः प्रजां धनं विद्यां स्वर्गं मोक्षं सुखानि च।
प्रयच्छन्ति तथा राज्यं नृणां प्रीताः पितामहाः॥
आयुः पुत्रान्यशः स्वर्गं कीर्तिं पुष्टिं बलं श्रियम्।
पशून्सुखं धनं धान्यं प्राप्नुयां पितृपूजनात्॥

इति पुष्पाञ्जलिं समर्प्य पितॄन्नमस्कुर्यात् ॥ ४३ ॥

(अपसव्य होकर पितामह के पिण्ड को उठावे सव्य होकर सूंघें फिर अपसव्य होकर अलग रख दें, सव्य होकर वहां पर शंख चक्रादि लिखकर दीपक या बत्ती जलावें और ६ ऋतुओं को नमस्कार करके अक्षत चढ़ावें और हाथ जोड़कर प्रार्थना करें)।

'अपसव्येन' पितामहपिण्डमुत्थाप्य 'सव्येन' आघ्राय 'अपसव्येन' पात्रान्तरे निधाय पिण्डस्थाने गन्धेन शङ्खचक्रादिकं लिखित्वा गन्धपुष्पाक्षतैः सम्पूज्य तत्र

सव्येन दीपं संस्थाप्य षड्ऋतून् प्रणमेत् ॐ वसन्ताय नमः ॐ ग्रीष्माय नमः ॐ वर्षाभ्योनमः ॐ शरदे नमः ॐ हेमन्ताय नमः ॐ शिशिराय नमः।

हस्तौ संहतौ कृत्वा।

यान्तु पितृगणाः सर्वे यस्मात् स्थानादुपागताः।
सर्वे ते हृष्टमनसः सर्वान् कामान् ददन्तु मे॥
ये लोका दानशीलानां ये लोकाः पुण्यकर्मणाम्।
सम्पूर्णाः सुखभोगैश्च तान्व्रजध्वं सुपुष्कलान्॥
इहास्माकं शिवं शान्तिरायुरारोग्यसंपदः॥
वृद्धिः सन्तानवर्गस्य जायतामुत्तरोत्तरा॥

(दीपक को उसके स्थान पर रखें और अपसव्य से पिण्ड को पूर्व स्थान पर रखें, दोनों के बीच में जल छिड़कें)।

इति पठित्वा दीपस्थाने दीपम् 'अपसव्येन' पिण्डस्थाने पिण्डं निधाय असञ्चरं (पिण्डदीपयोर्मध्ये) अभ्युक्ष्य ॐ।

यः कश्चित्पितृरूपेण तिष्ठते परमेश्वरः।
सोऽयं श्राद्धप्रदानेन तृप्तिं लभतु शाश्वतीम्॥
गयायां पितृरूपेण स्वयमेको जनार्दनः।
यं दृष्टवा पुण्डरीकाक्षं मुच्यते च ऋणत्रयात्।
पञ्चक्रोशं गयाक्षेत्रं क्रोशमेकं गयाशिरः॥
यत्र यत्र स्मरिष्यामि पितृणां दत्तमक्षयम्।
शमीपत्रप्रमाणेन पिण्डं दद्याद् गयाशिरे।
उद्धरेत्सप्तगोत्राणां कुलमेकोत्तरं शतम्।
पितुः शतगुणं पुण्यं सहस्रं मातुरुच्यते।
भगिन्या दशसाहस्रं सौदर्ये दत्तमक्षयम्॥

'सव्येन'—(सव्य होकर तीन बार देवताभ्यः मन्त्र पढ़ें)।

ॐ देवताभ्यः पितृभ्यश्च महायोगिभ्य एव च।
नमः स्वाहायै स्वधायै नित्यमेव नमोनमः॥ ३

इति त्रिःप्रजप्य। अपसव्येन—(कृताञ्जलिः)

सप्तव्याधा दशार्णेषु मृगाः कालञ्जरे गिरौ।
चक्रवाकाः शरद्वीपे हंसाः सरसि मानसे॥

तेऽपि जाताः कुरुक्षेत्रे ब्राह्मणा वेदपारगाः ।
प्रस्थिता दीर्घमध्वानं यूयं किमवसीदथ ॥
श्राद्धकाले गयां ध्यात्वा ध्यात्वा देवं गदाधरम् ॥

मनसा च पितॄन्ध्यात्वा अमुकगोत्राणाम् अस्मत्पितृपितामहप्रपितामहानां अमुकामुकशर्मणां सपत्नीकानां वसुरुद्रादित्यस्वरूपाणां तथामुकगोत्राणां अस्मन्मातामहप्रमातामहवृद्धप्रमातामहानाम् अमुकामुकशर्मणां सपत्नीकानां वसुरुद्रादित्यस्वरूपाणाम् अक्षयतृप्त्यर्थं पुरूरवोरमार्द्रवसंज्ञकविश्वेदेवापूजनपूर्वकम् अर्घपिण्डसहितं पार्वणश्राद्धं विसृजे । (सव्य होकर क्षमा याचना करें) ।

'सव्येन' इदम् अमुकपार्वणश्राद्धं मया अज्ञानात्प्रमादाद्वा विधिहीनं कालहीनं वाक्यहीनं श्रद्धाहीनं दक्षिणाहीनं यत्कृतं तत्सुकृतमस्तु यन्नकृतं तत् श्रीविष्णोः प्रसादात् ब्राह्मणवचनात् सर्वं परिपूर्णमस्तु ॐ अस्तु परिपूर्णम् । अद्यदिने अपरमपि आमं पक्वं हिरण्यं वा उदयास्तपर्यन्तं यद्दत्तं यद्दास्ये तत्सर्वं स्वर्गद्वारे अमृतीभूय पितृभ्यः स्वधा ॐ तत्सत् ॥ ५१ ॥

विसर्जनम्—(सव्य से ही कुशा से पित्रादि ब्राह्मणों का स्पर्श करें बाजे-बाजे मन्त्र से) ।

सव्येनैव कुशेन पितृब्राह्मणं स्पृशन् ॐ वाजे वाजेऽवत वाजिनो नो धनेषु विप्रा अमृता ऋतज्ञा अस्य मध्वः पिबत मादयध्वं तृप्ता यात पथिभिर्देवयानैः ॥ इति विसृज्य एवं मातामहद्विजं विसृज्य वैश्वदैविकद्विजमपि कुशाग्रेण स्पृशन् ।

(उत्तिष्ठत० मन्त्र से उन्हें उठाकर पिण्डों पर रखे ।)

ॐ उत्तिष्ठत विश्वेदेवाः इति विसृज्य ॐ उत्तिष्ठ ब्रह्मणस्पते देवयन्तस्त्वेमहे उपप्रयन्तु मरुतः सुदानवा इन्द्रप्रासूर्भवासचा । इति कुशवटूनुत्थाप्य पिण्डोपरि स्थापयेत् । कर्मपात्रं हस्ताभ्यां गृहीत्वा । (कर्मपात्र का जल घुमाकर उन पर धार दें) ।

आमावाजस्य प्रसवोजगम्यादेमे द्यावापृथिवी विश्वरूपे आमागन्तां पितरा मातरा चामासोमो अमृतत्वेन गम्यात् ॥ इति पठन् प्रदक्षिणीकृत्य कर्मपात्रजलं ब्राह्मणपादेषु निनीय उपविश्य नमस्कृत्य । (प्रार्थना करें ) ।

अद्य मे सफलं जन्म अद्य मे सफलं तपः ।
अद्य मे गोत्रजाः सर्वे याता वोऽनुग्रहाद्दिवम् ॥
पत्रशाकादिदानेन क्लेशिता यूयमीदृशः ।
यत्क्लेशमिह सञ्जातं विस्मृत्य क्षन्तुमर्हथ ॥

ॐ कृतमेतत्पार्वणश्राद्धमच्छिद्रमस्तु, अस्त्वच्छिद्रम्। ततः कुशबटूनां शिखामोचनम्, (ब्राह्मणों की शिखा खोल दें मुञ्चन्तु० मन्त्र से।)

मुञ्चन्तु मा शपथ्यादथो वरुण्यादुत।
अथो यमस्य पड्वीशात् सर्वस्मादेव किल्विषात्।

ॐ त्रीन् समुद्रान् समतृपत् स्वर्गानपाम्पतिर्वृषभ इष्टकानाम्। पुरीषं वसान सुकृतस्य लोके तत्र गच्छ यत्र पूर्वे परेताः।

अपसव्येन—(अपसव्य होकर नीवी कमर से निकाल दें। हाथ से दीपक बुझा दें)।

नीवीं विसृज्य हस्तेन दीपं निर्वाप्य-सव्येनाचम्य प्राङ्मुखः सर्वाम् अच्छिद्रतां पठेत्। (सव्य होकर पूर्व को मुख करके पढ़ें।)

ॐ यस्य स्मृत्या च नामोक्त्या तपोयज्ञक्रियादिषु।
न्यूनं सम्पूर्णतां याति सद्यो वन्दे तमच्युतम्॥ ॐ अच्युतायनमः ३
प्रमादात्कुर्वतां कर्म प्रच्यवेताध्वरेषु यत्।
स्मरणादेव तद्विष्णोः संपूर्णः स्यादिति श्रुतिः।

इति कातीयसूत्रानुसारि पार्वणश्राद्धं सम्पूर्णम्।

## अथ अन्वष्टका(नवदैवत्य)श्राद्धप्रयोगः

तत्रादौ मध्याह्नस्नानसंकल्पः—यवकुशजलान्यादाय ॐ विष्णुर्विष्णुर्विष्णुः नमः परमात्मने श्रीपुराणपुरुषोत्तमाय अत्र पृथिव्यां जम्बूद्वीपे भरतखण्डे आर्यावर्ते पुण्यक्षेत्रेऽमुकक्षेत्रे ब्रह्मणो द्वितीये परार्धे श्रीश्वेतवाराहकल्पे वैवस्वतनाम मन्वन्तरे सत्यत्रेताद्वापरान्ते कलियुगस्य प्रथमचरणे षष्ठ्यब्दानां मध्ये अमुकनाम संवत्सरे अमुकायने अमुकऋतौ अमुकमासे अमुकपक्षे अमुकवासरान्वितायाममुकतिथौ अमुकगोत्रोत्पन्नोऽमुकराशिरमुकोऽहं (अपसव्यं विधाय, तिलमोटकजलमादाय) अमुकगोत्राणामस्मत्पितृपितामहप्रपितामहानाममुकामुकशर्मणां तथा अमुकगोत्राणामस्मन्मातृपितामहीप्रपितामहीनाममुकामुकसुन्दरीणाम् अमुकगोत्राणामस्मन्मातामहप्रमातामहवृद्धप्रमातामहानाममुकामुकशर्मणां सपत्नीकानामक्षयतृप्तिकामनया पुरूरवोमाद्रवसंज्ञकविश्वेदेवपूर्वकपार्वणश्राद्धाधिकारसिद्ध्यर्थमात्मनः शुद्ध्यर्थं च मध्याह्नस्नानमहं करिष्ये। (सव्य होकर स्नान करे।)

(शुद्ध धौत वस्त्र पहिनकर श्राद्धतर्पण करके श्राद्धस्थल में भस्म का मण्डल बना कर वहाँ शालिग्रामादि देवता रखकर दीप जलावे, दक्षिण की ओर मुख करके बैठे, आचमन करके देवताओं को पुष्पाञ्जलि अर्पण करें)

**शुक्लाम्बरधरं विष्णुं शशिवर्णं चतुर्भुजम्।**
**प्रसन्नवदनं ध्यायेत् सर्वविघ्नोपशान्तये॥**

**यं ब्रह्म वेदान्तविदो वदन्ति परे प्रधानं पुरुषं तथान्ये।**
**विश्वोद्गतेः कारणमीश्वरं वा तस्मै नमो विघ्नविनाशनाय॥**

**अभीप्सितार्थसिद्ध्यर्थं पूज्यते यः सुरैरपि।**
**सर्वविघ्नच्छिदे तस्मै गणाधिपतये नमः॥**

(चारों कुशब्राह्मणों को तिल-जल से कुशोऽसि० इस मन्त्र से अलग-अलग स्नान करावे। पहले वैश्वदेविक ब्राह्मण को नहलाकर उत्तराभिमुख फिर पितृ मातृ, और मातामह ब्राह्मण को नहलाकर पूर्वाभिमुख, करके पत्ते पर रखें)

ॐ कुशोऽसि कुशपुत्रोऽसि ब्रह्मणा निर्मितः पुरा।
त्वय्यर्चिते सोऽर्चितोऽस्तु यस्याहं नाम कीर्तये॥

इति वैश्वदैविकपूर्वक्रमेण ब्राह्मणान् तैलाभ्यङ्गपूर्वकं संस्नापयेत्।

**अथ प्रतिष्ठा** (१) (वैश्व देविक ब्राह्मण की जौ से प्रतिष्ठा करें।)

**मन्त्र—**ॐ एतन्ते देव सवितर्यज्ञं प्राहुर्बृहस्पतये ब्रह्मणे तेन यज्ञमव तेन यज्ञपतिन्तेन मामव। मनो जूतिर्जुषतामाज्यस्य बृहस्पतिर्यज्ञमिमन्तनोत्वरिष्टं यज्ञँ समिमं दधातु विश्वेदेवास इह मादयन्तामों २ँ प्रतिष्ठ॥ ॐ भूर्भुवः स्वः वैश्वदैविकब्रह्मन् सुप्रतिष्ठितो भव। एवं मन्त्रावृत्या। (इसी मन्त्र एतन्ते० को पुनः पढ़कर पितृ, मातृ और मातामह ब्राह्मणों की प्रतिष्ठा अक्षतों से करें)

ॐ भूर्भुवः स्वः पित्रादित्रयश्राद्धसम्बन्धिकुशब्रह्मन् सुप्रतिष्ठितो भव। ॐ भूर्भुवः स्वः मात्रादित्रयश्राद्धसम्बन्धिकुशब्रह्मन् सुप्रतिष्ठितो भव। भूर्भुवः स्वः मातामहादित्रयश्राद्धसम्बन्धिकुशब्रह्मन् सुप्रतिष्ठितो भव॥

**अथ निमन्त्रणम्** (२)। यवान् गृहीत्वा (जौ लेकर विश्वे० ब्राह्मण को निमन्त्रण दें।)

अद्येहेत्यादि देशकालौ संकीर्त्य अमुक संवत्सरे दक्षिणायने शरदृतौ, आश्विनमासे, महालयापरपक्षे, अमुकतिथौ, अमुकगोत्रास्मत्पित्रादित्रयश्राद्धसंबन्धिनाममुकगोत्रमात्रादित्रयश्राद्धसम्बन्धिनां तथामुकगोत्रास्मन्मातामहादित्रयश्राद्धसम्बन्धिनां पुरूरवोमार्द्रवसञ्ज्ञकानां विश्वेषां देवानामद्य कर्तव्ये अन्वष्टकापार्वणश्राद्धे वैश्वदैविककुशब्रह्मन् भवान् मया निमन्त्रितः, निमन्त्रितोऽस्मीति प्रतिवचनम्। हस्तौ संहतौ कृत्वा—

(हाथ जोड़कर प्रार्थना करें।)

अक्रोधनैः शोचपरैः सततं ब्रह्मचारिभिः।
भवितव्यं भवद्भिश्च मया च श्राद्धकारिणा॥
सर्वायासविनिर्मुक्तैः कामक्रोधविवर्जितैः।
भवितव्यं भवद्भिर्नोऽद्यतने श्राद्धकर्मणि॥

(दोनों हाथ की हथेलियाँ सामने करके स्वागत करें।)

आगतं वः सुस्वागतम्। (जल चढ़ावें।) एतद्वः पाद्यमस्तु।

यत्फलं कपिलादाने कार्तिक्यां ज्येष्ठपुष्करे।
तत्फलं पाण्डवश्रेष्ठ विप्राणां पादशोधने॥

ततोऽपसव्येन तिलैः पितृब्राह्मणनिमन्त्रणम्। (अपसव्य करके इसी प्रकार तिल लेकर पितृब्राह्मण व मातामहब्राह्मण को निमंत्रण दें, स्वागत करें, जल चढ़ावें)।

अद्येह अमुकसंवत्सरे दक्षिणायने शरदृतावाश्विनमासे महालयापरपक्षे कन्यागते सवितरि अमुकतिथौ अमुकगोत्राणाम् अस्मत्पितृपितामहप्रपितामहानाम् अमुकामुकशर्मणां वसुरुद्रादित्यस्वरूपाणाम् अद्य कर्तव्ये अन्वष्टकापार्वणश्राद्धे पित्रादित्रयश्राद्धकृत्ये पितृसंबंधिकुशब्रह्मन् भवान्मया निमन्त्रितः? निमन्त्रितोऽस्मि।

इति प्रत्युक्तिः। अक्रोधनैरिति नियमं श्रावयेत्। 'सव्येन' आगतं वः सुस्वागतम् 'अपसव्येन' एतद्वः पाद्यमस्तु यत्फलं कपिलादाने०इति पठेत्। मातॄणाम्—अद्येहेत्यादि अमुकगोत्राणामस्मन्मातृपितामहीप्रपितामहीनाममुकामुकसुन्दरीणामद्यकर्तव्ये अन्वष्टकापार्णणश्राद्धे मातृसम्बन्धि कुशब्रह्मन् भवान्मया निमन्त्रितः, निमन्त्रितोऽस्मि। अक्रोधनैः०, सव्येन आगतं वः सुस्वागतम्, अपसव्येन एतद्वः पाद्यम्, यत्फलं०। ततो मातामहानाम्—अद्येहेत्यादि अमुकगोत्राणामस्मद् मातामहप्रमातामहवृद्धप्रमातामहानाम्, अमुकामुकशर्मणां सपत्नीकानां वसुरुद्रादित्यस्वरूपाणाम् अद्यकर्तव्येऽन्वष्टकापार्वणश्राद्धे मातामहादित्रयश्राद्धसम्बन्धिकुशब्रह्मन् भवान्मया निमन्त्रितः। निमन्त्रितोऽस्मि। अक्रोधनैः, सव्येन आगतं वः सुस्वागतम्, अपसव्येन एतद्वः पाद्यम्, यत्फलं०।

पादार्घदानम् (सव्य करके विश्वे० ब्राह्मण के आगे कुशा पर पादार्घपात्र रखे उसमें जल जो गन्ध पुष्पादि डालकर हाथ में लें)।

'सव्येन' वैश्वदैविकब्राह्मणाग्रे कुशोपरि पादार्घपात्रं सम्पाद्य गन्धपुष्पाक्षतादि तूष्णीं निक्षिप्य पादार्घं गृहीत्वा अद्येहेत्यादि शरदृतावाश्विनमासे महालयापरपक्षे कन्यांगते सवितरि अन्वष्टकायां तिथौ अमुकगोत्रास्मत्पित्रादित्रय तथा अमुक-अमुकगोत्रास्मन्मात्रादित्रय तथाऽमुक गोत्रास्मन्मातामहादित्रयश्राद्धसम्बन्धिनः पुरूरवोमार्द्रवसंज्ञकविश्वेदेवा एष पादार्घो वोऽस्तु। इति पादयोः निवेदयेत्।

ततोऽपसव्येन (अपसव्य होकर पितृ-मातृ-मातामह ब्रा० के आगे मोटक पर पादार्घपात्र रखकर जल तिल गन्धादि डालकर क्रम से संकल्प लें)।

पित्रादिब्राह्मणाग्रे मात्रादिब्राह्मणाग्रे च मोटकोपरि पादार्घपात्राणि संपाद्य तिलमोटकजलगन्धादिना सम्पूज्य पित्रादिक्रमेण पादार्घं हस्ते गृहीत्वा' ॐ अद्येह अमुकगोत्राणाम् अस्मत्पितृपितामहप्रपितामहानाम् अमुकामुकशर्मणां वसुरुद्रादित्यस्वरूपाणामद्य कर्तव्ये अन्वष्टकाश्राद्धे पित्रादिसम्बन्धिब्रह्मन्? एष ते पादार्घोऽस्तु। ॐ अद्येह अमुकगोत्राणाम् अस्मन्मातृपितामहीप्रपितामहीनाम् अमुकामुकीदेवीनाम् वसुरुद्रादित्यस्वरूपाणाम् अद्यकर्तव्ये अन्वष्टकाश्राद्धे ब्रह्मन् एष ते पादार्घोऽस्तु ॐ अद्येह अमुकगोत्राणाम् अस्मन्मातामहप्रमातामहवृद्धप्रमातामहानाम् अमुकामुकशर्मणाम् सपत्नीकानाम् वसुरुद्रादित्यस्वरूपाणाम् अद्यकर्तव्ये अन्वष्टकाश्राद्धे ब्रह्मन् एष ते पादार्घोऽस्तु। (सव्य होकर स्वय आचमन करे और विश्वे० को करावे फिर अपसव्य होकर पित्रादि ब्राह्मणों को आचमन करावे।)

पादार्घदानात् सव्येन स्वयमाचम्य देवब्राह्मणञ्चाचामयेत्। 'अपसव्येन' पित्रादिमात्रादि-मातामहादिब्राह्मणानाचामयेत्। (सव्य होकर विश्वे० की पादपूजा करे)।

ततः 'सव्येन' विश्वेषां देवानां पादपूजनम् ॐ नमोस्वनन्तायेति गन्धाक्षत-पुष्पैः पादौ सम्पूज्य (अपसव्य से पित्रादि ब्राह्मणों की पादपूजा करे)।

'अपसव्येन' ॐ पितृभ्यः स्वधायिभ्यः स्वधा नमः। पितामहेभ्यः स्वधायिभ्यः स्वधा नमः प्रपितामहेभ्यः स्वधायिभ्यः स्वधा नमः अक्षन्पितरोऽमीमदन्त पितरोऽतीतृपन्त पितरः पितरः शुन्धध्वम्। इति पितृमातृमातामहब्राह्मणानां गन्धाक्षत-पुष्पैः पादपूजनं विधाय सव्येन, (सव्य होकर विश्वेदेवा ब्राह्मण को पूर्वमुख और पित्रादि ब्राह्मणों को उत्तरमुख करके वहाँ से दूसरे स्थान पर रखे)।

सव्येन श्राद्धदेशोपवेशनम् ब्रह्मन्? अत्रोपविश्यताम् इति वैश्वदैविकब्राह्मणं प्राङ्मुखमुपवेश्य, पित्रादि ब्राह्मणान् उदङ्मुखान् उपवेशयेत्। (कर्मपात्र स्थापन के लिए अपनी बाईं ओर भूमि स्पर्श करे)।

ततः कर्मपात्रस्थापनम् ॐ भूरसि भूमिरस्यदितिरसि विश्वाधाया विश्वस्य भुवनस्य धर्त्री पृथिवीं यच्छ पृथिवीं दृँह पृथिवीम्माहिंसी। इति भूमिमभिमन्त्र-यित्वा (भूमि में शंखचक्रादि लिखकर कुश का आसन और उस पर कर्मपात्र रखे।)

तत्र चन्दनेन चतुष्कोणमण्डले चक्रादिकं लिखित्वा (?) तत्र पूर्वाग्रकुशपत्र-द्वयासनम् आसने पात्रं पात्रे पवित्रम्। (पात्र में कुश का पवित्र रखे)।

ॐ पवित्रेस्थो वैष्णव्यौ सवितुर्वः प्रसव उत्पुनाम्यच्छिद्रेण पवित्रेण सूर्यस्य रश्मिभिः। जलम् (जल डाले)।

ॐ शन्नोदेवीरभिष्टय आपो भवन्तु पीतये। शंयोरभिस्रवन्तु नः। यवान्। (जौ डाले)।

ॐ यवोसि यवयास्मद्द्वेषो यवयारातीः। तिलान्—(तिल डाले)।

तिलोऽसि सोमदैवत्यो गोसवो देवनिर्मितः। प्रत्नमद्भिः पृक्तः स्वधया पितॄँल्लोकान्प्रीणाहि नः स्वाहा। (गन्ध अक्षत पुष्प डालकर वरुण का आवाहन करे)।

गन्धपुष्पाक्षतादि तूष्णीं निक्षिप्य वरुणमावाहयेत्।

ॐ आवाहयाम्यहं देवं वरुणं भुवनेश्वरम्।
सर्वौषधिरसं दिव्यममृतं प्राणधारकम्॥

अपांपते जगन्नाथ रसरूप गदाधर।
पद्मोद्भव इहागच्छ शक्रेण सहितः प्रभो॥

सगणश्च सभार्यश्च शिशुमारैकवाहनः।
एहि देव जलाध्यक्ष पात्रेऽस्मिन् सन्निधिं कुरु॥

ॐ इमम्मे वरुणश्रुधी हवमद्या च मृडय त्वामवस्युराचके। ॐ भूर्भुवः स्वः

वरुण इहागच्छेह तिष्ठ कर्मपात्रं सुसम्पन्नमस्तु। अस्तु सुसम्पन्नम्। (कर्मपात्रोदक से अपने सिर पर और श्राद्ध सामग्री पर छींटे डालें)।

ॐ अपवित्रः पवित्रो वा सर्वावस्थाङ्गतोऽपि वा।
यः स्मरेत्पुण्डरीकाक्षं स बाह्याभ्यन्तरः शुचिः॥

इति आत्मानं सर्वां सामग्रीं च पवित्रेण संप्रोक्ष्य प्राणायामं विधाय ॐ पुण्डरीकाक्षाय नमः ३ इति भगवत्स्मरणम्।

ततः—हस्तौ संहतौ कृत्वा (हाथ जोड़कर प्रार्थना करे देवताभ्य० मन्त्र ३ बार पढ़ें शेष १ बार। अपसव्य करें)।

ॐ देवताभ्यः पितृभ्यश्च महायोगिभ्य एव च।
नमः स्वाहायै स्वधायै नित्यमेव नमो नमः॥ ३

इति त्रिवारं पठित्वा।

सप्तव्याधा दशार्णेषु मृगाः कालञ्जरे गिरौ।
चक्रवाकाः सरद्वीपे, हंसाः सरसि मानसे॥
तेऽपि जाताः कुरुक्षेत्रे ब्राह्मणा वेदपारगाः।
प्रस्थिता दीर्घमध्वानं यूयं किमवसीदथ।
श्राद्धकाले गयां ध्यात्वा ध्यात्वा देवं गदाधरम्॥

मनसा च पितॄन्ध्यात्वा 'अपसव्येन' अमुकगोत्राणाम् अस्मत्पितृपितामहप्रपितामहानाम् अमुकामुकशर्मणाम् वसुरुद्रादित्यस्वरूपाणाम् तथामुकगोत्राणाम् अस्मन्मातृपितामहीप्रपितामहीनाम् अमुकामुकीदेवीनां वसुरुद्रादित्यस्वरूपाणां तथा अमुकगोत्राणाम् अस्मन्मातामहप्रमातामहवृद्धप्रमातामहानाम् अमुकामुकशर्मणां सपत्नीकानां वसुरुद्रादित्यस्वरूपाणाम् अक्षयतृप्तिप्राप्त्यर्थं पुरूरवोमार्द्रवसंज्ञकविश्वेदेवपूजनपूर्वकम् अन्वष्टकाश्राद्धं समारभे। 'सव्येन'। (सव्य होकर प्रार्थना करे)।

पञ्चक्रोशं गयाक्षेत्रं क्रोशमेकं गयाशिरः।
यत्र यत्र स्मरिष्यामि पितॄणां दत्तमक्षयम्॥

इति गयागङ्गापुरःसरं गदाधरस्मरणं कृत्वा, अपसव्येन (अपसव्य होकर तिलमोटक ले बांई ओर कमर में खोंस लें)।

तिलमोटकं गृहीत्वा वामकट्यामधोवस्त्रे ॐ सोमस्य नीविरसि विष्णोः शर्मासि शर्म यजमानस्येन्द्रस्य योनिरसि सुसस्याः कृषीष्कृधि। इति नीवीं बद्ध्वा, ततो दिग्बन्धनम् मोटकान् गृहीत्वा।

(नीचे के मन्त्र पढ़ते हुए चारों दिशाओं को मोटक तिल जौ फेंके)।

ॐ अग्निष्वात्ताः पितृगणाः प्राचीं रक्षन्तु मे दिशम्।
तथा बर्हिषदः पान्तु, याम्यां ये पितरस्तथा॥

प्रतीचीमाज्यपास्तद्वदुदीचीमपि सोमपाः।
विदिशश्च गणाः सर्वे रक्षन्तूर्ध्वमधोऽपि वा॥
रक्षोभूतपिशाचेभ्यस्तथैवासुरदोषतः
सर्वतश्चाधिपस्तेषां, यमो रक्षाङ्करोतु मे।
तिला रक्षन्तु दितिजाद्दर्भा रक्षन्तु राक्षसात्।
पंक्ति वै श्रोत्रियो रक्षेदतिथिः सर्वरक्षकः।
अध ऊर्ध्वञ्च कोणेषु हविष्मन्तश्च सर्वदा॥

इति चतुर्दिक्षु मोटकान् सर्वतश्च तिलान् निक्षिपेत्। (सव्य होकर प्रतिज्ञा संकल्प करे, पितरों का नाम लेते समय अपसव्य करें)।

सव्येन प्रतिज्ञासंकल्पः। (यवतिलजलकुशानादाय) ॐ विष्णु ३ नमः परमात्मने श्रीपुराणपुरुषोत्तमाय अत्र पृथिव्यां जम्बूद्वीपे भरतखण्डे आर्यावर्त्ते पुण्यक्षेत्रे (हिमवत्पर्वतैकदेशे अन्यत्र तन्नाम प्रदेशे) ब्रह्मणो द्वितीयपरार्धे श्रीश्वेतवाराहकल्पे वैवस्वतमन्वतरे अष्टाविंशातितमे कलियुगे प्रथमचरणे षष्टयब्दानां मध्ये अमुकनाम संवत्सरे दक्षिणायने शरदृतावाश्विनमासे महालयापरपक्षे कन्यांगते सवितरि अन्वष्टकायां तिथौ अमुकगोत्रोत्पन्नः अमुकराशिः अमुकशर्मा अहम् 'अपसव्येन' अमुकगोत्राणामस्मत्पितृपितामहप्रपितामहानाममुकामुकशर्मणां वसुरुद्रादित्यस्वरूपाणां तथामुकगोत्राणाम् अस्मन्मातृपितामहीप्रपितामहीनाम् अमुकामुकीदेवीनाम् वसुरुद्रादित्यस्वरूपाणाम् तथामुकगोत्राणाम् अस्मन्मातामहप्रमातामहवृद्धप्रमातामहानाम् अमुकामुकशर्मणां सपत्नीकानां वसुरुद्रादित्यस्वरूपाणाम् अक्षयतृप्तिकामनया पुरूरवोमार्द्रवसंज्ञकविश्वेदेवपूजनपूर्वकं अर्द्धपिण्डसहितम् अन्वष्टकापार्वणाश्राद्धं करिष्ये। ॐ कुरुष्व इति प्रत्युक्तिः। (सव्य होकर कुशा से कर्मपात्र के जल को अभिमन्त्रित करें)।

'सव्येन' साग्रैः कुशैः कर्मपात्रजलमभिमन्त्रयेत् ॐ यद्देवा देवहेडनं देवासश्चक्रिमा वयम्। अग्निर्मा तस्मादेनसो विश्वान्मुञ्चत्व ँ हसः। ॐ यदि दिवा यदि नक्तमेना ँसि चक्रिमा वयम्। वायुर्मा तस्मादेनसो विश्वान्मुञ्चत्व ँ हसः। ॐ यदि जाग्रद्यदि स्वप्न एना ँसि चक्रिमा व्वयम्। सूर्यो मा तस्मादेनसो विश्वान्मुञ्चत्व ँ हसः। गायत्र्या चाभिमन्त्र्य ततो (पिण्ड के लिये बने (भात) पर जलके छींटे डाले और गायत्री मन्त्र से भी प्रोक्षण करे)।

दर्भतिलयुतं तज्जलं गृहीत्वा पाकपिधानुमुत्तार्य 'शूद्रादिदृष्टिदूषितपाकः पूतोऽस्तु' इति गायत्र्या पाकं संप्रोक्षेत्।

ततः सव्येन (१) आसनम्। (सव्य होकर कुश और जो लेकर विश्वेदेवा ब्राह्मण को आसन दें)।

## अन्वष्टका (नवदैवत्य) श्राद्धप्रयोगः

ऋजुकुशत्रययवानादाय-ॐ अद्येहेत्यादि शरदृतौ आश्विनमासे महालयापरपक्षे कन्यांगते सवितरि अन्वष्टकायां तिथौ अमुकगोत्रास्मत्पित्रादित्रयश्राद्धसम्बन्धिनां तथा अमुकगोत्रास्मन्मात्रादित्रयश्राद्धसम्बन्धिनां तथाऽमुकगोत्रास्मन्मातामहादित्रयश्राद्धसम्बन्धिनां,पुरूरवोमार्द्रवसंज्ञकानां विश्वेषां देवानाम् इदमासनमस्तु। इति वैश्वदैविकद्विजस्य दक्षिणे निधाय ॐ भूर्भुवः स्वः इदमासनमास्यताम् आसे। (अपसव्य होकर पितृ-मातृ-मातामह ब्राह्मणों को तिलमोटक से आसन दे)।

ततः 'अपसव्येन' (२) तिलमोटकं गृहीत्वा (पैतृकं कर्म) अद्येह शरदृतौ आश्विनमासे महालयापरपक्षे कन्यांगते सवितरि अन्वष्टकायां तिथौ अमुकगोत्राणाम् अस्मत्पितृपितामहप्रपितामहानाम् अमुकामुकशर्मणां वसुरुद्रादित्यस्वरूपाणाम् अस्मिन् अन्वष्टकाश्राद्धे इदमासनमस्तु। ॐ भूर्भुवः स्वः इद० आसे। (३) अद्येह अमुकगोत्राणाम् अस्मन्मातृपितामहीप्रपितामहीनां अमुकामुकीदेवीनां वपुरुद्रादित्यस्वरूपाणां अस्मिन् अन्वष्टकाश्राद्धे इदमासनमस्तु ॐ भूर्भुवः स्व इदमासनमास्यताम्। आसे। (४) अद्येह अमुकगोत्राणामस्मन्मातामहप्रमातामहवृद्धप्रमातामहानाम् अमुकामुकशर्शणाम् सपत्नीकानां वसुरुद्रादित्यस्वरूपाणाम्—अस्मिन्नन्वष्टकाश्राद्धे इदमासनमस्तु। ॐ भूर्भुवः स्वः इदमासनमास्यताम्। आसे।

**अथावाहनम्** (सव्य हो कुशा और जौ लेकर विश्वे० ब्राह्मण का आवाहन करें और घुमाकर जौ बिखेरें प्रार्थना करें।)

'सव्येन' ऋजुकुशद्वययवान् गृहीत्वा [तेनैव दक्षिणहस्तेन वैश्वदैविकद्विजस्य दक्षिणं जान्वालभ्य] ॐ अद्येह शरदृतौ आश्विनमासे महालयापरपक्षे कन्यागते सवितरि अन्वष्टकायां तिथौ अमुकगोत्रास्मत्पित्रादित्रय तथा अमुकगोत्र अस्मन्मात्रादित्रय तथा अमुकगोत्र अस्मन्मातामहादित्रयश्राद्धसम्बन्धिनः पुरूरवोमार्द्रवसंज्ञकान् विश्वेदेवान् आवाहयिष्ये ॐ आवाहय इति प्रत्युक्तिः ॐ विश्वेदेवाऽआगत शृणुतामऽइमं हवम् एदं बर्हिर्निषीदत। इत्यावाह्य [तज्जानु विमुच्य] प्रदक्षिणं यवानाकीर्य, ॐ विश्वेदेवा शृणुतेमं हवम् ये अन्तरिक्षे यऽउपद्यविष्ठ, येऽअग्निजिह्वा उत वा यजत्राऽआसद्यास्मिन् बर्हिषि मादयध्वम्।

आगच्छन्तु महाभागा विश्वेदेवा महाबलाः।<br>ये चात्र विहिताः श्राद्धे सावधाना भवन्तु ते॥

(अपसव्य होकर क्रम से पितृ-मातृ-मातामह ब्राह्मणों का तिलमोटक लेकर आवाहन करे। बांयां घुटना मोड़ ले और बांये हाथ से ब्राह्मण का स्पर्श करके आवाहन का आदेश ले, बिना घुमाये तिल बिखेरे।)

ततो ऽपसव्येन' तिलमोटकं गृहीत्वा 'वामहस्तेन पितृद्विजस्य वामजान्वालभ्य,

ॐ अद्येह अमुकगोत्रान् पितृपितामहप्रपितामहान् अमुकामुकशर्मणः वसुरुद्रादित्य-स्वरूपान् पितॄनावाहयिष्ये ? ॐ आवाहय । ॐ उशन्तस्त्वानिधीमहयुशन्तः समिधीमहि उशन्नुशतऽआवह पितॄन्हविषे अत्तवे । इत्यावाह्य तज्जानु विमुच्य अप्रदक्षिणं (वामावर्तेन समन्ततः) तिलान्विकीर्य । ॐ आयन्तुनः पितरः सोम्यासोऽग्निष्वात्ताः पथिभिर्देवयानैः अस्मिन् यज्ञे स्वधया मदन्तोऽधिब्रुवन्तु तेऽवन्त्वस्मान् । इति जपेत् । एवं मातृद्विजं स्पृष्ट्वा अद्येह अमुकगोत्रा अस्मन्मातृपितामहोप्रपितामहीः अमुकामुकीदेवीः वसुरुद्रादित्यस्वरूपाः मातृः आवाहविष्ये; ॐ आवाहय ॐ उशन्तस्त्वानिधीमहयुशन्तः समिधीमहि उशन्नुशतऽआवह पितॄन्हविषे अत्तवे, इत्यावाह्य (तज्जानु विमुच्य) अप्रदक्षिणं तिलान्विकीर्य,आयन्तु न इति जपेत् । एवं मातामहद्विजं स्पृष्ट्वा ॐ अद्येह अमुकगोत्रान् अस्मन्मातामहप्रमातामहवृद्धप्रमातामहान् अमुकामुकशर्शणः सपत्नीकान् वसुरुद्रादित्यस्वरूपान् आवाहयिष्ये ॐ आवाहय । उशन्तस्त्वेति जपित्वा तज्जानु विमुच्य अप्रदक्षिणं तिलान्विकीर्य, आयन्तु न इति जपेत् ।

**(सब्य होकर हस्तार्घ स्थापन करे, हस्तार्घ सम्पादन सभी ब्राह्मणों का सव्य से ही होता है । भूमि में शंखचक्रादि लिखकर आसन, हस्तार्घपात्र, पवित्र जौ (पित्रादि ब्राह्मणपात्रों में तिल) गंधपुष्पादि डाले विश्वेदेवा का एक और पित्रादि के तीन-तीन पात्र रखे, पात्र बांये हाथ में लेकर यादिव्या० मन्त्र से पवित्र को ब्राह्मण के पास रखे संकल्प से अर्घ देकर 'पुनः प्रत्यर्घं च' से फिर उस पवित्र को अर्घ में रखदे । यह प्रक्रिया सभी अर्घों में करे ।)**

सव्येन हस्तार्घसम्पादनम् देवाग्रे (त्रीणि एकं वा) पूर्वं शंखचक्रादिकं चन्दनेन भूमौ लिखित्वा आसनम् आसने पात्रम् पात्रे पवित्रम् ॐ पवित्रेस्थो वैष्णव्यौ इति, शन्नोदेवीरिति जलम्, यवोसीति यवान् प्रणवेन तूष्णीं वा (यथाधिकारं) गन्धपुष्पादिकं निक्षिप्य । एवं रीत्या त्रीणि पित्रर्घपात्राणि, त्रीणि मात्रर्घपात्राणि त्रीणि मातामहार्घपात्राणि स्थापयेत् पूरयेच्च । एषु यवस्थाने तिलोऽसीति तिलान्निक्षिपेत् ।

भो ब्राह्मणाः देवार्घपात्रसंपत्तिरस्तु, अस्तु संपत्तिः, पित्रर्घपात्राणि मात्रर्घपात्राणि मातामहार्घपात्राणि परिपूर्णानि सन्तु ? सन्तु । ततः वैश्वदैविकपात्रात् पवित्रं गृहीत्वा विप्रहस्ते समर्प्य हस्तद्वयेनार्घपात्रं गृहीत्वा सपवित्रेषु हस्तेषु, ॐ यादिव्याऽआपः पयसा सम्बभूवुर्याऽअन्तरिक्षा उत पार्थिवीर्याः । हिरण्यवर्णायज्ञियास्ता न आपः शिवाः शँस्योनाः सुहवा भवन्तु इति । मन्त्रान्ते अद्येह अन्वष्टकायां तिथौ अमुकगोत्रास्मत्पित्रादित्रयश्राद्धसंबन्धिनः तथा मात्रादित्रयश्राद्धसम्बन्धिनः तथा अमुकगोत्रास्मन्मातामहादित्रयश्राद्धसम्बन्धिनः पुरूरवोमार्द्रवसंज्ञकविश्वेदेवा अस्मिन् अन्वष्टकाश्राद्धे एष वो हस्तार्घोऽस्तु, इति सर्वंजलं दत्त्वा पुनः प्रत्यर्घञ्च इत्युच्चार्य विप्रहस्ते समर्पितं पवित्रं तस्मिन्नेव पात्रे स्थाप-

येत्। एवमग्रेऽपि। पैतृकं कर्म (१) सपवित्रेषु हस्तेषु ॐ यादिव्या आपः इति पठित्वा ॐ अद्येह अन्वष्टकायां तिथौ अमुकगोत्र अस्मत्पितः अमुकशर्मन् वसुस्वरूप एष ते हस्तार्घोऽस्तु (इति पितृद्विजहस्तस्थपवित्रोपरि पितृतीर्थेन पात्रगतं जलं दद्यात्(किञ्चिदवशेषयेत् सर्वेषु पितृपात्रेषु) पुनः प्रत्यर्घञ्च [इति पात्रस्थाने पात्रं निधाय पवित्रं तत्पात्रे एव कुर्यात्] (२) पुनः सपवित्रेषु हस्तेषु यादिव्या इति पठित्वा अद्येह अन्वष्टकायां तिथौ अमुकगोत्र अस्मत्पितामह अमुकशर्मन् रुद्रस्वरूप एष ते हस्तार्घोऽस्तु। पुनः प्रत्यर्घ्यंञ्च (३) सपवित्रेषु हस्तेषु यादिव्या इति अद्येह अन्वष्टकायां तिथौ अमुकगोत्र अस्मत्प्रपितामह अमुकशर्मन् आदित्यस्वरूप एष ते हस्तार्घोऽस्तु। पुनः प्रत्यर्घंञ्च (४) सपवित्रेषु हस्तेषु यादिव्या इति पठित्वा अद्येह अन्वष्टकायां तिथौ अमुकगोत्रे अस्मन्मातः अमुकी देवि वसुस्वरूपे एष ते हस्तार्घोऽस्तु। पुनः प्रत्यर्घञ्च। (५) सपवित्रेषु हस्तेषु, यादिव्या इति पठित्वा अद्येह अन्वष्टकायां तिथौ अमुकगोत्रे अस्मत्पितामहि अमुकीदेवि रुद्रस्वरूपे एष ते हस्तार्घोऽस्तु। पुनः प्रत्यर्घञ्च। (६) सपवित्रेषु हस्तेषु यादिव्या इति पठित्वा अद्येह अन्वष्टकायां तिथौ अमुकगोत्रे अस्मत्प्रपितामहि अमुकीदेवि आदित्यस्वरूपे एष ते हस्तार्घोऽस्तु पुनःप्रत्यर्घञ्च। (७) सपवित्रेषु हस्तेषु यादिव्या इति पठित्वा अद्येह अन्वष्टकायां तिथौ अमुकगोत्र अस्मन्मातामह अमुकशर्मन् सपत्नीक वसुस्वरूप एष ते हस्तार्घोऽस्तु पुनः प्रत्यर्घञ्च। (८) सपवित्रेषु हस्तेषु यादिव्या इति पठित्वा अद्येह अन्वष्टकायां तिथौ अमुकगोत्र अस्मत्प्रमातामह अमुकशर्मन् सपत्नीक रुद्रस्वरूप एष ते हस्तार्घोऽस्तु पुनः प्रत्यर्घञ्च। (९) सपवित्रेषु हस्तेषु ॐ यादिव्या इति पठित्वा अद्येह अन्वष्टकायां तिथौ अमुकगोत्र अस्मद्वृद्धप्रमातामह अमुकशर्शन् सपत्नीक आदित्यस्वरूप एष ते हस्तार्घोऽस्तु। पुनः प्रत्यर्घञ्च।

(सभी अर्घपात्रों का बचा हुआ जल पितृ अर्घपात्र में डालकर कुशा से अपने शिर पर अभिषेक करें।)

'ततः सर्वान् संस्रवान् (शेषजलादीनि) प्रथमे पितृपात्रे कृत्वा प्राङ्मुखो यजमानः पवित्रगृहीतेन तज्जलेन स्वशिरोऽभिषिञ्चेत्'।

ॐ आपः शिवाः शिवतमाः शान्ताः शान्ततमास्तथा ता मे कृण्वन्तु भेषजम्।

अर्घोदकं श्रियं दद्यात् पुत्रपौत्राभिवर्द्धनम्।
यस्मात्तस्माच्छिवं मे स्यात् इह लोके परत्र च॥

इति निषिञ्च्य (अपसव्य होकर पितृ ब्राह्मण के बांई ओर कुशा रखकर उसपर पवित्र सहित उस पात्र को उलटा करके 'पितृभ्यः स्थानमसि' कहकर रख दें। उसके ऊपर स्वधावाचन के लिये तीन कुशा रखकर गन्धादि से उनका पूजन करें।)

'अपसव्येन' पितृवामभागे कुशानास्तीर्य तदुपरि सपवित्रं (पितृ) अर्घपात्रं ॐ पितृभ्यः स्थानमसि, इति न्युब्जं कृत्वा तदुपरि स्वधाचनीयान् सपवित्रान् त्रीन् कुशान् दक्षिणाग्रान् संस्थाप्य आचारात् ॐ शुन्धन्तांल्लोकाः पितृषदनाः पितृषदनमसि इति संप्रोक्ष्य। ॐ पितृभ्यः स्वधायिभ्यः स्वधा नमः० इति गन्धादिभिः पूजनम्।

अथ पूजनम्। (सव्य होकर विश्वेदेवा ब्राह्मण का पूजन करें और अपसव्य होकर पित्रादि ब्राह्मणों का।)

'सव्येन' विश्वेदेवानामर्चनविधौ अत्रं नमः इति विश्वेदेवा ब्राह्मणहस्ते जलं दत्त्वा नमोऽस्त्वनन्तायेति गन्धादिभिः पूजनम्। गन्धोऽस्तु स्वाहा अक्षताः पुष्पाणि तुलसीदलानि। 'अपसव्येन' पितृणामर्चनविधौ अत्रं नमः इति जलम् ॐ पितृभ्यः स्वधायिभ्यः स्वधा नमः, पितामहेभ्यः स्वधायिभ्यःस्वधानमः, प्रपितामेहभ्यः स्वधायिभ्यः स्वधा नमः। अक्षन्पितरोऽमीमदन्त पितरोऽतीतृपन्त पितरः शुन्धध्वम्। अनेन पितृणां मातृणां च पूजनं ॐ नमो वः पितरो रसायेतिमातामहादीनां पूजनं गन्धोऽस्तु स्वधा अक्षताः पुष्पाणि तुलसीदलानि धूपदीपौ वासांसि च दत्त्वा अर्चनसंकल्पः। (सव्य से विश्वेदेवा ब्रा० की तथा अपसव्य से पित्रादि ब्राह्मणों की पूजाविधि की पूर्णता का संकल्प करें।)

'सव्येन' सजलयवकुशानादाय ॐ अद्येह दक्षिणायने अन्वष्टकायां तिथौ अमुकगोत्रास्मत्पित्रादित्रयश्राद्धसम्बन्धिनः तथा अस्मन्मात्रादित्रयश्राद्धसम्बन्धिनः तथा अमुकगोत्रास्मन्मातामहादित्रयश्राद्धसम्बन्धिनः पुरूरवोमार्द्रवसंज्ञकविश्वेदेवार्चनविधौ इमानि गन्धाक्षतपुष्पतुलसीदलधूपदीपवासोभूषणादीनि मद्दतानि यथाविभागं वः स्वाहा। ततः 'अपसव्येन' तिलमोटकं गृहीत्वा ॐ अद्येह शरदृतावाश्विनमासे अन्वष्टकायां तिथौ अमुकगोत्रास्मत्पितृपितामहप्रपितामहा अमुकामुकशर्माणः वसुरुद्रादित्यस्वरूपाः तथामुकगोत्रा अस्मन्मातृपितामहीप्रपितामह्यः अमुकामुकीदेव्यः वसुरुद्रादित्यस्वरूपाः, तथा अमुकगोत्रा अस्मन्मातामहप्रमातामहवृद्धप्रमातामहा अमुकामुकशर्माणः सपत्नीकाः वसुरुद्रादित्यस्वरूपा अस्मिन्नन्वष्टकाश्राद्धे विप्रार्चनविधाविमानि गन्धाक्षतपुष्पतुलसीदलधूपदीपवासोभूषणादीनि मद्दत्तानि यथाविभागं वः सम्पद्यन्तां स्वधा। सव्येन विश्वेदेवार्चनविधिः सर्वः परिपूर्णोऽस्तु, अस्तु परिपूर्णः। पित्रार्चनविधिः सर्वः परिपूर्णोऽस्तु, अस्तु परिपूर्णः इति प्रार्थयेत्। (सव्य से स्वयं आचमन करके विश्वे० को करावे तथा अपसव्य होकर पित्रादि ब्राह्मणों को आचमन करावे।)

गन्धादिदानात्सव्येन स्वयमाचम्य विश्वेदेवा ब्राह्मणमाचमयेत् अपसव्येन पित्रादि ब्राह्मणानाचामयेत्। 'सव्येन' अच्युतस्मरणम् ॐ अच्युतायनमः ३॥

## अन्वष्टका (नवदैवत्य) श्राद्धप्रयोगः

अग्नौकरणम् (सव्य होकर भस्म से मण्डल बनाये, विश्वेदेवा का गोल और पित्रादि का चौकोर, उस पर पत्रावली रखे।)

प्रथमं 'सव्येन' 'भोजनपात्राणि पातयिष्ये' इत्युक्त्वा।

यथा चक्रायुधो विष्णुस्त्रैलोक्यं परिरक्षति।
एवं मण्डलभस्माङ्कः सर्वभूतानि रक्षतु॥

इति भस्मना चतुष्कोणादिमण्डलं विधाय तेषामुपरि भोजनपात्राणि संस्थाप्य (पितृ ब्राह्मण के पास एक दोने में जल रखे, घीमिलाभात एक दोने में बांये हाथ में लेकर दांये से ढक कर पूछें 'भो ब्राह्मणाः०'। अपसव्य होकर दाहिने हाथ से मन्त्र पूर्वक दो आहुति जल में डालें। शेष बचा हुआ थोड़ा पत्रावलियों में डालें और बाकी पिण्ड में मिलावें।)

पितृद्विजसमीपे जलपात्रं संस्थाप्य घृताक्तमन्नं पिहितमादाय उद्धृत्य संप्रोक्ष्य पृच्छति भो ब्राह्मणाः युष्मदनुज्ञया जले (अग्नौ वा) अग्नौकरणं करिष्ये? कुरुष्व इति प्रत्युक्ते 'अपसव्येन' [पिधानमुत्तार्य वामेनान्नपात्रं गृहीत्वा दक्षिणहस्तेन पितृतीर्थेन पात्रस्थजले] ॐ अग्नये कव्यवाहनाय स्वाहा (इत्येकाहुतिं दत्त्वा) इदमग्नये कव्यवाहनाय [इति तथैव जलं दद्यात्] ॐ सोमाय पितृमते स्वाहा इदं सोमाय पितृमते इति द्वितीयाहुतिं तथैव दत्त्वा [किञ्चिन्मातामहविप्रहस्ते दत्त्वा शेषमन्नं पित्रादिपात्रेषु किञ्चित् २ दत्त्वा तच्छेषं पिण्डार्थं रक्षेत्] ॐ अग्नौ हुतं सुहुतमस्तु अस्तु। (सव्य होकर पहिले विष्णु को नैवेद्य अर्पण करें फिर पत्रावलियों में अन्न परोसें।)

सव्येन परिवेषणम्। प्रथमं विष्णवे नैवेद्यं समर्प्य ततो वैश्वदैविकपूर्वकं सुशीतलजलसहितमुष्णान्नपरिवेषणं कुर्यात्। (गायत्री मन्त्र से अन्न का प्रोक्षण करें, दाहिना घुटना मोड़ें हाथों को स्वस्तिकाकार बांये हाथ के ऊपर दाहिना हाथ उलटा (नीचे हथेली) करके पत्रावली छूकर पढ़ें।)

गायत्र्या अन्नं संप्रोक्ष्य अन्वाचितदक्षजानुः स्वस्तिकाकृतिना अधोमुखेन (न्युब्जेन) वामोपरिस्थितेन दक्षिणहस्तेन ॐ मधु २ इति पात्रमालभ्य जपति ॐ पृथिवी ते पात्रं द्यौरपिधानं ब्राह्मणस्य मुखे अमृते अमृतं जुहोमि स्वाहा विष्णो कव्यं रक्ष इति। (घुमाकर जौ डालें।)

प्रादक्षिण्येन यवान्विकीर्य अपहता असुरा रक्षा ँसि वेदिषदः॥ (पत्रावली अंगूठे से दवावें।)

अङ्गुष्ठग्रहणम्,। इदं विष्णुर्विचक्रमे त्रेधा निदधे पदम्। समूढमस्यपा ँसुरे स्वाहा। पठित्वा इदमन्नम्, इमा आपः, इदमाज्यम्, इदं शाकादिकं, सर्वं

हव्यम्, ॐ विष्णुः ३ अद्येह अमुकसंवत्सरे दक्षिणायने शरदृतौ आश्विनमासे महालयापरपक्षे कन्यां गते सवितरि अन्वष्टकायां तिथौ अमुकगोत्र अस्मत्पित्रादित्रयतथा अस्मन्मात्रादित्रयश्राद्धसम्बन्धिभ्यः तथा मुकगोत्रास्मन्मातामहादित्रयश्राद्धसम्बधिभ्यः पुरूरवोमार्द्रवसंज्ञकेभ्यो विश्वेभ्यो देवेभ्यः अस्मिन्नन्वष्टकाश्राद्धे इदमन्नम्, इमा आपः, इदमाज्यम्, इदं शाकादिकं यत्परिविष्टं यत्परिवेष्यमाणं ब्राह्मणस्य तृप्तिपर्यन्तम् अमृतस्वरूपं मद्दत्तं यथाविभागं वः स्वाहा। (जल भूमि पर छोड़े।)

इति भूमौ जलं दद्यात्। ॐ ये देवासो दिव्येकादशस्थः पृथिव्या मध्येकादशस्थ अप्सुक्षितौ महिनैकादशस्थ ते देवासो यज्ञमिमं जुषध्वम्। ॐ देवेभ्यः स्वाहा। (मन्त्र के बाद जल विश्वे० ब्राह्मण में छोड़ें।)

इति विप्रहस्ते जलमर्पयेत्। अपोशानं दत्वा, यथासुखेन भुङ्ध्वम्? भुञ्जमहि। (अपसव्य होकर बायाँ घुटना मोड़ें स्वस्तिकाकार हथेली ऊपर की ओर किये दाहिने हाथ के ऊपर बायाँ हाथ रखकर पत्रावली को छूकर पढ़ें मधुमधु०।)

'अपसव्येन' अन्वाचितवामजानुः स्वस्तिकाकृतिना उत्तानेन दक्षिणोपरिस्थितेन वामहस्तेन ॐ मधु मधु इति पात्रमालभ्य जपति पृथिवी ते पात्रं द्यौरपिधानं ब्राह्मणस्य मुखे अमृते अमृतं जुहोमि विष्णो कव्य ँ रक्ष। (बिना घुमाये तिल डालें।)

अप्रादक्षिण्येन तिलान्विकीर्य ॐ अपहता असुरारक्षा ँसि वेदिषदः। अङ्गुष्ठग्रहणम्। (अंगूठा टेकें।)

इदं विष्णुरिति पठित्वा इदमन्नम्, इमा आपः इदमाज्यम्, इदं शाकादिकं सर्वं कव्यम्। ॐ अद्येह अन्वष्टकायां तिथौ अमुकगोत्रेभ्योऽस्मत्पितृपितामहप्रपितामहेभ्यः अमुकामुकशर्मभ्यः वसुरुद्रादित्यस्वरूपेभ्यः अस्मिन् श्राद्धे इदमन्नं इमा आपः इदमाज्यम् इदं शाकादिकं यत्परिविष्टं यत्परिवेष्यमाणं ब्राह्मणस्य तृप्तिपर्यन्तं ब्राह्मणेभ्यो दास्यमानमन्नञ्च अमृतस्वरूपं मद्दत्तं यथाविभागं वः स्वधा। ॐ ये चेह पितरो ये च नेह याँश्च विद्मयार ँ ॥ उच न प्रविद्म त्वं वेत्थ यति ते जातवेदः स्वधाभिर्यज्ञ ँ सुकृतं जुषस्व। (पितृ ब्राह्मण के हाथ में जल छोड़े। यही प्रक्रिया मातृ ब्राह्मण तथा मातामह ब्राह्मण के लिये करें।)

इति पितृब्राह्मणहस्ते आपोशानं दत्वा, यथासुखेन भुङ्ध्वम्, भुञ्जमहि। पुनः उत्तानाभ्यां पाणिभ्यां ॐ मधु २ पात्रमालभ्य जपति पथिवी ते पात्रं द्यौरपिधानं ब्राह्मणस्य मुखे अमृते अमृतं जुहोमि, विष्णो कव्य ँ रक्ष। (बिना घुमाये तिल डालें।)

अप्रादक्षिण्येन तिलान्विकीर्य ॐ अपहता असुरा रक्षा ँसि वेदिषदः। अङ्गुष्ठ-ग्रहणम् (अगूठा टेके। )

इदं विष्णुरिति पठित्वा इदमन्नम्, इमा आपः इदमाज्यम्, इदं शाकादिकं सर्वं कव्यम्। ॐ अद्येह अन्वष्टकायां तिथौ अमुकगोत्रेभ्योऽस्मत्पितृपितामहप्रपितामहेभ्यः अमुकामुकशर्मभ्यः वसुरुद्रादित्यस्वरूपेभ्यः अस्मिन् श्राद्धे इदमन्नं इमा आपः इदमाज्यम् इदं शाकादिकं यत्परिविष्टं यत्परिवेष्यमाणं ब्राह्मणस्य तृप्तिपर्यन्तं ब्राह्मणेभ्यो दास्यमानमन्नञ्च अमृतस्वरूपं मद्दत्तं यथा विभागं वः स्वधा। ॐ येचेह पितरो ये च नेह याँश्च विद्मया २ँ॥ उच न प्रविद्म त्वं वेत्थ यति ते जातवेदः स्वधाभिर्यज्ञ ँ सुकृतं जुषस्व (पितृ ब्राह्मण के हाथ में जल छोड़ें। यही प्रक्रिया मातृ ब्राह्मण तथा मातामह ब्राह्मण के लिये करें।)

इति पितृब्राह्मणहस्ते आपोशानं दत्वा, यथासुखेन भुङ्ध्वम्, भुञ्ज्महि। पुनः उत्तानाभ्यां पाणिभ्यां ॐ मधु २ पात्रमालभ्य जपति पृथिवी ते पात्रं द्यौरपिधानं ब्राह्मणस्य मुखे अमृते अमृतं जुहोमि, विष्णो कव्य ँ रक्ष। तिलान्विकीर्य ॐ अपहता असुरा रक्षा ँसि वेदिषदः। अङ्गुष्ठग्रहणम् इदं विष्णुर्विचक्रमे इति पठित्वा, इदमन्नम्, इमा आपः, इदमाज्यम् इदं शाकादिकं सर्वङ्कव्यम्। ॐ अद्येह अमुकगोत्राभ्यः अस्मन्मातृपितामहीप्रपितामहीभ्यः अमुकामुकीदेवीभ्यः वसुरुद्रादित्यस्वरूपाभ्यः अस्मिन् अन्वष्टकाश्राद्धे इदमन्नम् इमा जापः, इदमाज्यम्, इदं शाकादिकं यात्परिविष्टं यत्परिवेष्यमाणं ब्राह्मणस्य तृप्तिपर्यन्तं ब्राह्मणेभ्य आतृप्ति दास्यमानन्नञ्च अमृतस्वरूपं मद्दत्तं यथाविभागं वः स्वधा। ॐ ये चेह पितरो ये चेति पठित्वा अपोशानं दत्त्वा, यथासुखेन भुङ्ध्वम् ? भुञ्ज्महि। पुनः उत्तानाभ्यां पाणिभ्यां ॐ मधुमधु पात्रमालभ्य जपति पृथिवी ते पात्रं द्यौरपिधानं ब्राह्मणस्य मुखे अमृते अमृतं जुहोमि विष्णो कव्य ँ रक्ष। तिलान्विकीर्य अपहता असुरा रक्षा ँसि वेदिषदः अङ्गुष्ठग्रहणम् इदं विष्णुरिति पठित्वा इदमन्नम्, इमा आपः; इदमाज्यम्, इदं शाकादिकं सर्वङ्कव्यम्। ॐ अद्येह अमुकगोत्रेभ्यः अस्मन्मातामहप्रमातामहवृद्धप्रमातामहेभ्यः अमुकामुकशर्मभ्यः सपत्नीकेभ्यः वसुरुद्रादित्यस्वरूपेभ्यः अस्मिन्नन्वष्टकाश्राद्धे इदमन्नम्, इमा आपः, इदमाज्यम्, इदं शाकादिकं यत्परिविष्टं यत्परिवेष्यमाणं ब्राह्मणस्य तृप्तिपर्यन्तं ब्राह्मणेभ्य आतृप्तिदास्यमानमन्नञ्च अमृतस्वरूपं मद्दत्तं यथाविभागं वः स्वधा ॐ येचेह पितर इति पठेत् अपोशानं दत्त्वा यथासुखेन भुङ्ध्वम् भुञ्ज्महि इति विप्रोक्तिः।

(सव्य होकर गायत्री और मधुमती ऋचाओं का पाठ करें।)

ततः 'सव्येन' प्रणवव्याहृतिपूर्विकां गायत्रीं मधुमतीऋक्त्रयं च पटेत्। ॐ मधु मधु मधु। मधुव्वाता ऋताय ते मधु क्षरन्ति सिन्धवः माध्वीर्नः सन्त्वोषधोः

मधुनक्तमुतोषसो मधुमत्पार्थिव ँ रजः मधु द्यौरस्तु नः पिता मधुमान्नो व्वनस्पति-र्मधुमाँ२ ॥ अस्तु सूर्यः माध्वीर्गावो भवन्तु नः। ॐ मधु मधु मधु। (तुलसी, शर्करा, दूध, घी, अन्न, मधु, तिल, शिव या विष्णु का निर्माल्य, इन आठ वस्तुओं को मिलाकर ९ पिण्ड और तीन चुचुण्ड=लम्बे आकार के पिण्ड बनावें, पिण्ड बनाते समय मधुमती ऋचाएं, पितृसूक्त, पुरुषसूक्त, रुचिस्पत, गीता आदि के मन्त्रों का उच्चारण करें।) ततः

तुलसी शर्करा क्षीरमाज्यमन्नं तथा मधु।
तिलाश्च शिव (विष्णु) निर्माल्यमष्टाङ्गः पिण्ड उच्यते' ॥

इति गोदुग्धादि अष्टाङ्गमिश्रितमुष्णमन्नं रौप्यादिपात्रे कृत्वा कर्मपात्रोदकं, विष्णुनिवेदितांशं, अग्नौकरणशेषमपि दत्त्वा 'अपसव्येन' नवपिण्डान्निर्माय, (पिण्ड बनाने से बचे हुए भात को दोने में रखकर श्राद्धमण्डल से बाहर नैर्ऋत्य दिशा में विकिरदान करें, पहले तीन कुशा से आसन दें।)

विकिरदानम् नैर्ऋत्यां दिशि कुशत्रयं भूमौ क्षिप्त्वा तिलमोटकं गृहीत्वा।

असंस्कृतप्रमीतानां त्यागिनां कुलभागिनाम्।
उच्छिष्टभागधेयानां दर्भेषु विकिरासनम् ॥

(तिलमोटक सहित दोने के अन्न को बिखेर दें अग्निदग्धा० इन मन्त्रों से। फिर जल छोड़ें।)

इत्यासनं दत्त्वा, सजलतिलमोटकयुतमन्नं विकिरेत्।

अग्निदग्धाश्च ये जीवा येऽप्यदग्धाः कुले मम।
भूमौ दत्तेन तृप्यन्तु तृप्ता यान्तु पराङ्गतिम् ॥
येषां न पचते माता येषां न पचते पिता।
उच्छिष्टं ये च काङ्क्षन्ति तेभ्योऽन्नं दत्तमक्षयम् ॥

'उच्छिष्टभागधेयेभ्यो नमः' इति पुनस्तिलोदकं सिञ्चेत्।

(सव्य होकर हाथ पैर धोकर आसन पर आकर आचमन करें।)

सव्येन हस्तौ पादौ प्रक्षाल्य स्वासने पुनराचमेत्। (अपसव्य होकर पहले पितृ मातृ मातामह ब्राह्मणों को आचमन करावे फिर सव्य होकर विश्वे० ब्राह्मण को आचमन करावें गायत्री व मधुमती पढ़ते हुए प्रार्थना करें)।

'अपसव्येन' पित्रादिब्राह्मणानाचमय्य 'सव्येन' वैश्वदैविकद्विजपाणौ उत्तरापो-शानार्थं चुलुकदानम्। ततः पूर्ववत् गायत्रीं मधुमतीं च जपित्वा, भो ब्राह्मणा अस्मिन् पाकमध्ये यत्किञ्चिद्रोचते तत्प्रतिगृह्यताम्, तृप्तास्थ तृप्तास्मः। शेषान्नेन

किं क्रियताम् ? इष्टैः सह भुज्यताम्। (अपसव्य होकर पिण्डदान के लिए वेदी गोबर से लीपें, अपहता० से उसमें तीन रेखा (खड़ी रेखा) खींचे, ये रूपाणि० से अधजली लकड़ी उस पर घुमावें फिर उसे नैर्ऋत्य दिशा में फेंक दें)।

'अपसव्येन' पिण्डदानार्थं वेदिकालेपनं गोमयेन। अपहता असुरा रक्षा ँसि वेदिषदः, इति कुशेन त्रिरेखाकरणम्। उल्मुकधारणम् ॐ येरूपाणि प्रतिमुञ्चमाना असुराः सन्तः स्वधया चरन्ति परापुरो निपुरो ये भरन्त्यग्निष्टाँल्लोका प्रणुदात्यस्मात्' इत्यप्रदक्षिणं वेद्युपरि भ्रामयित्वा नैर्ऋत्यां स्थापयेत्। (तिलमोटक और जल लेकर संकल्पपूर्वक प्रत्येक पिण्ड के लिए वेदी पर स्थान बनावें)।

अवनेजनम्—सतिलमोटकं जलं गृहीत्वा (१) अद्येह शरदृतावाश्विनमासे महालयापरपक्षे कन्यांगते सवितरि अन्वष्टकायां तिथौ अमुकगोत्र अस्मत्पितः अमुकशर्मन् वसुस्वरूप अस्मिन्नन्वष्टकाश्राद्धे पिण्डासने अवनेनिक्ष्व। (२) अद्येह अमुकगोत्र अस्मत्पितामह अमुकशर्मन् रुद्रस्वरूप अस्मिन्नन्वष्टकाश्राद्धे पिंण्डासने अवनेनिक्ष्व (३) अद्येह अमुकगोत्र अस्मत्प्रपितामह अमुकशर्मन् आदित्यस्वरूप अस्मिन्नन्वष्टकाश्राद्धे पिण्डासने अवनेनिक्ष्व (४) अद्येह अमुकगोत्रे अस्मन्मातः अमुकीदेवि वसुस्वरूपे अस्मिन्नन्वष्टकाश्राद्धे पिण्डासनै अवनेनिक्ष्व (५) अद्येह अमुकगोत्रे अस्मत्पितामहि अमुकीदेवि रुद्रस्वरूपे अस्मिन्नन्वष्टकाश्राद्धे पिण्डासने अवनेनिक्ष्व (६) अद्येह अमुकगोत्रे अस्मत्प्रपितामहि अमुकीदेवि आदित्यस्वरूपे अस्मिन्नन्वष्टकाश्राद्धे पिण्डासने अवनेनिक्ष्व (७) अद्येह अमुकगोत्र अस्मन्मातामह अमुकशर्मंन् सपत्नीक वसुस्वरूप अस्मिन्नन्वष्टकाश्राद्धे पिण्डासनेऽवनेनिक्ष्व (८) अद्येह अमुकगोत्र अस्मत्प्रमातामह अमुकशर्मन् सपत्नीक रुद्रस्वरूप अस्मिन्नन्वष्टकाश्राद्धे पिण्डासनेऽवनेनिक्ष्व (९) अद्येह अमुकगोत्र अस्मद्वृद्धप्रमातामह अमुकशर्मंन् सपत्नीक आदित्यस्वरूप अस्मिन् अन्वष्टकाश्राद्धे पिण्डासनेऽवनेनिक्ष्व। (जड़ शिखा आदि रहित कटे फटे कुशों को उस पर बिछा दें)।

तत्र उपमूललूनकुशान् दक्षिणाग्रान् आस्तीर्य सतिलजलैरभ्युक्षेत्। (सव्य होकर पदस्मरण करे)।

'सव्येन' पदस्मरणम्—

ईशानविष्णुकमलासनकार्तिकेयवह्नित्रयार्करजनीशगणेश्वराणाम् ।
क्रौञ्चामरेज्यकलशोद्भवकाश्यपानां पादान्नमामि सततं पितृमुक्तिहेतून् ॥

गंगागयादीन्नमस्कृत्य ॐ गयायैनमः ॐ गदाधराय नमः ॐ गङ्गायै नमः काशीप्रयागपुष्करकुरुक्षेत्रेभ्यो नमः ॐ बदरीकेदारेभ्यो नमः। मातापितृस्वरूपं ध्यात्वा मातापितृचरणकमलेभ्मो नमः। (पिण्डदान की आज्ञा मांगें।)

भो ब्राह्मणाः युष्मदनुज्ञया पिण्डप्रदानमहं करिष्ये ? ॐ कुरुष्व । ततः (तिल मोटक सहित पिण्ड को लेकर बांयां घुटना मोड़कर संकल्प व पित्रादि का नाम लेकर एक-एक अवनेजन पर पितृतीर्थ से पिण्ड रखें और इयं भूमि० आदि से पितृतीर्थ से ही उस पर जल छोड़ें । यही प्रक्रिया सब पिण्डों के लिये करें ।)

'अपसव्येन' तिलमोटकयुतं पिण्डं गृहीत्वा वामजान्वन्वाच्य (१) ॐ अद्येह शरदृतौ आश्विनमासे महालयापरपक्षे कन्यागते सवितरि अन्वष्टकायां तिथौ अमुगोत्र अस्मत्पितः अमुकशर्मन् वसुस्वरुप अस्मिन्नन्वष्टकाश्राद्धे एषोऽन्नपिण्डोऽमृतस्वरूपो मद्दत्तस्ते स्वधा । इयं भूमिर्गयातुल्या इदमुदकं गाङ्गं गङ्गाजलतुल्यं वा अमुकगोत्राय अस्मत्पित्रे अमुकशर्मणे वसुस्वरूपाय । इति पितृतीर्थेन पिण्डोपरि जलं दद्यात् । (२)ॐ अद्येय अमुकगोत्र अस्मत्पितामह अमुकशर्मन् रुद्रस्वरूप अस्मिन्नन्वष्टकाश्राद्धे एषोऽन्नपिण्डोऽमृतस्वरूपो मद्दत्तस्ते स्वधा, इयं भूमिर्गयातुल्या इदमुदकं (गाङ्गं गङ्गाजलतुल्यं वा) अमुकगोत्राय अस्मत्पितामहाय अमुकशर्मणे रुद्रस्वरूपाय (३) ॐ अद्येह अमुकगोत्र अस्मत्प्रपितागह अमुकशर्मन् आदित्यस्वरूप अस्मिन्नन्वष्टकाश्राद्धे एषोऽन्नपिण्डोऽमृतस्वरूपो मद्दत्तस्ते स्वधा । इयं भूमिर्गयातुल्या इदमुदकं गाङ्गं (गङ्गाजलतुल्यं वा) अमुकगोत्राय अस्मत्प्रपितामहाय अमुकशर्मणे आदित्यस्वरूपाय (४) ॐ अद्येह अमुकगोत्रे अस्मन्मातः अमुकीदेवि वसुस्वरूपे अस्मिन्नन्वष्टकाश्राद्धे एषोन्नपिण्डोऽमृतपस्वरूपो मद्दत्तस्ते स्वधा । इयं भूमिर्गयातुल्या इदमुदकं गाङ्गं गङ्गाजलतुब्यं वा अमुकगोत्रायै अस्मन्मात्रे अमुकीदेव्यै वसुस्वरूपायै (५) अद्येह अमुकगोत्रे अस्मत्पितामहि अमुकीदेवि रुद्रस्वरूपे अस्मिन्नन्वष्टकाश्राद्धे एषोऽन्न पिण्डोऽमृतस्वरूपो मद्दत्तस्ते स्वधा । इयं भूमिर्गयातुल्या इदमुदकं गाङ्गं गंगाजलतुल्यं वा अमुकगोत्रायै अस्मत्पितामह्यै अमुकीदेव्यै रुद्रस्वरूपायै, (६) अद्येह अमुकगोत्रे अस्मत्प्रपितामहि अमुकीदेवि आदित्यस्वरूपे अस्मिन्नन्वष्टकाश्राद्धे एषोऽन्नपिण्डोऽमृतस्वरूपो मद्दत्तस्ते स्वधा, इयं भूमिर्गयातुल्या इदमुदकं गाङ्गं गङ्गाजलतुल्यं वा, अमुकगोत्रायै अस्मत्प्रपितामह्यै अमुकीदेव्यै आदित्यस्वरूपायै, (७) ॐ अद्येह अमुकगोत्र अस्मन्मातामह अमुकशर्मन् सपत्नीक वसुस्वरूप अस्मिन्नन्वष्टकाश्राद्धे एषोऽन्नपिण्डोऽमृतस्वरूपो मद्दत्तस्ते स्वधा । इयं भूमिर्गयातुल्या इदमुकं गाङ्गं गङ्गाजलतुल्यं वा अमुकगोत्राय अस्मन्भातामहाय अमुकशर्मणे सपत्नीकाय वसुस्वरूपाय । (८) ॐ अद्येह अमुकगोत्र अस्मत्प्रभातामह अमुकशर्मन् सपत्नीक रुद्रस्वरूप अस्मिन्नन्वष्टकाश्राद्धे एषोऽन्नपिण्डो अमृतस्वरूपो मद्दत्तस्ते स्वधा, इयं भूमिर्गयातुल्या इदमुदकं गाङ्गं गङ्गाजलतुल्यं वा अमुकगोत्राय अस्मत्प्रमातामहाय अमुकशर्मणे सपत्नीकाय रुद्रस्वरूपाय । (९) ॐ अद्येह अमुकगोत्र अस्मद्वृद्धप्रमातामह अमुकशर्मन् सपत्नीक

आदित्यस्वरूप अस्मिन्नन्वष्टकाश्राद्धे एषोऽन्नपिण्डोऽमृतस्वरूपो मद्दत्तस्ते स्वधा। इयं भूमिर्गयातुल्या इदमुदकं गाङ्गं गंगाजलतुल्यं वा अमुकगोत्राय अस्मद्वृद्धप्रमातामहाय अमुकशर्शणे सपत्नीकाय आदित्यस्वरूपाय। (प्रत्येक पिण्डपंक्ति के साथ एक एक बलि (चुचुण्ड) रखे, कुशा से हाथ झारे फिर हाथ धोले सव्य होकर आचमन करें।)

लेपभागिनामयं भागोऽस्तु। इति वाक्यावृत्या प्रतिपंक्ति चुचुण्डत्रयं पिण्डपार्श्वे दद्यात्। पिंडास्तरणकुशेषु करोन्मार्जनं कृत्वा हस्तप्रक्षालनम्। 'सव्येन' पिण्डदानाचमनम्, (अपसव्य होकर हाथ में फूल लेजर दक्षिण की ओर मुख करके अत्र पितरो० से श्वास ले, सव्य होकर उत्तर की ओर मुख करके उसे रोके, फिर अपसव्य से पितरों का ध्यान करता हुआ दक्षिण को मुख करके अमीनदन्त० से श्वास छोड़े। फूलों को पिण्डों पर डाल दें।)

अपसव्येन कृताञ्जलिर्दक्षिणामुख ॐ अत्र पितरो मादयध्वम् यथाभागमावृषायध्वम् इति पठित्वा सव्येन उदङ्मुखेन मरुन्नियमनं कृत्वा पितॄन्ध्यायन् परावृत्य दक्षिणामुखः मुक्तोच्छ्वासः अपसव्येन ॐ अमीमदन्त पितरो यथाभागमावृषायिषत इत्युच्चार्य पुष्पाञ्जलिं पिण्डोपरि दद्यात्।

(जल तिल मोटक लेकर क्रमशः प्रत्येक पिण्ड के ऊपर संकल्प लेकर छोड़े।)

ततः प्रत्यवनेजनम्। सतिलजलमोटकं गृहीत्वा (१) ॐ अद्येह शरदृतावाश्विनमासे महालयापरपक्षे कन्यांगते सवितरि अन्वष्टकायां तिथौ अमुकगोत्र अस्मत्पितः अमुकशर्मन् वसुस्वरूप अस्मिन्नन्वष्टकाश्राद्धे पिंण्डे प्रत्यवनेनिक्ष्व (२) ॐ अद्येह अमुकगोत्र अस्मत्पितामह अमुकशर्मन् रुद्रस्वरूप अस्मिन्नन्वष्टकाश्राद्धे पिण्डे प्रत्यवनेनिक्ष्व (३)ॐ अद्येह अमुकगोत्र अस्मत्प्रपितामह अमुकशर्मन् आदित्यस्वरूप अस्मिन्नन्वष्टकाश्राद्धे पिण्डे प्रत्यवनेनिंक्ष्व (४) अद्येह अमुकगोत्रे अस्मन्मातः अमुकीदेवि वसुस्वरूपे अस्मिन्नन्वष्टकाश्राद्धे पिण्डे प्रत्यवनेनिक्ष्व (५) ॐ अद्येह अमुकगोत्रे अस्मत्पितामहि अमुकीदेवि रुद्रस्वरूपे अस्मिन्नन्वष्टकाश्राद्धे पिण्डे प्रत्यवनेनिक्ष्व (६) ॐ अद्येह अमुकगोत्रे अस्मत्प्रपितामहि अमुकीदेवि आदित्यस्वरूपे अस्मिन्नन्वष्टकाश्राद्धे पिण्डे प्रत्यवनेनिक्ष्व (७) ॐ अद्येह अमुकगोत्र अस्मन्मातामह अमुकर्शन् सपत्नीक वसुस्वरूप अस्मिन्नन्वष्टकाश्राद्धे पिण्डे प्रत्यवनेनिक्ष्व (८) ॐ अद्येह अमुकगोत्र अस्मत्प्रमातामह अमुकशर्मन् सपत्नीक रुद्रस्वरूप अस्मिन्नन्वष्टकाश्राद्धे पिण्डे प्रत्यवनेनिक्ष्व (९) ॐ अद्येह अमुकगोत्र अस्मद्वृद्धप्रमातामह अमुकशर्मन् सपत्नीक आदित्व स्वरूप अस्मिन्नन्वष्टकाश्राद्धे पिण्डे प्रत्यवनेनिक्ष्व ॥ (कमर में खोंसी नीवी को कुछ ढीली करके प्रार्थना करें।)

किञ्चिन्नीवीविस्रंसनम् ॥ नमो व इति अञ्जलिं बद्ध्वा षट् नमस्काराः। ॐ

नमो वः पितरो रसाय, नमो वः पितरः शोषाय, नमो वः पितरो जीवाय, नमो वः पितरः स्वधायै, नमो वः पितरो घोराय, नमो वः पितरो मन्यवे, (इति नमस्कृत्य आशीः प्रार्थना) नमो व पितरः पितरो नमो वो गृहान्नः पितरो दत्तसतो वः पितरो देष्म ॥ (सूत (तागा) तिगुना करके पिण्ड पर चढ़ावें ।)

सूत्रदानम् ॐ एतद्वः पितरो वासः । इति त्रिगुणितसूत्रं प्रतिपंक्ति प्रतिपिण्डं वा दद्यात् ॥

(कर्मपात्र के जल से पिण्डों पर जलधार दें ।)

कर्मपात्रोदकेन ऊर्जकरणम्—ॐ ऊर्जं वहन्ती रमृतं घृतं पयः कीलालं परिस्रुतम्, स्वधास्थ तर्पयत मे पितॄन् [इति प्रतिपंक्ति पिण्डानामुपरि पितृतीर्थेन सिञ्चेत्] (सव्य होकर तीन बार देवताभ्यः० मन्त्र पढ़ें ।)

'सव्येन' देवताभ्य० इति त्रिर्जपेत् । (अपसव्य होकर जलगन्ध अक्षतादि से पिण्डों की पूजा करें ।)

'अपसव्येन' पिण्डार्चनम्, पिण्डार्चनविधौ–अत्रं नमः गन्धोऽस्तु स्वधा पुष्णाणि तुलसीदलानि ॐ पितृभ्यः स्वधायिभ्यः स्वधा नमः पितामहेभ्यः स्वधायिभ्यः स्वधा नमः प्रपितामहेभ्यः स्वधायिभ्यः स्वधा नमः अक्षन्पितरोऽमीमदन्त पितरोऽतीतृपन्त पितरः पितरः शुन्धध्वम् । वस्त्रम् धूपदीपौ नैवेद्यं ताम्बूलं भूषणञ्च समर्प्य ॐ अद्येह शरदृतावाश्विनमासे महालयापरपक्षे कन्यांगते सवितरि अन्वष्टकायां तिथौ अमुकगोत्राः अस्मत्पितृपितामहप्रपितामहाः अमुकामुकशर्माणः वसुरुद्रादित्यस्वरूपा तथा अमुकगोत्रा अस्मन्मातृपितामहीप्रपितामह्यः अमुकामुकीदेव्यः वसुरुद्रादित्यस्वरूपा तथा अमुकगोत्रा अस्मन्मातामहप्रमातामहवृद्धप्रमातामहाः अमुकामुकशर्माणः सपत्नीका वसुरुद्रादित्यस्वरूपा पिण्डार्चनविधौ इमानि गन्धाक्षतपुष्पतुलसीदलधूपदीपनैवेद्यताम्बूलभूषणानि यथाविभागं वः स्वधा, पिण्डार्चनविधेः सर्वं परिपूर्णमस्तु, अस्तुपरिपूर्णणम् । (सव्य होकर पिण्डों के आगे भूमि पर जल के छींटें देकर ब्राह्मणों को जल दें ।)

'सव्येन' पिण्डाग्रभूमौ सुप्रोक्षितिमस्तु अस्तु सुप्रोक्षितम् ॐ शिवा आपः सन्तु, सन्तु इति देवादिक्रमेण विप्रकरेषु जलानि दद्यात् ।

अपांमध्ये स्थिता देवा सर्वमप्सु प्रतिष्ठितम् ।
ब्राह्मणस्य करे न्यस्ता शिवा आपो भवन्तु मे ॥

(फूल चढ़ावें) ॐ सौमनस्यगस्तु, अस्तुसौमनस्यम् ।

लक्ष्मीर्वसति पुष्पेषु लक्ष्मीर्वसति पुष्करे ।
लक्ष्मीर्वस्ते गवां गोष्ठे सौमनस्यं सदास्तु मे ॥

(अक्षत चढ़ावें ।) अक्षताश्चारिष्टं घ्नन्तु । घ्नन्तु चारिष्टम् ।

अक्षतं चास्तु मे नित्यं शान्तिपुष्टिकरं परम् ।
यद्यच्छ्रेयस्करं लोके तत्तदस्तु सदा मम ।

(कुशा से कर्मपात्रोदक अपने मस्तक पर छीटें) ।

ततः कुशैः कर्मपात्रोदकेन मूर्धाभिषेकं कुर्यात्, मम कुले दीर्घमायुरस्तु अस्तु, शान्तिरस्तु अस्तु, पुष्टिरस्तु अस्तु, वृद्धिरस्तु अस्तु, यच्छ्रेयस्तदस्तु, अस्तु, यत्पापं रोगः शोको दुःखं दारिद्र्यं तत्प्रतिहतमस्तु अस्तु प्रतिहतम्, अमृताभिषेकोऽस्तु ॥

ततोऽक्षय्योदकदानम्—(अक्षय्यन्तु विप्रकरे एव) (अपसव्य होकर जल तिल मोटक से प्रत्येक पितर के पृथक्-पृथक् नाम से संकल्प करके जल ब्राह्मण में छोड़ें और मोटक उस पिण्ड पर रखें ।)

'अपसव्येन' सजलतिलमोटकं गृहीत्वा ततः अद्येह० शरदृतौ आश्विनमासे महालयापरपक्षे कन्यांगते सवितरि अन्वष्टकायां तिथौ अमुकगोत्रस्य अस्मत्पितुः अमुकशर्मणो वसुस्वरूपस्य अस्मिन् अन्वष्टकाश्राद्धे इदमन्नोदकादिकं यद्दत्तं तदक्षय्यमस्तु अस्तु अक्षय्यम् । अद्येह० शरदृतौ आश्विनमासे महालयापरपक्षे कन्यांगते सवितरि अन्वष्टकायां तिथौ अमुकगोत्रस्य अस्मत्पितामहस्य अमुकशर्मणो रुद्रस्वरूपस्य अस्मिन् अन्वष्टकाश्राद्धे इदमन्नोदकादिकं यद्दत्तं तदक्षय्यमस्तु अस्तु अक्षय्यम् । अद्येह शरदृतौ आश्विनमासे महालयापरपक्षे कन्यांगते सवितरि अन्वष्टकायां तिथौ अमुकगोत्रस्य अस्मत्प्रपितामहस्य अमुकशर्मणः आदित्यस्वरूपस्य अस्मिन् अन्वष्टकाश्राद्धे इदमन्नोदकादिकं यद्दत्तं तदक्षय्यमस्तु अस्तु अक्षय्यम् । अद्येह० शरदृतौ आश्विनमासे महालयापरपक्षे कन्यांगते सवितरि अन्वष्टकायां तिथौ अमुकगोत्रायाः अस्मन्मातुः अमुकीदेव्याः वसुस्वरूपायाः अस्मिन् अन्वष्टकाश्राद्धे इदमन्नोदकादिकं यद्दत्तं तदक्षय्यमस्तु अस्तु अक्षय्यम् । अद्येह० शरदृतौ आश्विनमासे महालयापरपक्षे कन्यांगते सवितरि अन्वष्टकायां तिथौ अमुकगोत्राया अस्मत्पितामह्या अमुकीदेव्या रुद्रस्वरूपाया अस्मिन् अन्वष्टकाश्राद्धे इदमन्नोदकादिकं यद्दत्तं तदक्षय्यमस्तु अस्तु अक्षय्यम् । अद्येह० शरदृतौ आश्विनमासे महालयापरपक्षे कन्यांगते सवितरि अन्वष्टकायां तिथौ अमुकगोत्राया अस्मत्प्रपितामह्या अमुकीदेव्या आदित्यस्वरूपाया अस्मिन् अन्वष्टकाश्राद्धे इदमन्नोदकादिकं यद्दत्तं तदक्षय्यमस्तु अस्तु अक्षय्यम् । अद्येह शरदृतौ आश्विनमासे महालयापरपक्षे कन्यांगते सवितरि अन्वष्टकायां तिथौ अमुकगोत्रस्य अस्मन्मातामहस्य अमुकशर्मणः सपत्नीकस्य वसुस्वरूपस्य अस्मिन् अन्वष्टकाश्राद्धे इदमन्नोदकादिकं यद्दत्तं तदक्षय्यमस्तु अस्तु अक्षय्यम् । अद्येह० शरदृतौ आश्विनमासे महालयापरपक्षे कन्यांगते सवितरि अन्वष्टकायां तिथौ अमुकगोत्रस्य अस्मत्प्रमातामहस्य

अमुकशर्मणः सपत्नीकस्थ रुद्रस्वरूपस्य अस्मिन् अन्वष्टकाश्राद्धे इदमन्नोदकादिकं यद्त्तं तदक्षय्यमस्तु अस्तु अक्षय्यम् । अद्येह० शरदृतौ आश्विनमासे महालयापरपक्षे कन्यांगते सवितरि नवम्यां तिथौ अमुकगोत्रस्य अस्मद्वृद्धप्रमातामहस्य अमुकशर्मणः सपत्नीकस्य आदित्यस्वरूपस्य अस्मिन् अन्वष्टकाश्राद्धे इदमन्नोदकादिकं यद्त्तं तदक्षय्यमस्तु अस्तु अक्षय्यम् । (सव्य होकर प्रार्थना करके आशीर्वाद लें ।)

सव्येन प्रार्थना, आशीर्ग्रहणम्—अघोराः पितरः सन्तु सन्तु । गोत्रन्नो वर्द्धतां वर्द्धताम् । दातारो नोऽभिवर्द्धन्ताम् वर्द्धन्ताम् । वेदाः वर्द्धन्ताम् वर्द्धन्ताम् । सन्ततिः वर्द्धताम् वर्द्धताम् । श्रद्धा च नो मा व्यगमन्मागाः । बहुदेयं च नोऽस्तु अस्तु । अन्नं च बहु भवेत् भवतु । अतिथींश्च लभेमहि लभध्वम् । याचितारश्च नः सन्तु सन्तु । मा च याचिष्म कंचन मा याचेथाः । एता एव आशिषः सत्याः सन्तु सन्तु । इति आशिषं प्रतिगृह्य स्वधावाचनम् ।

(स्वधावाचन की आज्ञा लें, अपसव्य करके उलटे किये अर्घपात्र के ऊपर रखे ३ कुशा उठाकर पिण्डों के ऊपर रखें । संकल्प लेकर जल पिण्डों पर और मोटक ब्राह्मणों के पास रखें । यहां भी प्रत्येक का नाम लेकर अलग-अलग संकल्प करना चाहिये । यहाँ प्रत्येक के लिए चतुर्थी बहुवचन का प्रयोग होता है—जैसे पिता के के लिएपितृभ्यः, माता-मातृभ्य आदि ।)

भो ब्राह्मणाः युस्मदनुज्ञया स्वधां वाचयिष्ये, वाच्यताम् । 'अपसव्येन' स्वधावाचनीयकुशान् पिण्डोपरि निधाय तिलमोटकं गृहीत्वा अद्येह० शरदृतौ आश्विनमासे महालयापरपक्षे कन्यांगते सवितरि नवम्यां तिथौ अमुकगोत्रेभ्योऽस्मत्पितृभ्यः अमुकशर्मभ्यः वसुस्वरूपेभ्यः अस्मिन् अन्वष्टकाश्राद्धे ब्राह्मणा मधु मधु स्वधोच्यतामस्तु स्वधा । अद्येह० शरदृतौ आश्विनमासे महालयापरपक्षे कन्यांगते सवितरि नवम्यां तिथौ अमुकगोत्रेभ्यः अस्मत्पितामहेभ्यः अमुकशर्मभ्यः रुद्रस्वरूपेभ्यः अस्मिन् अन्वष्टकाश्राद्धे ब्राह्मणा मधु मधु स्वधोच्यताम् अस्तु स्वधा । अद्येह शरदृतौ आश्विनमासे महालयापरपक्षे कन्यांगते सवितरि नवम्यां तिथौ अमुकगोत्रेभ्यः अस्मत्प्रपितामहेभ्यः अमुकशर्मभ्यः आदित्यस्वरूपेभ्यः अस्मिन् अन्वष्टकाश्राद्धे ब्राह्मणा मधु मधु स्वधोच्यताम्, अस्तु स्वधा । अद्येह शरदृतौ आश्विनमासे महालयापरपक्षे कन्यांगते सवितरि नवम्यां तिथौ अमुकगोत्राभ्योऽस्मन्मातृभ्योऽमुकीदेवीभ्यः वसुस्वरूपाभ्यः अस्मिन् अन्वष्टकाश्राद्धे भो ब्राह्मणा मधु मधु स्वधोच्यताम्, अस्तु स्वधा । अद्येह० शरदृतौ आश्विनमासे महालयापरपक्षे कन्यांगते सवितरि नवम्यां तिथौ अमुकगोत्राभ्यः अस्मत्पितामहीभ्यः अमुकीदेवीभ्यः रुद्रस्वरूपाभ्यः अस्मिन् अन्वष्टकाश्राद्धे

भो ब्राह्मणा मधु मधु स्वधोच्यताम्, अस्तु स्वधा । अद्येह शरदृतौ आश्विनमासे महालयापरपक्षे कन्यांगते सवितरि नवम्यां तिथौ अमुकगोत्राभ्यः अस्मत्प्रपितामहीभ्यः अमुकीदेवीभ्य आदित्यस्वरूपाभ्यः अस्मिन् अन्वष्टकाश्राद्धे भो ब्राह्मणा मधु मधु स्वधोच्यताम्, अस्तु स्वधा । अद्येह० शरदृतौ आश्विनमासे महालयापरपक्षे कन्यांगते सवितरि नवम्यां तिथौ अमुकगोत्रेभ्यः अस्मन्मातामहेभ्यः अमुकशर्मभ्यो वसुस्वरूपेभ्यः सपत्नीकेभ्यः अस्मिन् अन्वष्टकाश्राद्धे भो ब्राह्मणा मधु मधुस्वधोच्यताम्, अस्तु स्वधा । अद्येह० शरदृतौ आश्विनमासे महालयापरपक्षे नवम्यां तिथौ अमुकगोत्रेभ्यः अस्मत्प्रमातामहेभ्यः सपत्नीकेभ्यो रुद्रस्वरूपेभ्यः अस्मिन् अन्वष्टकाश्राद्धे भो ब्राह्मणा मधु मधु स्वधोच्यताम्, अस्तु स्वधा । अद्येह० शरदृतौ आश्विनमासे महालयापरपक्षे नवम्यां तिथौ अमुकगोत्रेभ्यः अस्मद्वृद्धप्रमातामहेभ्यः सपत्नीकेभ्यः आदित्यस्वरूपेभ्यः अस्मिन् अन्वष्टकाश्राद्धे भो ब्राह्मणा मधुमधु स्वधोच्यताम्, अस्तु स्वधा ।

**(स्वधा वाचनीय कुशों पर दूध की धार दें ।)**

अथ स्वधावाचनीयेषु (गोदुग्धमिश्रितेन कर्मपात्रोदकेन) अपो निषिञ्चति ॐ ऊर्ज्जं वहन्तीरमृतं घृतं पयः कीलालं परिस्नुतम् । स्वधास्थ तर्पयत मे पितॄन् ।

विशेषपूजनम् **(सव्य होकर पिण्डों पर फूल तुलसी चढ़ावें, इसे प्रायः परिवार के सभी लोग करते हैं ।)**

'सव्येन' [सकुटुम्बो यजमानः] ॐ पितृभ्यः स्वधायिभ्यः० इति ।

आयुः प्रजां धनं विद्यां स्वर्गं मोक्षं सुखानि च ।
प्रयच्छन्ति तथा राज्यं नृणां प्रीताः पितामहाः ॥
आयुः पुत्रान् यशः स्वर्गं कीर्तिं पुष्टिं बलं श्रियम् ।
पशून्सुखं धनं धान्यं प्राप्नुयां पितृपूजनात् ॥

इति पुष्पाञ्जलिं समर्प्य, **(अपसव्य होकर उल्टे किए स्वधापात्र को सीधा करें और कहें ।)**

'अपसव्येन' ॐ पितरः स्वर्गे लोके प्रस्थिता भवन्तु । इति न्युब्जम् पात्रम् उत्तानं कृत्वा **(सव्य होकर दक्षिणा संकल्प करें ।)**

'सव्येन' दक्षिणासंकल्पः ॐ अद्येह दक्षिणायने शरदृतावाश्विनमासे महालयापरपक्षे कन्यांगते सवितरि अन्वष्टकायां तिथौ अमुकगोत्रोत्पन्नः अमुकराशिरमुकशर्माऽहम् अमुकगोत्राणाम् अस्मत्पितृपितामहप्रपितामहानाममुकामुशर्मणां वसुरुद्रादित्यस्वरूपाणां तथामुकगोत्राणामस्मन्मातृपितामहीप्रपितामहीनाम्, अमुकामुकीदेवीनां वसुरुद्रादित्यस्वरूपाणाम्, तथामुकगोत्राणामस्मन्मातामहप्रमातामहवृद्धप्रमाता-

महानाम् अमुकामुकशर्मणाम् सपत्नीकानां वसुरुद्रादित्यस्वरूपाणाम् अक्षयतृप्तिप्राप्त्यर्थं पुरूरवोमार्द्रवसंज्ञकविश्वेदेवापूजनपूर्वकं कृतस्यास्य महालयापरपक्षान्तर्गतान्वष्टकाश्राद्धकर्मणः षाड्गुण्यार्थम् इदं रजतं सोमदैवतं रजतनिष्क्रयिणीं दक्षिणां वा श्राद्धभोक्तृभ्यो ब्राह्मणेभ्योऽन्येभ्योऽपि दातुमुत्सृजे ॐ तत्सत् न मम। पुनः सुवर्णं संप्रोक्ष्य हिरण्यगर्भेति संपूज्य यवकुशानादाय ॐ अद्येह शरदृतावाश्विनमासे महालयापरपक्षे कन्यांगते सवितरि अन्वष्टकायां तिथौ अमुकगोत्रास्मत्पित्रादित्रयश्राद्धसम्बन्धिनां तथामुकगोत्रास्मन्मात्रादित्रयश्राद्धसम्बन्धिनां तथामुकगोत्रास्मन्मातामहादित्रयश्राद्धसम्बन्धिनां पुरूरवोमार्द्रवसंज्ञकानां विश्वेषां देवानां प्रीतये वैश्वदैविककर्मणः षाड्गुण्यार्थम् इदं सुवर्णं अग्निदैवतम् मनसोपदिष्टां सुवर्णनिष्क्रयिणीं दक्षिणां वा ब्राह्मणेभ्यो दातुमुत्सृजे ॐ तत्सन्न मम। स्वतिलकम्। (अपने मस्तक पर चन्दन लगावें।)

सत्यानुष्ठानसम्पन्नाः सर्वदा यज्ञबुद्धयः।
मातृपितृपराश्चैव सन्त्वस्मत्कुलजा नराः॥

अक्षताः पान्तु। स्वस्ति भवन्तो ब्रुवन्तु ? स्वस्तीति विप्रोक्तिः। विश्वेदेवाः प्रीयन्ताम्,प्रीयन्तां वो विश्वेदेवाः। इति प्रतिवचनम्। ततो (अपसव्य होकर पितामह पिण्डों को उठावें सव्य होकर सूंघें फिर अन्यत्र रख दें सव्य हो उस स्थान पर शंखचक्रादि लिखकर बत्ती जलाकर रखें अक्षतों से ऋतुओं का पूजन करें।)

'अपसव्येन' पितामहपिण्डमुत्थाप्य सव्येनाघ्राय अपसव्येन पात्रान्तरे निधाय पिण्डस्थाने शंखचक्रादिकं लिखित्वा गन्धपुष्पाक्षतैः संपूजयेत्, पिण्डस्थाने 'अत्रं नमः सुगन्धम् अक्षताः पुष्पाणि; 'सव्येन' तत्र दीपं संस्थाप्य षट्ऋतुपूजनम् ॐ वसन्ताय यमः ॐ ग्रीष्माय नमः ॐ वर्षाभ्यो नमः ॐ शरदे नमः ॐ हेमन्ताय नमः ॐ शिशिराय नमः। ततो हस्तौ संहतौ कृत्वा (हाथ जोड़कर प्रार्थना करें फिर बत्ती को दूसरे स्थान पर रखकर अपसव्य हो पिण्ड को उसी स्थान पर रखें दोनों के बीच में जल छिड़ककर प्रार्थना करें।)

यान्तु पितृगणाः सर्वे यस्मात् स्थानादुपागताः।
सर्वे ते हृष्टमनसः सर्वान् कामान् ददन्तु मे॥
ये लोका दानशीलानां ये लोकाः पुण्यकर्मणाम्।
संपूर्णाः सुखभोगैस्तु तान्व्रजध्वं सुपुष्कलान्॥
इहास्माकं शिवं शान्तिरायुरारोग्यसंपदः।
वृद्धिः सन्तानवर्गस्य जायतामुत्तरोत्तरा॥

दीपस्थाने दीपम्, 'अपसव्येन' पिण्डस्थाने पिण्डं निधाय असञ्चरम् (पिण्डदीपयोर्मध्ये) अभ्युक्ष्य, प्राञ्जलिः पठेत्।

यः कश्चित्पितृरूपेण तिष्ठते परमेश्वरः।
सोऽयं श्राद्धप्रदानेन तृप्तिं लभतु शाश्वतीम् ॥
गयायां पितृरूपेण स्वयमेको जनार्दनः।
यं दृष्ट्वा पुण्डरीकाक्षं मुच्यते च ऋणत्रयात्।
शमीपत्रप्रमाणेन पिण्डं दद्याद् गयाशिरे।
उद्धरेत्सप्तगोत्राणां कुलमेकोत्तरं शतम् ॥
पितुः शतगुणं पुण्यं, सहस्रं मातुरुच्यते।
भगिन्याः शतसाहस्रं सोदर्ये दत्तमक्षयम् ॥

(सव्य होकर देवताभ्य० सप्तव्याधा० मन्त्र पढ़ें अपसव्य होकर विसर्जन करें।)

'सव्येन'

ॐ देवताभ्यः पितृभ्यश्च महायोगिभ्य एव च।
नमः स्वाहायै स्वधायै नित्यमेव नमो नमः ॥ ३

सप्तव्याधेति पठित्वा मनसा च पितॄन्ध्यात्वा ततोऽपसव्येन अमुकगोत्राणाम् अस्मत्पितृपितामहप्रपितामहानाममुकामुकशर्मणां वसुरुद्रादित्यस्वरूपाणां तथा अस्मन्मातृपितामहीप्रपितामहीनाममुकामुकीदेवीनां वसुरुद्रादित्यस्वरूपाणां तथा अमुकगोत्राणामस्मन्मातामहप्रमातामहवृद्धप्रमातामहानाममुकामुकशर्मणां सपत्नीकानां वसुरुद्रादित्यस्वरूपाणां महालयापरपक्षान्तर्गतमन्वष्टकाश्राद्धं विसृजे। (सव्य हो क्षमायाचना करें।)

'सव्येन' इदमन्वष्टकाश्राद्धं विधिहीनं कालहीनं वाक्यहीनं श्रद्धाहीनं यत्कृतं तत्सुकृतमस्तु अस्तु। यन्न कृतं तत् श्रीविष्णोः प्रसादात् ब्राह्मणवचनात् सर्वं परिपूर्णमस्तु अस्तु परिपूर्णम्। ततो हस्ते कर्मपात्रजलमादाय ॐ अद्यदिने अपरमपि आमं पक्वं हिरण्यं वा उदयास्तपर्यन्तं यद्दत्तं यद्दास्ये तत्सर्वं पितृभ्यः स्वर्गद्वारे अमृतीभूयोपतिष्ठतु ॐ तत्सत् इत्युत्सृजेत्। (कुशा से पहिले पितृ-मातृ-मातामह ब्राह्मणों का फिर विश्वे० ब्राह्मण का स्पर्श करें। मन्त्रों के साथ उन्हें उठाकर पिण्डों पर रखें।)

विसर्जनम्—सव्येन कुशाग्रेण पितृब्राह्मणं स्पृशन् ॐ वाजे वाजे वत व्वाजिनो धनेषु विप्राऽअमृताऽऋतज्ञाः। अस्य मध्वः पिबत मादयध्वं तृप्ता यात पथिभिर्देवयानैः। एवं मातृब्राह्मणं मातामहब्राह्मणं च स्पृष्ट्वा ॐ उत्तिष्ठत विश्वेदेवा इति विसृज्य ॐ उत्तिष्ठ ब्रह्मणस्पते देवयन्तस्त्वेमहे उपप्रयन्तु मरुतः सुदानवा इन्द्रप्राशूर्भवा सचा' इति ब्राह्मणानुत्थाप्य पिण्डोपरि स्थापयेत्, (कर्मपात्र घुमाकर जल की धार दें।)

कर्मपात्रं हस्ताभ्यां गृहीत्वा ॐ आमा वाजस्य प्रसवो जगम्यादेमे द्यावा-पृथिवी विश्वरूपे आमागन्ता पितरा मातराश्चामा सोमो अमृतत्वेन गम्या। इति प्रदक्षिणीकृत्य कर्मपात्रं विप्रपादेषु निनीय उपविश्य नमस्कृत्य (नमस्कार करें।)

अद्य मे सफलं जन्म अद्य मे सफलं तपः।
अद्य मे गोत्रजाः सर्वे याता वोऽनुग्रहाद्दिवम्॥
पत्रशाकादिदानेन क्लेशिता यूममीदृशः।
यत्क्लेशमिह सञ्जातं विस्मृत्य क्षन्तुमर्हथ॥

कृतमेतदन्वष्टकाश्राद्धम् अच्छिद्रमस्तु, अस्त्वच्छिद्रम्।
(ब्राह्मणों की गाँठ खोल दें।)

ततः कुशबटूनां शिखामोचनम्। ॐ मुञ्चन्तु मा सपथ्यादथो वरुण्यादुत अथो यमस्य पड्वीशात् सर्वस्मादेव किल्विषात्।

ॐ त्रीन् समुद्रान्समतृपत् स्वर्गानपाम्पतिर्वृषभ इष्टकानाम्।
पुरीषं वसानः सुकृतस्य लोके तत्र गच्छत यत्र पूर्वे परेताः।

(अपसव्य करके कमर से नीवी निकाल दें। हाथ से दीपक बुझा दें, सव्य होकर आचमन करें।)

'अपसव्येन' नीवीं विसृज्य, हस्तेन दीपं निर्वाप्य, सव्येनाचम्य

ॐ यस्य स्मृत्या च नामोक्त्या तपोयज्ञक्रियादिषु।
न्यूनं सम्पूर्णतां याति सद्यो वन्दे तमच्युतम्॥

ॐ अच्युताय नमः ३

ॐ प्रमादात्कुर्वतां कर्म प्रच्यवेताध्वरेषु यत्।
स्मरणादेव तद्विष्णोः संपूर्णं स्यादिति श्रुतिः॥
चतुर्भिश्च चतुर्भिश्च द्वाभ्यां पञ्चभिरेव च।
हूयते च पुनर्द्वाभ्यां तस्मै यज्ञात्मने नमः॥

**अनेन कर्मणा पितृस्वरूपी सविता प्रीयताम्।**

इति कातीयसूत्रानुसारि अन्वष्टकाश्राद्धम्।

•

## मासिकश्राद्धप्रयोगः

तत्र पूर्वं स्नानसंकल्पः। सव्येन कुशतिलयवजलान्यादाय, ॐ विष्णुः ३ अद्येहेत्यादि देशकालौ संकीर्त्य, अमुकगोत्रोऽमुकराशिरमुकशर्म्मा (वर्मा गुप्तो वा) अहं 'अपसव्येन' तिलमोटकं गृहीत्वाऽमुकगोत्रस्यास्मत्पितुरमुकशर्मणो वसुस्वरूपस्य (अमुकगोत्राया अस्मन्मातुरमुकोदेव्या वसुस्वरूपायाः) अमुकानुमासिकश्राद्धकृत्याधिकारसिद्धये मध्याह्नस्नानमहं करिष्ये।

स्नात्वा सव्येनाचम्य, धौतवाससो परिधाय, सन्ध्यामुपास्य, तर्पणं विधाय, श्राद्धस्थले दक्षिणाभिमुखं दीपं प्रज्वलय्य, स्थित्वा विष्णुं प्रणमेत्।

शुक्लाम्बरधरं विष्णुं शशिवर्णं चतुर्भुजम्।
प्रसन्नवदनं ध्यायेत् सर्वविघ्नोपशान्तये॥

ॐ यं ब्रह्म वेदान्तविदो वदन्ति परे प्रधानं पुरुषं तथान्ये।
विश्वोद्गतेः कारणमीश्वरं वा तस्मै नमो विघ्नविनाशनाय॥

अभीप्सितार्थसिद्ध्यर्थं पूज्यते यः सुरैरपि।
सर्वविघ्नच्छिदे तस्मै गणाधिपतये नमः॥

इति विष्णवे गणेशाय च पुष्पाञ्जलिं समर्प्य,ब्राह्मणं तैलाभ्यङ्गपूर्वकं संस्नाप्य।

कुशोऽसि कुशपुत्रोऽसि ब्रह्मणा निर्मितः पुरा।
त्वय्यर्चिते सोऽर्चितोऽस्तु यस्याहं नाम कीर्तये॥

अक्षतैः प्रतिष्ठा ॐ एतन्ते देव सवितर्यज्ञं प्राहुर्बृहस्पतये ब्रह्मणे तेन यज्ञमव तेन यज्ञपतिन्तेन मामव। ॐ मनोजूतिर्जुषतामाज्यस्य वृहस्पतिर्यज्ञमिमन्तनोत्वरिष्टं यज्ञं समिमं दधातु विश्वेदेवा सऽइह मादयन्तामोँ २ प्रतिष्ठ ॐ भूर्भुवः स्वः कुशब्रह्मन् सुप्रतिष्ठितो भव। 'अपसव्येन' तिलैर्निमन्त्रणम्। ॐ विष्णुः ३ अद्येहेत्यादि अमुकगोत्रस्य अस्मत्पितुः अमुकशर्मणः वसुस्वरूपस्य (अमुकगोत्राया अस्मन्मातुः अमुको देव्या वसुस्वरूपायाः) प्रथमादि अमुकानुमासिकश्राद्धे भवान्मया निमन्त्रितः। ॐ निमन्त्रतोऽस्मीति प्रत्युक्तिः। नियमं श्रावयेत्।

अक्रोधनैः शौचपरैः सततं ब्रह्मचारिभिः।
भवितव्यं भवद्भिश्च मया च श्राद्धकारिणा॥

सर्वायासविनिर्मुक्तैः कामक्रोधविवर्जितैः।
भवितव्यं भवद्भिर्नोऽद्यतने श्राद्धकर्मणि॥

'सव्येन' आगतं वः सुस्वागतम् । 'अपसव्येन' ॐ एतद्वः पाद्यम् ।

ॐ यत्फलं कपिलादाने कार्तिक्यां ज्येष्ठपुष्करे ।
तत्फलं पाण्डवश्रेष्ठ विप्राणां पादशोधने ॥

पादपूजायां अत्रं नमः इति जलम्, सुगन्धं नमः पत्रपुष्पाक्षतं नमः 'सव्येन' तिलमोटकजलैः पादार्घं संपाद्य 'अपसव्येन' करयोः कृत्वा, अद्येहेत्यादि अमुकगोत्र ! अस्मत्पितः अमुकशर्मन् वसुस्वरूप (अमुकगोत्रेऽस्मन्मातः अमुकीदेवि वसुस्वरूपे) अद्यकर्तव्येऽमुकानुमासिकश्राद्धे पितृसम्बन्धि (मातृसम्बन्धि वा) कुशब्रह्मन् एष ते पादार्घोऽस्तु, इत्यर्घ्यं दत्त्वा उदङ्मुखं ब्राह्मणं दक्षिणदिशि अन्यासने ॐ ब्रह्मन्नत्रोपविश्यताम् इत्युपवेशयेत् ।

'सव्येन' स्ववामभागे कर्मपात्रस्थापनम् । ॐ भूरसीत्यादिना भूमिमभिमन्त्र्य, तत्र शंखचक्रादिकं विलिख्य आसनम्, आसने पात्रम्, पात्रे ॐ पवित्रेस्थो वैष्णव्यौ इति पवित्रम्, ॐ शन्नोदेवीरितिजलम् ॐ यवोसोति यवान् ॐ तिलोऽसीति तिलान्, गन्धपुष्पाक्षतादि तूष्णीं निक्षिप्य ॐ कर्मपात्रं सुसम्पन्नमस्तु अस्तु सुसम्पन्नम् । पवित्रगृहीतेन तज्जलेनात्मानं मासिकश्राद्धसामग्रीञ्च सम्प्रोक्ष्य, प्राणानायम्य,

अपवित्रः पवित्रो वा सर्वावस्थां गतोऽपि वा ।
यः स्मरेत्पुण्डरीकाक्षं स बाह्याभ्यन्तरः शुचिः ॥

ॐ पुण्डरीकाक्षाय नमः ॐ देवताभ्यः० इति त्रिर्जपः 'अपसव्येन' सप्तव्याधेति पितॄन्ध्यात्वा अमुकगोत्रस्य अस्मत्पितुः अमुकशर्मणो वसुस्वरूपस्य (अमुकगोत्राया अस्मन्मातुः अमुकीदेव्याः वसुस्वरूपायाः) अमुकानुमासिकश्राद्धं समारभे । ततस्तिलमोटकं गृहीत्वा वामकट्यां ॐ सोमस्य नीविरसि विष्णोः शर्म्मासि शर्म्म यजमानस्येन्द्रस्य योनिरसि सुसस्याः कृषीष्कृधि । इति नीवीमारोपयेत् ।

'सव्येन' दिग्बन्धनम् ।

ॐ अग्निष्वात्ताः पितृगणाः प्राचीं रक्षन्तु मे दिशम् ।
तथा बर्हिषदः पान्तु यामीं ये पितरस्तथा ।
प्रतीचीमाज्यपास्तद्वदुदीचीमपि सोमपाः ॥

विदिशश्च गणाः सर्वे रक्षन्तूर्ध्वमधोऽपि वा ।
अध ऊर्ध्वं च कोणेषु हविष्मन्तश्च सर्वतः ॥

रक्षोभूतपिशाचेभ्यस्तथैवासुरदोषतः ।
सर्वतश्चाधिपस्तेषां यमो रक्षां करोतु मे ॥

तिला रक्षन्तु दितिजाद्दर्भा रक्षन्तु राक्षसात् ।
पंक्ति वै श्रोत्रियो रक्षेदतिथिः सर्वरक्षकः ॥

ततः सव्येनैव साग्रान्कुशान्गृहीत्वा कर्मपात्रस्थं जलमभिमन्त्रयेत् । ॐ यद्देवा देवहेडनं देवासश्चकृमा वयम् । अग्निर्म्मा तस्मादेनसो विश्वान्मुञ्चत्वंहसः ? यदि दिवा यदिनक्तमेनाँसि चकृमा वयम् । वायुर्म्मा तस्मादेनसो विश्वान्मुञ्चत्वँहसः यदिजाग्रद्यदि स्वप्न एनाँसि चकृमा वयम् । सूर्यो मा तस्मादेनसो विश्वान्मुञ्चत्वँहसः । गायत्र्याचा भिमन्त्र्य, ततो दर्भतिलयुतं जलं गृहीत्वा पाकपिधानमुत्तार्य शूद्रादिदृष्टिदोषात्पाकः पूतोऽस्तु, इति गायत्र्या च संप्रोक्ष्य, सव्येनैव प्रतिज्ञासंकल्पः । ॐ विष्णुः ३ अद्येहेत्यादि अमुकगोत्रस्य अस्मत्पितुः अमुकशर्मणो वसुस्वरूपस्य (अमुकगोत्राया अस्मन्मातुरमुकीदेव्या वसुस्वरूपायाः क्षुत्पिपासोपशान्त्यर्थं अक्षयतृप्तिकामनया अमुकानुमासिकश्राद्धं सोदकुम्भं सिद्धान्नेन करिष्ये, ॐ कुरुष्व, 'अपसव्येन' आसनदानम्, तिलमोटकं गृहोत्वा, अद्येहामुकगोत्रस्यास्मत्पितुरमुकशर्मणः वसुस्वरूपस्य (अमुकगोत्राया अस्मन्मातुः अमुकीदेव्या वसुस्वरूपायाः) अस्मिन् अमुकमासिकश्राद्धे इदमासनमस्तु, ॐ भूर्भुवः इदमासनमास्यताम् । आसे । अपसव्येनैव पूजनम् अत्रं नमः सुगन्धं पत्रपुष्पाक्षतं नमः । धूपदीपादिभिः सम्पूज्य, ॐ पितृभ्यः स्वधायिभ्यः स्वधा नमः पितामहेभ्यः स्वधायिभ्यः स्वधा नमः प्रपितामहेभ्यः स्वधायिभ्यः स्वधा नमः अक्षन्न् पितरोऽमीमदन्त पितरोऽतीतृपन्त पितरः पितरः शुन्धध्वम्, इति पठित्वा, अर्चनसंकल्पः—तिलमोटकं गृहीत्वा ॐ अद्येत्यादि अमुकगोत्र अस्मत्पितः अमुकशर्मन् वसुस्वरूप (अमुकगोत्रे अस्मन्मातः अमुकीदेवि वसुस्वरूपे) अस्मिन्नमुकानुमासिकश्राद्धे अर्चनविधौ इमानि गन्धाक्षतपुष्पतुलसोदलधूपदीपवासांसि मद्दत्तानि ते स्वधा । ततः 'सव्येन' अर्चनविधिः सर्वः परिपूर्णोऽस्तु, अस्तु परिपूर्णः इति प्रत्युक्तिः । स्वयमाचम्य 'अपसव्येन' गन्धादिदानाचमनं विप्राय दत्त्वा सव्येन अच्युतस्मरणम् । भस्मना चतुष्कोणमण्डलं कुर्यात् ।

यथा चक्रायुधो विष्णुस्त्रैलोक्यं परिरक्षति ।
एवं मण्डलभस्माङ्कः सर्वभूतानि रक्षतु ॥

तदुपरि पत्रावलिं संस्थाप्य । प्रथमं विष्णवे नैवेद्यं परिवेष्य ॐ नाभ्या आसीदन्तरिक्ष ँ शीर्ष्णो द्यौः समवर्तत । पद्भ्यामभूमिर्दिशः श्रोत्रात्तथा लोकाँ २ ँ अकल्पयन् । इति मन्त्रेण सजलतुलसोदलं निवेद्य पत्रावलौ ब्राह्मणस्य आतृप्ति सर्वं परिवेष्य'अपसव्येन'उत्तानाभ्यां पाणिभ्यां मधु मधु इति पात्रमालभ्य जपति ॐ पृथिवी ते पात्रं द्यौरपिधानं ब्राह्मणस्य मुखेऽमृते अमृतं जुहोमि ॐ विष्णो कव्य ँ रक्ष अप्रादक्षिण्येन तिलान् विकीर्य ॐ अपहताऽअसुरारक्षा ँ सि वेदिषद इति । ततोऽङ्गुष्ठग्रहणम् ॐ इदं विष्णुर्विचक्रमे त्रेधा निदधे पदम् । समूढमस्यपा ँ सुरे इदम्

अन्नं सोदकुम्भं इदमाज्यं इदं शाकादिकं यत्परिविष्टं यत्परिवेष्यमाणं सर्वं कव्यम्। तिलमोटकं गृहीत्वा अद्येह अमुकगोत्राय अस्मत्पित्रे अमुकशर्मणे वसुस्वरूपाय (अमुकगोत्रायै अस्मन्मात्रे अमुकीदेव्यै वसुस्वरूपायै) अस्मिन्नमुकानुमासिकश्राद्धे यत्परिविष्टं यत्परिवेष्यमाणं ब्राह्मणस्य आतृप्ति, दास्यमानमन्नं अमृतस्वरूपं ते स्वधा। ॐ येचेह पितरो येच नेह यांश्च विद्म या २ँ ॥ उच न प्रविद्म त्वं वेत्थ यति ते जातवेदः स्वधाभिर्यज्ञँ सुकृतं जुषस्व। ब्राह्मणहस्ते आपोशानं दद्यात्। ततः 'सव्येन' प्रणवव्याहृतिपूर्विकां गायत्रीं मधु मधु इति मधुमतीऋक्त्रयञ्च पठेत्, यथासुखेन भुङ्ध्वम् भुञ्महि तृप्ति ज्ञात्वा सर्वमन्नादिकं कुशतिलजलमोटकैः सह परिगृह्य अपसव्येन विकिरदानम्, नैर्ऋत्यां दिशि कुशत्रयं भूमौ निक्षिप्य आसनम्,

असंस्कृतप्रमीतानां त्यागिनां कुलभागिनाम्।
उच्छिष्टभागधेयानां दर्भेषु विकिरासनम्॥

सजलतिलमोटकयुतं तदन्नं तत्र विकिरेत्।

अग्निदग्धाश्च ये जीवा येऽप्यदग्धाः कुले मम॥
भूमौ दत्तेन तृप्यन्तु तृप्ता यान्तु परां गतिम्।
येषां न पचते माता येषां न पचते पिता॥
उच्छिष्टं ये च काङ्क्षन्ति तेभ्योऽन्नं दत्तमक्षयम्॥

उच्छिष्टभागधेयेभ्यो नमः। इति गन्धाक्षतपुष्पैः संपूज्य हस्तौ पादौ प्रक्षाल्य 'सव्येन' आचम्य, श्राद्धस्थले गत्वा पुनराचम्य, सप्रणवव्याहृतिकां गायत्रीं मधुमतीश्च जप्त्वा, 'अपसव्येन' ब्राह्मणहस्ते सकृदपो दत्वा भो ब्रह्मन् अस्मिन्पाकमध्ये यत्किञ्चिद्रोचते तत्प्रतिगृह्यताम्। ॐ सुस्वादितम् शेषान्नेन किं क्रियताम्? इष्टैः सह भुज्यताम्।

ततः सव्येन श्राद्धभूमौ सुप्रोक्षितमस्तु अस्तु सुप्रोक्षितम्। ततो विप्रकरे शिवा आपः सन्तु? सन्तु,

अपां मध्ये स्थिता देवाः सर्वमप्सु प्रतिष्ठितम्।
ब्राह्मणस्य करे न्यस्ताः शिवा आपो भवन्तु मे॥

सौमनस्यमस्तु? अस्तु सौमनस्यम्।

लक्ष्मीर्वसति पुष्पेषु लक्ष्मीर्वसति पुष्करे॥
लक्ष्मीर्वस्ते गवां गोष्ठे सौमनस्यं सदास्तु मे॥

अक्षताश्चारिष्टं घ्नन्तु, घ्नन्तु चारिष्टम्।

अक्षतं चास्तु मे नित्यं शान्तिपुष्टिकरं परम्।
यद्यच्छ्रेयस्करं लोके तत्तदस्तु सदा मम॥

ततः कुशैः कर्मपात्रोदकेन मूर्धाभिषेचनम् । मम कुले दीर्घमायुरस्तु ? अस्तु । शान्तिरस्तु ? अस्तु । पुष्टिरस्तु ? अस्तु । वृद्धिरस्तु ? अस्तु । यच्छ्रेयस्तदस्तु ? अस्तु । यत्पापं रोगः शोको दुःखं दारिद्र्यं तत्प्रतिहतमस्तु ? इति जलं भूमौ निक्षिपेत् अस्तु प्रतिहतम् । ॐ अमृताभिषेकोऽस्तु ।

'अपसव्येन' अक्षय्योदकदानम्-सजलतिलमोटकं गृहीत्वा अद्येह अमुकगोत्रस्य अमुकशर्मणोऽस्मत्पितुः वसुस्वरूपस्य (अमुकगोत्राया अस्मन्मातुः अमुकीदेव्या वसुस्वरूपायाः) अस्मिन्नमुकानुमासिकश्राद्धे इदमन्नोदकादिकं यद्दत्तं तदक्षय्यमस्तु ? अस्तु अक्षय्यमिति ब्राह्मणहस्ते समोटकं जलं दद्यात् ॥ 'सव्येन' आशीर्ग्रहणम् ॐ अघोराः पितरः सन्तु ? सन्तु । गोत्रं नो वर्द्धताम् ? वर्द्धताम् । दातारो नोऽभिवर्द्धन्ताम् ? वर्द्धन्ताम् । वेदा वर्द्धन्ताम् ? वर्द्धन्ताम् । सन्ततिर्वर्धताम् ? वर्धताम् । श्रद्धा च नो माव्यगमत् ? मा गाः । बहुदेयञ्च नोऽस्तु ? अस्तु । अन्नञ्च नो बहु भवेत् ? भवतु । अतिथींश्च लभेमहि ? लभध्वम् । याचितारश्च नः सन्तु ? सन्तु । मास्म याचिष्म कं चन ? मा याचध्वम् । एता एव आशिषः सत्याः सन्तु ? सन्तु सत्याः । इत्याशिषो गृहीत्वा ।

सव्येनैव दक्षिणासंकल्पः । देयद्रव्यं संप्रोक्ष्य अद्येह अमुकगोत्रस्य अस्मत्पितुः अमुकशर्मणो वसुस्वरूपस्य (अमुकगोत्रायाः अस्मन्मातुरमुकीदेव्याः वसुस्वरूपायाः) क्षुत्पिपासानिवृत्तिपूर्वकमक्षयतृप्तिकामनया कृतस्यास्य सोदकुम्भस्य अमुकानुमासिकश्राद्धकर्मणः साङ्गतासिद्ध्यर्थं इदं रजतं चन्द्रदैवतं ब्राह्मणाय दास्यै ॐ तत्सन्नम ।

स्वतिलकम्—

सत्यानुष्ठानसंपन्नाः सर्वदा यज्ञबुद्धयः ।
मातृपितृपराश्चैव सन्त्वस्मत्कुलजा नराः ॥

विशेषपूजनम्—

आयुः प्रजां धनं विद्यां स्वर्गं मोक्षं सुखानि च ।
प्रयच्छन्ति तथा राज्यं नॄणां प्रीताः पितामहाः ॥
आयुः पुत्रान्यशः स्वर्गं कीर्तिं पुष्टिं बलं श्रियम् ।
पशून्सुखं धनं धान्यं प्राप्नुयाम्पितृपूजनात् ॥

'अपसव्येन' असंचरमभ्युक्ष्य—

यः कश्चित्पितृरूपेण तिष्ठते परमेश्वरः ।
सोऽयं श्राद्धप्रदानेन तृप्तिं लभतु शाश्वतीम् ॥
गयायां पितृरूपेण स्वयमेको जनार्दनः ।
यं दृष्ट्वा पुण्डरीकाक्षं मुच्यते च ऋणत्रयात् ॥

पञ्चक्रोशं गयाक्षेत्रं क्रोशमेकं गयाशिरः।
यत्र यत्र स्मरिष्यामि पितॄणां दत्तमक्षयम् ॥
शमीपत्रप्रमाणेन पिण्डं दद्याद् गयाशिरे।
उद्धरेत्सप्तगोत्राणां कुलमेकोत्तरं शतम्।
पितुः शतगुणं पुण्यं सहस्रं मातुरुच्यते ॥
भगिन्याः शतसाहस्रं सौदर्ये दत्तक्षयम् ॥

'सव्येन' अद्यदिने अपरमपि आमं पक्वं हिरण्यं उदयास्तपर्यन्तं यद्दत्तं यद्दास्ये तत्स्वर्गद्वारे अमृतीभूय ते स्वधा। देवताभ्य इति त्रिर्जपः। अपसव्येन सप्त व्याधा० इति पठित्वा अमुकगोत्रस्य अस्मत्पितुः अमुकशर्मणः वसुस्वरूपस्य (अमुकगोत्राया अस्मन्मातुः अमुकीदेव्या वसुस्वरूपायाः) अमुकानुमासिकश्राद्धं विसृजे। 'सव्येन' इदं मासिकश्राद्धं मया विधिहीनं देशहीनं भावनाहीनं वाक्यहीनं दक्षिणाहीनं यत्कृतं तत्सुकृतमस्तु यन्नकृतं तद्विष्णोः प्रसादात् ब्राह्मणवचनात् सर्वं परिपूर्णमस्तु, अस्तु परिपूर्णम्।

अपसव्येन वर्षाशनसंकल्पः अद्येह अमुकगोत्रस्य अमुकशर्मणः अस्मत्पितुः (अमुकगोत्राया अमुकीदेव्या अस्मन्मातुः) वर्षाशनाङ्गभूतं अमुकमासपर्यन्तम्—आह्निकभोजननिमित्तकमिदमन्नं तन्निष्क्रयिणीं दक्षिणां वा अमुकशर्मणे ब्राह्मणाय दास्ये ॐ तत्सन्नमम।

कुशेन विप्रकरस्पर्शः। ॐ उत्तिष्ठ ब्रह्मणस्पते देवयन्तस्त्वेमहे उपप्रयन्तु मरुतः सुदा इन्द्रप्राशूर्भवा च सा इत्यनेन ब्राह्मणमासनादुत्थापयेत्, सव्येन कर्मपात्रं करयोः कृत्वा ॐ आमावाजस्य प्रसवो जगम्यादेमे द्यावापृथिवी विश्वरूपे, आमा गन्तां पितरा मातरा चामा सोमोऽअमृतत्वेन गम्यात्।

'अपसव्येन' नीवीं विसृज्य हस्तेन दीपं निर्वाप्य सव्येन आचम्य ब्राह्मणं प्रार्थयेत्—

अद्य मे सफलं जन्म अद्य मे सफलं तपः।
अद्य मे वंशजाः सर्वे याता वोऽनुग्रहाद्दिवम् ॥
पत्रशाकादिदानेन क्लेशिता यूयमीदृशः।
यत्क्लेशमिह सञ्जातं विस्मृत्य क्षन्तुमर्हथ ॥

ब्राह्मणशिखाविमोकः ॐ मुञ्चन्तु मा सपथ्यादथो वरुण्यादुत अथो यमस्य पड्वीशात्सर्वस्मादेव किल्विषात् इति शिखां विमुच्य कर्मेश्वरार्पणं कुर्यात्।

ॐ तत्सत् यस्य स्मृत्येत्यादि ॐ अच्युतायनमः ३ प्रमादात्कुर्वतां कर्मेत्यादि विष्णवे नमः ३।

इति मासिकश्राद्धप्रयोगः ॥

## प्रथमवार्षिकश्राद्धप्रयोगः

अथ वार्षिकव्रतवान्, पुत्रादिः, यथाशक्ति गोदान-शय्यादान-अच्छिद्र-एकोद्दिष्टश्राद्धसामग्रीः सम्पाद्य पूर्वदिने एकभुक्त्यादिनियमं विधाय श्राद्धदिने च अक्रोधनादि नियमान् ध्यायन्, प्रातःकृत्यान्ते मध्याह्ने नद्यादौ गृहे वा शीतलोदकेन स्नानं कुर्यात् ।

तत्र संकल्पः ॐ विष्णुः ३ अद्येहेत्यादि अमुकोऽहं (अपसव्येन तिलमोटक-जलान्यादाय) अमुकगोत्रस्य अस्मत्पितुः अमुकशर्मणो वसुस्वरूपस्य (अमुकगोत्राया अस्मन्मातुः अमुकीदेव्या वसुस्वरूपायाः वा०)वार्षिककृत्याधिकारसिद्ध्यर्थं मध्याह्न-स्नानं करिष्ये । 'सव्येन' स्नात्वा आचम्य धौते शुक्लवाससी परिधाय यथाविधि मध्याह्नसन्ध्यां तर्पणञ्च विधाय प्रथमं गृहे बहिर्गोदानं कुर्यात् ।

### गोदानविधिः ।

दाता सुप्रक्षालितपाणिपादः सुलिप्तायां विविधविशेषकपूरितायां भूमौ पूर्वाभिमुखः शुभासने उपविश्य, पवित्रपाणिराचम्य सवत्सां गां प्राङ्मुखीमवस्थाप्य प्रतिग्राहिब्राह्मणमुदङ्मुखं संस्थाप्य, गणेशविष्णुगुरून्नमस्कृत्य, स्वाग्रभूमौ चन्दनेन शङ्खचक्रे लिखित्वा तत्रार्घपात्रं संस्थाप्य गंगेचेत्यादिजलेनापूर्य गन्धपुष्पाक्षतादि-तूष्णींनिक्षिप्य, तेन जलेनात्मानं गोदानसामग्रीं च सँप्रोक्ष्य प्राणानायम्य प्रधान-संकल्पं कुर्यात्—

ॐ विष्णुः ३ अद्येहेत्यादि देशकालौ संकीर्त्य अमुऽकोहं (अपसव्येन) अमुक-गोत्रस्य अस्मत्पितुः अमुकशर्मणो वसुस्वरूपस्य(अमुकगोत्रायाः अस्मन्मातुः अमुकी-देव्याः वसुस्वरूपायाः) वार्षिकश्राद्धनिमित्तकं 'सव्येन' श्री यज्ञपुरुषप्रीतये गोदानं करिष्ये । तत्प्रतिग्रहार्थं ब्राह्मणस्य पूजनपूर्वकं वरणं करिष्ये तथा सवत्साया गोः पूजनं च करिष्ये ।

ॐ विष्णुस्वरूपिणे ब्राह्मणाय नमः पाद्यम् (पादप्रक्षालनं कृत्वा)

भूमिदेवाग्रजन्मासि त्वं विप्र पुरुषोत्तम !
प्रत्यक्षो यज्ञपुरुषः अर्घोऽयं प्रतिगृह्यताम् ॥

इत्यर्घं दत्त्वा, गन्धद्वारामिति गन्धाक्षतान् नमोस्त्वनन्तायेति पुष्पमालादिभिः संपूज्य, वरणसामग्रीं करयोः कृत्वा,एभिर्गन्धाक्षतपुष्पपूगीफलद्रव्ययज्ञोपवीतवासो-

भूषणादिभिः गोदानप्रतिग्रहार्थंम्, अमुकगोत्रम्, अमुकवेदाध्यायिनम्, अमुकशर्माणं ब्राह्मणं त्वामहं वृणे, वृतोऽस्मीति ब्राह्मणः प्रतिवदेत्। यजमानः प्रार्थयेत्—

यदर्चनं कृतं विप्र तव विष्णुस्वरूपिणः।
तत्सर्वं मम दीनस्य विष्णवेऽस्तु समर्पितम् ॥

अथ गोः पूजनम्, आवाहनम्—

आवाहयाम्यहं देवीं गां त्वां त्रैलोक्यमातरम्।
यस्याः स्मरणमात्रेण सर्वपापैः प्रमुच्यते ॥

ॐ सवत्सायै गवे नमः, आवाहनं, ॐ सवत्सायै गवे नमः पाद्यं समर्पयामि, गोः अग्रपादाभ्यां नमः, गोः पश्चात्पादाभ्यां नमः, सवत्सायै गवे नमः अर्घ्यम्, स्नानञ्च गोः–आस्याय नमः गोः शृङ्गाभ्यां नमः, गोः पुच्छाय नमः, सवत्सायै गवे नमः वस्त्रम्, गन्धम्, अक्षतान्, पुष्पाणि, मालां, धूपं, दीपं, नैवेद्यं, आरातिक्यं समर्प्य च गोग्रासान् दद्यात्।

सुरभिर्वैष्णवी माता नित्यं विष्णुपदे स्थिता।
गोग्रासन्तु मया दत्तं गृहाण सुरसत्तमे ॥

ॐ सवत्सायै गवे नमः गोग्रासं समर्पयामि। पुष्पाञ्जलिः।

सर्वे देवास्तनौ यस्याः सा धेनुर्वरदास्तु मे। गवे नमः सर्वोपचारार्थे पुष्पाञ्जलिं समर्पयामि ॥

ततः सवत्सां सब्राह्मणां गां प्रदक्षिणीकृत्य।
गावो ममाग्रतः सन्तु गावो मे सन्तु पृष्ठतः।
गावो मे हृदये सन्तु गवां मध्ये वसाम्यहम् ॥
अथ नमस्काराः।
नमो गोभ्यः श्रीमतीभ्यः सौरभेयीभ्य एव च।
नमो ब्रह्मसुताभ्यश्च पावनीभ्यो नमो नमः ॥

एवं विधिवत् अभ्यर्च्य यथाशक्ति स्वर्णशृङ्गीं, रौप्यखुरां, ताम्रपृष्ठां कांस्यदोहनपात्रां कृत्वा, तत्पुच्छोदकैस्तर्पणं कुर्यात्।

यथा सकुशाक्षतयवं गोपुच्छं गृहीत्वा प्राङ्मुखः सततजलधारया देवतीर्थेन देवांस्तर्पयेत् ॐ भूर्देवास्तृप्यन्ताम्, ॐ भुवोदेवास्तृप्यताम् ॐ स्वर्देवास्तृप्यन्ताम्। ॐ भूर्भुवः स्वर्देवास्तृप्यन्ताम्। ततो निवीती भूत्वा साक्षतकुशमध्यगोपुच्छोदकैः प्रजापतितीर्थेन मनुष्यांस्तर्पयेत् ॐ भूर्मनुष्यास्तृप्यन्ताम् ॐ भुवोमनुष्यास्तृप्यन्ताम् ॐ स्वर्मनुष्यास्तृप्यन्ताम् ॐ भूर्भुवः स्वर्मनुष्यास्तृप्यन्ताम्। ततो'ऽपसव्यं' कृत्वा द्विगुणितकुशतिलगोपुच्छोदकैः पितॄंस्तर्पयेत् ॐ भूः पितरस्तृप्यन्ताम्।

ॐ भुवः पितरस्तृप्यन्ताम् ॐ स्वः पितर स्तृप्यन्ताम् ॐ भुर्भुवः स्वः पितरस्तृप्यन्ताम् ।

आब्रह्म स्तम्बपर्यन्तं देवर्षिपितृमानवाः ।
तृप्यन्तु पितरः सर्वे मातृमातामहादयः ॥

ॐ ऊर्जं वहन्तीरमृतं धृतम्पयः कीलालम्परिस्रुतम् । स्वधास्थ तर्पयत मे पितॄन् ॐ पितृभ्यः स्वधायिभ्यः स्वधा नमः,पितामहेभ्यः स्वधायिभ्यः स्वधा नमः, प्रपितामहेभ्यः स्वधायिभ्यः स्वधा नमः अक्षन्न पितरोऽमीमदन्त पिपरोऽतीतृपन्त पितरः पितरः शुन्धध्वम् ।

येऽबान्धवा बान्धवा वा येऽन्यजन्मनि बान्धवाः ।
ते सर्वे तृप्तिमायान्तु गोपुच्छोदकतर्पणेः ॥

'सव्येन' आचमनम् । एवं सन्तर्प्य विधिवदुपस्पृश्य ततः परम्

प्राङ्मुखीं गामवस्थाप्य सवत्साञ्च सुपूजिताम् ।
पुच्छदेशे स्वयं स्थित्वा शुचिः प्रयतमानसः ॥

उदङ्मुखष्तु विप्रः स्यात् पात्रलक्षणलक्षितः ।
आज्यपात्रे करं कृत्वा कनकेन समन्वितम् ॥
निक्षिप्य पुच्छं तस्मिंस्तु घृतदिग्धं (लिप्तं) प्रगृह्य च ।
सतिलैः ब्राह्मपाणौ च विधिना दानमाचरेत् ॥

## गोदानसंकल्पः

ॐ विष्णुः ३ नमः परमात्मने अद्येत्यादि देशकालौ संकीर्त्य अमुकगोत्रोऽमुकराशिरमुकनामाहं 'अपसव्येन' अमुकगोत्रस्य अस्मत्पितुः अमुकशर्मणो वसुस्वरूपस्य (अमुकगोत्राया अस्मन्मातुः अमुकीदेव्याः वसुस्वरूपायाः) वार्षिकश्राद्धे कृतैतद्वार्षिकव्रतसाङ्गतासिद्ध्यर्थे 'सव्येन' श्रीयज्ञपुरुषप्रीतये इमां सुपूजितां यथाशक्त्यलंकृतां सवत्सां गां रुद्रदैवत्यां, अमुकगोत्राय अमुकवेदाध्यायिने अमुकशर्मणे संप्रददे ॐ तत्सत् न मम ।

यज्ञसाधनभूता या विश्वस्याघविनाशिनी ।
विश्वरूपधरो देवः प्रीयतामनया गवा ।

इति दानवाक्यं समुच्चार्य सकुशजलाक्षतं गोपुच्छं ब्राह्मणहस्ते दद्यात् ।'ब्राह्मणश्च ॐ द्यौस्त्वा ददातु पृथिवीत्वा प्रतिगृह्णातु ॐ देवस्यत्वा सवितुः प्रसवेऽश्विनोर्बाहुभ्यां पूष्णो हस्ताभ्याम् ॐ स्वस्ति, इमां रौद्रीं गां प्रतिगृह्णामि, इति गृहीत्वा कोऽदात् कस्माऽअदात् कामोदात् कामायादात् कामो दाता कामः प्रतिग्रहीता कामैतत्ते' इति कामस्तुतिं पठेत् । ततो यजऽमानो दानप्रतिष्ठासंकल्पं

कुर्यात्, देयं सुवर्णं रजतं वा संप्रोक्ष्य ॐ हिरण्यगर्भेति सम्पूज्य ॐ विष्णुः ३ अद्येहेत्यादि अमुकोऽहं कृतैतद्गोदानकर्मणः प्रतिष्ठासाङ्गतासिद्ध्यर्थम् इदं सुवर्णं तन्निष्क्रयीभूतद्रव्यं वा ब्राह्मणाय संप्रददे ॐ तत्सत् नमम । इति दत्त्वा ।

गवामङ्गेषु तिष्ठन्ति भुवनानि चतुर्दश ।
यस्मात्तस्मास्माच्छिवं मे स्यात् इह लोके परत्र च ।
लक्ष्मीर्या लोकपालानां धेनुरूपेण संस्थिता ।
घृतं वहति यज्ञार्थे मम पापं व्यपोहतु ।

इति वाक्यं पठेत् । ततो ब्राह्मणः गोपुच्छोदकेन ॐ द्यौः शान्तिरित्यादिना यजमानाभिषेकं कृत्वा आशिषं दद्यात् । मन्त्रः ॐ सोमो धेनुं सोमोऽअर्वन्तमाशु-सोमो वीरं कर्मण्यं ददाति सादन्यं विदन्यं विदथ्यं सभेयं पितृश्रवणं दाशदस्मै । ततो यजमानः कायेन वाचा इत्यादिना कर्मं ईश्वरार्पणं कृत्वा यस्यस्मृत्येत्यादि, प्रमादादितिचोच्चार्य ॐ अच्युतायनमः ३ इति भगवन्तं प्रणम्य विष्णुस्मृत्वा गोदानकर्म समापयेत् ।

इति वार्षिकश्राद्धे गोदानविधिः ।

## वार्षिकविधौ शय्यादानप्रयोगः

श्राद्धमण्डलसमीपे दक्षिणोत्तरायतां शय्यामास्तीर्य पादप्रदेशे ज्वलन्तीं चतुर्वर्तिकां शिरःप्रदेशे निद्राकलशं घृतकुम्भञ्च निधाय पार्श्वयोः यथाशक्त्युपकल्पितानि संकल्पवाक्ये वक्ष्यमाणानि सर्वाण्युपकरणानि संन्यस्य शय्योपरि सौवर्णीं श्रीलक्ष्मीनारायणप्रतिमां 'ॐ हिमस्य त्वा जरायुणाग्ने परिव्ययामसि पावकोऽअस्मभ्य ँ शिवो भव' इत्युष्णोदकेन प्रक्षाल्य, ॐ पयः पृथिव्यां पय ओषधीषु पयो दिव्यन्तरिक्षे पयोधाः पयस्वतीः । प्रदिशः सन्तु मह्यम् । इति गोदुग्धेन । ॐ दधिक्राब्णोऽअकारिषञ्जिष्णोरश्वस्य व्वाजिनः । सुरभिणो मुखाकरत् प्रणतायूंषि तारिषत् । इति दध्ना । ॐ घृतमस्य योनिर्घृतेश्रितो घृतम्म्वस्यधाम । अनुष्वधमावह मादयस्व स्वाहाकृतं वृषभं व्वक्षि हव्यम् । इति घृतेन स्नापयित्वा । ॐ मधुव्वाता ऋताय ते मधु क्षरन्ति सिन्धवः । माध्वीर्नः सन्त्वोषधीः ॥ इति मधुना । ॐ अपा ँ रसमुद्वयस ँ सूर्ये सन्तं समाहितम् । अपा ँ रसस्य यो रसस्तंव्वोक्ष्वो गृह्णाम्युत्तममुपयाम गृहीतोसीन्द्रायत्वा जुष्ठङ्गृह्णाम्येष ते योनिरिन्द्रायत्वाजुष्टतमम् इति शर्करया स्नापयित्वा । ॐ गन्धद्वारामिति गन्धेन । आपोहिष्ठेत्यादि तिसृभिः शुद्धोदकेन स्नापयेत् ॥ ततः प्रतिमां शय्योपरि स्थापयेत् ॥

गणेशाय पुष्पाञ्जलिं समर्प्य विष्णुं च नमस्कृत्य अर्घं संस्थाप्य तेन जलेन आत्मानं सर्वां शय्यादानसामग्रीं संप्रोक्ष्य प्राणानायम्य पवित्रहस्तः प्रधानसंकल्पं कुर्यात् ।

ॐ विष्णुः ३ अद्येहेत्यादि अमुकोऽहम् (अपसव्येन) अमुकगोत्रस्यास्मत्पितुः अमुकशर्मणो वसुस्वरूपस्य (अमुकगोत्राया अस्मन्मातुःअमुकीदेव्या वसुस्वरूपायाः) वार्षिकश्राद्धे वार्षिकव्रतोद्यापनकर्मणः उत्तराङ्गत्वेन (सव्येन) श्रीलक्ष्मीनारायण-प्रीतये शय्यादानं करिष्ये। तत्प्रतिग्रहार्थम् अमुकगोत्रस्यामुकवेदाध्यायिनः अमुक-शर्मणो ब्राह्मणस्य पूजनपूर्वकं वरणं करिष्ये। तथा शय्योपरि स्थापितायां स्वर्ण-प्रतिमायां श्रीलक्ष्मीनारायणदेवस्य षोडशोपचारैः पूजनं करिष्ये।

ब्राह्मणं भूमिदेवाग्रेति अर्घेण नमोऽस्तु इति गन्धाक्षतपुष्पैः संपूज्य वरणसामग्रीं करयोः कृत्वा एभिर्गन्धाक्षतपुष्पमालापूगीफलद्रव्यवासोभिः शय्यादानप्रतिग्रहार्थं विष्णुस्वरूपिणम् अमुकगोत्रम् अमुकवेदाध्यायिनम् अमुकशर्माणं वृणे। ॐ वृतो-ऽस्मि इति प्रत्युक्तिः।

अथ श्रीलक्ष्मीनारायणपूजनम्—यवाक्षतैः प्रतिष्ठा ॐ एतन्ते देव सवितर्यज्ञं प्राहुर्बृहस्पतये ब्रह्मणे तेन यज्ञमव तेन यज्ञपतिं तेन मामव। ॐ मनोजूतिर्जुषता-माज्यस्य बृहस्पतिर्यज्ञमिमं तनोत्वरिष्टं यज्ञं समिमं दधातु विश्वेदेवा स इहमाद-यन्तामों प्रतिष्ठ। ॐ भूर्भुवः स्वः श्रीलक्ष्मीनारायणौ! अस्यां स्वर्णप्रति-मायां सुप्रतिष्ठितौ वरदौ भवतम्। प्राणप्रतिष्ठाञ्च विधाय, ध्यानम्।

दक्षिणाधः करे पद्मं, शङ्खमूर्ध्वंकरे न्यसेत्।
वामोर्ध्वे च तथा चक्रं लक्ष्मीपृष्ठे करः परः॥

ॐ श्रीलक्ष्मीनारायणाभ्यां नमः अनेन नाममन्त्रेण ॐ इदं विष्णुर्विचक्रमे त्रेधा निदधे पदम्। समूढमस्यपाँसुरे इति वैदिकमन्त्रेण च आवाहनादि नीराजनान्तं सम्पूज्य संप्रार्थ्य संकल्पं कुर्यात्।

ॐ विष्णुः ३ नमः परमात्मने अद्येहेत्यादि देशकालौ संकीर्त्य अमुकोऽहं (अप-सव्येन) अमुकगोत्रस्य अस्मत्पितुः अमुकशर्मणः वसुस्वरूपस्य (अमुकगोत्राया अस्मन्मातुः अमुकीदेव्या वसुस्वरूपायाः) वार्षिकश्राद्धे कृतस्य वार्षिकव्रतस्य षाड्गुण्यार्थं (सव्येन) श्रीलक्ष्मीनारायणप्रीतये इमां शय्यां निद्राकलश, घृतकुम्भ, चतुर्वर्तिका, पाकपात्र, सप्तधान्य, वस्त्रालङ्कार, छत्र, चामर, दर्पण, आसन, कंक-तिका, पादुका, उपानत्, कर्पूरागुरुकस्तूर्यादिसुगन्धिद्रव्यकज्जलताम्बूलपूगीफल-नारिकेलैलालवङ्गादिजातीफलद्राक्षादाडिमजम्बीरनारिंगकदलीबीजपूराम्रफलभ-क्ष्यभोज्यादि यथालब्धनानाविधोपस्करयुतां प्रजापतिदैवत्यां श्रीलक्ष्मीनारायण-प्रतिमासहितां अमुकगोत्राय अमुकशर्मणे ब्राह्मणाय दातुमहमुत्सृजे ॐ तत्सन्नमम। दानवाक्यम्—

यथा न कृष्णशयनं शून्यं सागरजातया।
शय्या ममाप्यशून्यास्तु तथा जन्मनि जन्मनि॥

यस्मादशून्यं शयनं केशवस्य हरस्य च।
शय्या ममाप्यशून्यास्तु तथा जन्मनि जन्मनि ॥

इति वाक्यान्ते ब्राह्मणाय प्रतिपादयेत् ब्राह्मणश्च ॐ स्वस्ति इत्युक्त्वा ॐ कोदात्० इति पठन् प्रतिगृह्णीयात्, ततो यजमानः दानप्रतिष्ठासंकल्पं कुर्यात्। देय सुवर्णं तन्निष्क्रयीभूतं द्रव्यं वा संप्रोक्ष्य ॐ हिरण्यगर्भेति गन्धपुष्पाक्षतैः सपूज्य ॐ विष्णुः ३ अद्येहेत्यादि अमुकोऽहम् अस्य शय्यादानकर्मणः सांगतासिद्ध्यर्थं अपूर्णपूरणार्थमिदं सुवर्णं तन्निष्क्रयीभूतं द्रव्यं वा ब्राह्मणाय दास्ये ॐ तत्सन्न मम। ब्राह्मणश्च प्रतिगृह्य यजमानाय साफल्याशिषो दद्यात् यजमानश्च कायेन वाचेत्यादि पठन् कर्मेश्वरार्पणं कृत्वा ॐ अच्युताय नमः ॐ विष्णवे नमः इति स्मृत्वा आचामेत्।

इति वार्षिकश्राद्धकृत्ये शय्यादानविधिः।

## अथ वार्षिकश्राद्धकृत्येऽच्छिद्रविधिः।

तत्र कर्ता सुलिप्तायां भूमौ स्वासने प्राङ्मुख उदङ्मुखो वा स्थित्वा आचम्य गणेशाय पुष्पाञ्जलिं निवेद्य अर्घस्थापनं विधाय पवित्रहस्तः संकल्पं कुर्यात् अद्येहेत्यादि अमुकोऽहं (अपसव्येन) अमुकगोत्रस्य अस्मत्पितुः अमुकशर्मणः वसुस्वरूपस्य (अमुकगोत्राया अस्मन्मातुः अमुकीदेव्या वसुस्वरूपायाः) वार्षिकश्राद्धे (सव्येन) कृतस्य वार्षिकव्रतस्य अच्छिद्रताप्राप्तिद्वारा न्यूनातिरिक्तपरिपूर्तये अच्छिद्रविधानं विधास्ये। श्रीविष्णुपादोदकं सतुलसीदलं अर्घस्थितं करयोः कृत्वा पठेत्—

ॐ व्रतानां व्रतराजेन्द्र व्रतानां व्रतमुत्तमम्।
व्रतच्छिद्रं तपश्छिद्रं यच्छिद्रं यज्ञकर्मणि ॥

सर्वं भवतु मेऽच्छिद्रं ब्राह्मणा भवतां गिरा।
ब्राह्मणा यानि भाषन्ते मन्यन्ते तानि देवताः ॥

सर्वदेवमयो विप्रो न तद्वचनमन्यथा।
उपवासो व्रतं चैव स्नानं तीर्थं जपस्तपः ॥

विप्रैः संभाषितं सर्वं सम्पूर्णं भवति ध्रुवम्।
अन्नव्यञ्जनपानेषु शय्यायां ताम्रभाजने ॥

यदि भुक्तमभुक्तं वा स्वप्नान्तरमथापि वा।
दन्तान्तरविलग्नं वा क्षम्यतां मधुसूदन ॥

व्यासवाल्मीकिवचनात् पराशरवशिष्ठयोः ।
गर्ग-गौतमधौम्यात्रि-कश्यपाङ्गिरसां तथा ॥
वचनान्नारदादीनां संपूर्णं भवतु व्रतम् ॥

ॐ कृतमेतन्मया वार्षिकव्रतं विधिहीनं कालहीनं क्रियाहीनं श्रद्धाहीनं यत्कृतं तत्सुकृतमस्तु यन्न कृतं तत् श्रीविष्णोः प्रसादात् ब्राह्मणानां वचनात् सर्वं परिपूर्णमस्तु ॐ अस्तु परिपूर्णम् । इति ब्राह्मणः प्रतिवदेत् । प्रतिगृह्य सतुलसीदलं श्रीविष्णोः पादोदकं पात्रान्तरे निधाय ।

ॐ अकालमृत्युहरणं सर्वव्याधिनिवारणम् ।
विष्णोः पादोदकं पीत्वा पुनर्जन्म न विद्यते ॥

इति मन्त्रेण । श्राद्धान्ते पिबेत् । शिरसि धारयेच्च ।

इति वार्षिकश्राद्धे अच्छिद्रविधानम् ।

**तत एकोद्दिष्टविधिना श्राद्धं कुर्यात् ॥**

●

## तीर्थश्राद्धप्रयोगः

### तत्रादौ तीर्थपूजनविधिः ।

तीर्थसामीप्यं प्राप्तैः यानानि तु परित्यज्य, भाव्यं पादचरैर्नरैः । भक्त्या च विलुठेत्तत्र कुर्याद्द्वेषञ्च कार्पटम् । तीर्थप्राप्तिदिवसे उपवासः कार्यः । तीर्थं संप्राप्य, अविलम्बेन मुण्डनस्नानपितृतर्पणश्राद्धानि कुर्यात्, न पर्वादिकालं विचारयेत् ।

तत्र श्रीगङ्गां संप्राप्य सद्रव्यं श्रीफलं ताम्बूलं सफलं वा समर्प्य ॐ श्रीगङ्गायै नमः ॐ धर्मद्रवायै नमः इति नत्वा हस्तौ पादौ प्रक्षाल्य, आचम्य, गङ्गाम्भसि प्रविश्य पुनराचम्य कुशतिलजलान्यादाय वपनस्नानसंकल्पं कुर्यात्–ॐ विष्णुः ३ अद्येहेत्यादि देशकालौ संकीर्त्य अमुकोऽहं तीर्थवपनेन शास्त्रोक्तफलप्राप्तये गङ्गा-तीर्थे वपनपूर्वाङ्गीभूतं स्नानं करिष्ये इति संकल्प्य । अमन्त्रकमेव मुसलस्नानं कृत्वा वपनमन्त्रान् पठेत् ।

ॐ आत्मना शुद्धिकामो वा, पितॄणां मुक्तिहेतवे ।
वपनं कारयिष्यामि तीरेऽहं तव जाह्नवि ॥

यानि कानि च पापानि, ब्रह्महत्या समानि च ।
केशानाश्रित्य तिष्ठन्ति तस्मात्केशान्वपाम्यहम् ॥

महापापोपपापोत्थाः केशलोमनखादिजाः ।
क्षुरेणोच्छिन्नसर्वाङ्गास्ते मे दोषाः पतन्त्वदः ॥ इति ॥

उत्तीर्य उदङ्मुखः प्राङ्मुखो वा केशश्मश्रुनखलोमानि उदक्संस्थानि वापयेत् जलाभ्यासं गत्वा हस्तौ पादौ प्रक्षाल्य मुखं यज्ञोपवीतञ्च प्रक्षाल्य शिखां-बद्ध्वा, आचम्य शुद्धिस्नानं कुर्यात् । पुनराचम्य । पारस्करसूत्रोक्तविधिना समन्त्रकं स्नानं कुर्यात् ।

(अथवा) तत्र प्रणवेन जलमालोड्य-आवाहयेत् ।

ॐ नमो देवाधिदेवाय शितिकण्ठाय दण्डिने ।
रुद्राय चापहस्ताय चक्रिणे वेधसे नमः ॥

ॐ सरस्वती च सावित्री वेदमाता गरीयसी ।
सन्निधाना भवन्त्वत्र तीर्थे पापप्रणाशने ॥

कुशतिलयवजलान्यादाय ॐ विष्णुः ३ नमः परमात्मने पुराणपुरुषोत्तमाय अत्र पृथिव्यां जम्बूद्वीपे भरतखण्डे आर्यावर्ते मध्यदेशे श्रीविष्णुप्रजापतिक्षेत्रे श्री भागीरथीतीरे (अमुकतीर्थे) अमुकपुण्यतमक्षेत्रे ब्रह्मणो द्वितीयपरार्धे श्रीश्वेतवाराहकल्पे सप्तमे वैवस्वतमन्वन्तरे अष्टाविंशतितमे कलियुगे प्रथमचरणे प्रभवादिषष्टयब्दानां मध्ये अमुकसंवत्सरे अमुकायने अमुकर्तौ अमुकमासे अमुकतिथौ अमुकवासरे अमुक राशिस्थिते सूर्ये अमुकस्थे देवगुरौ, अमुक् गोत्रोऽमुकराशिरमुकर्माहं मम इहजन्मनि जन्मान्तरे वा बाल्ययौवनवार्धक्यावस्थासु कायिकवाचिकमानसिक ज्ञाताज्ञातादिसंचितसकलपापक्षयद्वारा सकलपित्रुद्धारपूर्वकं अमुकलोकावाप्तये श्रुतिस्मृतिपुराणोक्तफलावाप्तये श्रीस्वर्णद्यां धर्मद्रवे (अमुकनद्यां वा) स्नानं करिष्ये । इति संकल्प्य प्रवाहाभिमुखः प्रार्थयेत् ।

महापापोपपापादि नानायोनिषु यत्कृतम् ।
बाल्यादिभावे यत्पापं क्षुत्तृडर्थे च यत्कृतम् ॥ १ ॥

आत्मार्थे चैवं यत्पापं परार्थे चैव यत्कृतम् ।
तीर्थेषु चैव यत्पापं गुर्ववज्ञाकृतं च यत् ॥ २ ॥

रागद्वेषादिजनितं कामक्रोधेन यत्कृतम् ।
हिंसानिद्रादिजं पापं भेददृष्ट्या च यन्मम ॥ ३ ॥

देहाभिमानजं पापं सर्वदा यन्मया कृतम् ।
भूतं भव्यं भविष्यच्च यत्पापं मम जाह्नवि ॥ ४ ॥
शुष्कमार्द्रञ्च यत्पापं जानताऽजानता कृतम् ।
महल्लघु च यत्पापं तन्मे नाशय जाह्नवि ॥ ५ ॥
मनसा कर्मणा वाचा यत्पापं च मया कृतम् ।
तस्मादशेषपापौघात्त्राहि जाह्नवि सर्वदा ॥ ६ ॥

इति साम्प्रार्थ्य आप्यैर्मन्त्रैस्त्रिर्निमज्योन्मज्य, आचम्य पुनः प्रार्थयेत् ।

ॐ गतं पापं गतं दुःखं गतं मे व्याधिबन्धनम् ।
निष्पापोऽस्म्यधुना देवि प्रसादात्तव जाह्नवि ॥

ॐ विष्णवे नमः ३ । उत्तीर्य धौते वाससी परिधाय स्नानवस्त्राणि त्यजेत् ततस्तिलकधारणसन्ध्यावन्दनतर्पणदेवपूजादिनित्यकृत्यं कृत्वा श्रीगङ्गादितीर्थपूजनम् कुर्यात् ।

अर्घं संस्थाप्य प्राणानायम्य पूजासंकल्पः ॐ अद्येह अमुकोऽहं सकलपापक्षयपूर्वकं श्रुतिस्मृतिपुराणोक्तफलावाप्तयेऽमुकक्षेत्रे श्रीगङ्गायाः पूजनं करिष्ये । ध्यानम्—

सितमकरनिषण्णां शुभ्रवर्णां त्रिनेत्रां करधृतकलशोद्यत्सोत्पलाभीत्यभीष्टाम्।
विधिहरिहररूपां सेन्दुकोटीरचूडां कलितसितदुकूलां जाह्नवीं त्वां नमामि॥

ॐ गङ्गायै नमः ध्यानम्, ॐ गङ्गायै नमः आवाहनम्, एवं आसनं पाद्यम् अर्घम् आचमनीयकम् स्नानम् पञ्चामृतस्नानम्, वस्त्रम् उपवीतम् गन्धम् अक्षतान् पुष्पाणि धूपम्, दीपम्, नैवेद्यम्, ताम्बूलम्, पूगोफलम् ऋतुफलादि दक्षिणाञ्च समर्प्य यथाशक्ति जपं विधाय समर्प्य द्वादशनामभिः पूजयेत् ॐ भगवत्यै नमः ॐ नारायण्यै नमः ॐ दशविधपापहरायै नमः। ॐ गङ्गायै नमः ॐ विश्वजनन्यै नमः ॐ अमृतायै नमः ॐ दक्षायै नमः ॐ शिवायै नमः ॐ रेवत्यै नमः ॐ बृहत्यै नमः। ॐ नन्दिन्यै नमः ॐ तारायै नमः इति सम्पूज्य नीराजनम्। प्रार्थना—

ॐ गङ्गे ममाग्रतो भूयाः गङ्गे मे देवि पृष्ठतः।
गङ्गे मे पार्श्वयोरेधि त्वयि गङ्गेऽस्तु मे स्थितिः॥

अथ विशेषार्घ्यदानम्। गन्धाक्षतपुष्पफलयुतं अर्घ्यं सम्पाद्य जानुभ्यामवनीं गत्वा निवेदयेत्। तत्र मन्त्रः।

ब्रह्मपात्रसमुद्भूते गङ्गे त्रिपथगामिनि।
त्रैलोक्यवन्दिते देवि गृहाणार्घ्यं नमोऽस्तु ते॥

नमस्कारः—

ॐ नमः शिवायै गङ्गायै शिवदायै नमो नमः।
नमस्ते विष्णुरूपिण्यै ब्रह्ममूर्त्यै नमो नमः॥ १॥

नमस्ते रुद्ररूपिण्यै शांकर्यै ते नमो नमः।
सर्वदेवस्वरूपिण्यै तापत्रयहरे नमः॥ २॥

अथ पूजासाङ्गतासिद्धये सुवर्णं तत्प्रत्याम्नायिद्रव्यं वा हिरण्यगर्भेत्याद्यभिमन्त्र्य ॐ विष्णुः ३ श्रीगङ्गापूजायाः षाड्गुण्यार्थमिदं सुवर्णं तन्निष्क्रयभूतं द्रव्यं वा तीर्थवासिने ब्राह्मणाय दास्ये। सम्पूज्य दद्यात्। अत्र दानादौ तीर्थवासिनो विगुणा अपि विप्रा मुख्याः तदभावेऽन्ये।

## अथ तीर्थश्राद्धप्रयोगः

ॐ शुक्लांबरधरं विष्णुं शशिवर्णञ्चतुर्भुजम् ।
प्रसन्नवदनं ध्यायेत्सर्वविघ्नोपशान्तये ॥

यं ब्रह्म वेदान्तविदो वदन्ति परे प्रधानं पुरुषं तथान्ये ।
विश्वोद्गतेः कारणमीश्वरं वा तस्मै नमो विघ्नविनाशनाय ॥

अभीप्सितार्थसिद्ध्यर्थं पूज्यते यः सुरैरपि ।
सर्वविघ्नच्छिदे तस्मै गणाधिपतये नमः ॥

कर्मपात्रस्थापनम् । आत्माग्रे भूमौ गन्धादिना शङ्खचक्रादिकं विलिख्य कुशपत्रद्वयेनासनम्, आसने पात्रम् पात्रे पवित्रम् ॐ पवित्रेस्थो वैष्णव्यो सवितुर्वः प्रसव उत्पुनाम्यच्छिद्रेण पवित्रेण सूर्यस्य रश्मिभिः । जलम् ॐ शन्नोदेवीरभिष्टय आपो भवन्तु पीतये शंय्योरभिस्रवन्तु नः । यवान् ॐ यवोसि यवयास्मद्द्वेषो यवयारातीः । तिलान् ॐ तिलोसि सोमदेवत्यो गोसवो देवनिर्मितः । प्रत्नमद्भिः पृक्तः स्वधया पितॄँ ल्लोकान्प्रीणाहि नः स्वाहा । गन्धपुष्पाक्षतादि तूष्णीं निक्षिपेत् । ॐ वरुणाय नमः कर्मपात्रं सुसम्पन्नमस्तु ? अस्तु सुसम्पन्नम् । तेन जलेनात्मानं सर्वां श्राद्धसामग्रीं च सम्प्रोक्ष्य प्राणानायम्य ॐ यस्य स्मृत्येति पठित्वा ॐ अच्युताय नमः ३ । नीवीबन्धनम् । अपसव्येन तिलमोटकं गृहीत्वा वामकटिबन्धे ॐ सोमस्य नीविरसि विष्णो शर्मासि शर्म यजमानस्येन्द्रस्य योनिरसि सुसस्याः कृषीष्कृधि । ततः सव्येन—

ॐ देवताभ्यः पितृभ्यश्च महायोगिभ्य एव च ।
नमः स्वाहायै स्वधायै नित्यमेव नमो नमः ॥ ३

सप्त व्याधा दशार्णेषु मृगाः कालिञ्जरे गिरौ ।
चक्रवाकाः सरद्वीपे हंसाः सरसि मानसे ॥

तेऽपि जाताः कुरुक्षेत्रे ब्राह्मणा वेदपारगाः ।
प्रस्थिता दीर्घमध्वानं यूयं किमवसीदथ ।
श्राद्धकाले गयां ध्यात्वा ध्यात्वा देवं गदाधरम् ॥

मनसा च पितॄन् ध्यात्वा ततोऽपसव्येन अमुकगोत्राणामस्मत्पितृपितामहप्रपितामहानाम् अमुकामुकशर्मणाम् वसुरुद्रादित्यस्वरूपाणां तथाऽमुकगोत्राणाम् अस्मन्मातृपितामहीप्रपितामहीनाम् अमुकामुकीदेवीनाम् वसुरुद्रादित्यस्वरूपाणां तथा-

ऽमुकगोत्राणाम् अस्मन्मातामहप्रमातामहवृद्धप्रमातामहानाम् अमुकामुकशर्मणां सपत्नीकानां वसुरुद्रादित्यस्वरूपाणां तथा एकोद्दिष्टसर्वपितृगणस्य च अक्षयतृप्तिकामनया तीर्थश्राद्धं समारभे।

सव्येन प्रतिज्ञासंकल्पः ॐ विष्णुः ३ अद्येहेत्यादि अमुकगोत्राणामस्मत्पितृपितामहप्रपितामहानाम् अमुकामुकशर्मणां वसुरुद्रादित्यस्वरूपाणां तथामुकगोत्राणामस्मन्मातृपितामहीप्रपितामहीनाम् अमुकामुकीदेवीनां वसुरुद्रादित्यस्वरूपाणां तथाऽमुकगोत्राणामस्मन्मातामहप्रमातामहवृद्धप्रमातामहानाम् अमुकामुकशर्मणां सपत्नीकानां वसुरुद्रादित्यस्वरूपाणां तथा एकोद्दिष्टसर्वपितृगणस्य च अक्षयतृप्तिकामनया पार्वणविधानेन धूरिलोचनविश्वेदेवपूजनपूर्वकममुकतीर्थप्राप्तिनिमित्तकं सपिण्डकम् आमान्नश्राद्धं सद्यः करिष्ये। ॐ कुरुष्वेति प्रत्युक्तिः। ततः सव्येनैव देवासनदानम् ॐ विष्णुः ३ अद्येहेत्यादि अमुकगोत्रास्मत्पित्रादित्रयश्राद्धसम्बन्धिनां तथामुकगोत्रास्मन्मात्रादित्रयश्राद्धसम्बन्धिनां तथामुकगोत्रास्मन्मातामहादित्रयश्राद्धसम्बन्धिनां धूरिलोचनसंज्ञकानां विश्वेषां देवानामिदमासनमस्तु। ॐ भूर्भुवः स्वः इदमासनमास्यताम्। आसे इति प्रत्युक्तिः। अपसव्येन ॐ विष्णुः ३ अद्येहेत्यादि अमुकगोत्राणामस्मत्पितृपितामहप्रपितामहानाम् अमुकामुकशर्मणां वसुरुद्रादित्यस्वरूपाणामिदमासनमस्तु ॐ भूर्भुवः स्वः इदमासनमास्यताम्। ॐ अद्येह अमुकगोत्राणामस्मन्मातृपितामहीप्रपितामहीनां अमुकामुकीदेवीनां वसुरुद्रादित्यस्वरूपाणामिदमासनमस्तु। ॐ भूर्भुवः स्वः इदमासनमास्यताम् ॐ अद्येह अमुकगोत्राणाम् अस्मन्मातामहप्रमातामहवृद्धप्रमातामहानाम् अमुकामुकशर्शणां वसुरुद्रादित्यस्वरूपाणामिदमासनमस्तु ॐ भूर्भुवः स्वः इदमासनमास्यताम्। ततः सव्येन विश्वेषां देवानां पूजनम्।

ॐ सहस्रशीर्षा पुरुषः सहस्राक्षः सहस्रपात्।
सभूमिं सर्वतः स्मृत्वाऽत्यतिष्ठद्दशाङ्गुलम्॥ इति।

ॐ नमोऽस्त्वनन्ताय सहस्रमूर्तये सहस्रपादाक्षिशिरोरुबाहवे।
सहस्रनाम्ने पुरुषाय शाश्वते सहस्रकोटी युगधारिणे नमः॥

'अपसव्येन' ॐ पितृभ्यः स्वधायिभ्य स्वधानमः पितामहेभ्यः स्वधायिभ्यः स्वधानमः प्रपितामहेभ्यः स्वधायिभ्यः स्वधानमः। अक्षन् पितरोऽमीमदन्त पितरोऽतीतृपन्त पितरः पितरः शुन्धध्वम्। इत्यादिना पितॄणां मातॄणां मातामहानाञ्च पूजनं कुर्यात्। ततोऽपसव्येनैव वेदीं विधाय ॐ अपहता असुरा रक्षांसि वेदिषदः। इति तत्र दर्भमूलेन दक्षिणाग्रं रेखात्रयं विधाय प्रथमरेखामूलमध्यान्तेषु अद्येह अमुकगोत्र अस्मत्पितः अमुकशर्मन् वसुस्वरूप पिण्डासनेऽवनेनिक्ष्व, एवममुकगोत्र अस्मत्पितामह अमुकशर्मन् रुद्रस्वरूप पिण्डासनेऽवनेनिक्ष्व तथाऽमुकगोत्र अस्मत्प्रपितामह

अमुकशर्मन् आदित्यस्वरूप पिण्डासनेऽवनेनिक्ष्व। द्वितीयरेखामूलमध्याग्रेषु अद्येह अमुकगोत्रे अस्मन्मातः अमुकीदेवि वसुस्वरूपे पिण्डासनेऽवनेनिक्ष्व अमुकगोत्रेऽस्मत्पितामहि अमुकीदेवि रुद्रस्वरूपे पिण्डासनेऽवनेनिक्ष्व अमुकगोत्रे अस्मत्प्रपितामहि अमुकीदेवी आदित्यस्वरूपे पिण्डासनेऽवनेनिक्ष्व। तृतीयरेखामूलमध्यान्तेषु अद्येह अमुकगोत्र अस्मन्मातामह अमुकशर्मन् सपत्नीक वसुस्वरूप पिण्डासनेऽवनेनिक्ष्व, अमुकगोत्र अस्मत्प्रमातामह अमुकशर्मन् सपत्नीक रुद्रस्वरूप पिण्डासनेऽवनेनिक्ष्व अमुकगोत्र अस्मद्वृद्धप्रमातामह अमुकशर्मन् सपत्नीक आदित्यस्वरूप पिण्डासनेऽवनेनिक्ष्व तत्रैव वेद्यैकदेशे पितृव्यादि पितृगण पिण्डासनेऽवनेनिक्ष्व। इत्यवनेजनानि दत्त्वा सव्येन ॐ भो ब्राह्मणा युष्मदनुज्ञया पिण्डप्रदानमहं करिष्ये इति प्रश्ने।

कुरुष्वेत्यनुज्ञातः—'अपसव्येन'—समोटकं तिलगुडपिण्डं गृहीत्वा ॐ विष्णुः ३ अद्येह अमुकगोत्र अस्मत्पितः अमुकशर्मन् वसुस्वरूप अस्मिन् तीर्थश्राद्धे एष तिलगुडपिण्डोऽमृत-कल्पो मद्दत्तस्ते स्वधा। इयं भूमिर्गयातुल्या इदमुदकं गाङ्गं ॐ अमुकगोत्राय अस्मत्पित्रे अमुकशर्मणे वसुस्वरूपाय। इति प्रथमरेखामूले अवनेजनोपरि पिण्डं दद्यात्। एवमेव वाक्यावृत्या क्रमशः पितामह-प्रपितामहेभ्यः पिण्डे-दद्यात्। द्वितीयरेखायाम् ॐ विष्णुः ३ अद्येह अमुकगोत्रे अस्मन्मातः अमुकीदेवि वसुस्वरूपे अस्मिन् तीर्थश्राद्धे एष तिलगुड़पिण्डोऽमृतकल्पो मद्दत्तस्ते स्वधा, इयं भूमिर्गयातुल्या इदमुदकं गाङ्गं ॐ अमुकगोत्रायै अस्मन्मात्रे अमुकीदेव्यै वसुस्वरूपायै एवमेव वाक्यावत्त्या पितामह्यै प्रपितामह्यै च पिण्डं दद्यात्। अत्र सपत्न जनन्यै च दद्यात्। तृतीयरेखामूले ॐ अद्येह अमुकगोत्र अस्मन्मातामह अमुकशर्मन् सपत्नीक वसुस्वरूप अस्मिन् तीर्थश्राद्धे एष तिलगुड़पिण्डोऽमृतकल्पो मद्दत्तस्ते स्वधा इयं भूमिरिति पूर्ववत्, एवमेव प्रमातामहाय वृद्धप्रमातामहाय च पिण्डे दद्यात्। एकोद्दिष्टपितृगणावनेजनोपरि तेभ्यो दद्यात् तत्क्रमो यथा—अमुकगोत्रे अस्मत्पत्नि अमुकीदेवि वसुस्वरूपे अस्मिन् तीर्थश्राद्धे एष तिलगुड़पिण्डोऽमृतकल्पो मद्दत्तस्ते स्वधा इयं भूमिरित्यादि पूर्ववत्। एवमन्येभ्यो सगोत्रेभ्यः पितृव्येभ्यः तर्पणोक्तेभ्यः सर्वसम्बन्धिभ्यश्च पिण्डदानम्। ॐ लेपभागिनामयं भागोऽस्तु। इति प्रतिपंक्ति लेपभागं दत्त्वा 'सव्येन' हस्तौ प्रक्षाल्याचम्य विष्णु स्मरत्। ततः अपसव्येन प्रत्यवनेजनम् ॐ अद्येह अमुकगोत्र अस्मत्पितः अमुकशर्मन् वसुस्वरूप अस्मिन् तीर्थश्राद्धे पिण्डे प्रत्यवनेनिक्ष्व एवं पितामह प्रपितामहयोः। ॐ अद्येह अमुकगोत्रे अस्मन्मातः अमुकीदेवि वसुस्वरूपे अस्मिन् तीर्थश्राद्धे पिण्डे प्रत्यवनेनिक्ष्व, एवं पितामहीप्रपितामह्योरपि। ॐ अद्येह अमुकगोत्र अस्मन्मातामह अमुकशर्मन् सपत्नीक वसुस्वरूप अस्मिन् तीर्थश्राद्धे पिण्डे प्रत्यवनेनिक्ष्व एवं प्रमातामहवृद्धप्रमातामहयोरपि तत्रैव वेद्यैकदेशे

एकोद्दिष्टपितृगणास्तीर्थश्राद्धे पिण्डे प्रत्यवनेनिजत। एवं प्रत्यवनेजनानि दत्त्वा किञ्चिन्नीवीविस्रंसनम्।

'सव्येन' दक्षिणादानम्। देयं द्रव्यं संप्रोक्ष्य संपूज्य ॐ अद्येह अमुकगोत्रपित्रादित्रयतथाऽमुकगोत्रमात्रादित्रय तथामुकगोत्र मातामहादित्रयश्राद्धसम्बन्धिनां धूरिलोचनसंज्ञकानां विश्वेषां देवानां प्रीतये कृतैतद्वैश्वदैविकपूर्वकतीर्थप्राप्तिनिमित्तकश्राद्धकर्मणः साङ्गतासिद्धये इमां सुवर्णनिष्क्रयिणीं दक्षिणां ब्राह्मणाय दास्ये ॐ तत्सत् इति दत्त्वा। स्वस्ति भवन्तो ब्रुवन्तु ॐ स्वस्ति। विश्वेदेवाः प्रीयन्ताम् ॐ प्रीयन्ताम् वो विश्वेदेवाः। तथा देयं रजतं संप्रोक्ष्य निष्क्रयिणीं दक्षिणां वा संप्रोक्ष्य सम्पूज्य ॐ अद्येह अमुकगोत्राणाम् अस्मत्पितृपितामहप्रपितामहानाममुकामुकशर्मणां वसुरुद्रादित्यस्वरूपाणां तथाऽमुकगोत्राणां अस्मन्मातृपितामहीप्रपितामहीनाममुकामुकीदेवीनां वसुरुद्रादित्यस्वरूपाणां तथाऽमुकगोत्राणाम् अस्मन्मातामहप्रमातामहवृद्धप्रमातामहानाम् अमुकामुकशर्मणां सपत्नीकानां वसुरुद्रादित्यस्वरूपाणाम् अमुकतीर्थप्राप्तिनिमित्तकश्राद्धकर्मणः साङ्गतासिद्धये इमां रजतनिष्क्रयिणीं दक्षिणां ब्राह्मणाय दास्ये ॐ तत्सत् इति दत्त्वा। स्वस्ति भवन्तो ब्रुवन्तु ॐ स्वस्ति। पितरः प्रीयन्ताम् ? ॐ प्रीयन्तां वः पितरः।

अथ अन्नसंकल्पः सव्येनैव गायत्र्यान्नं सम्प्रोक्ष्य विश्वेदेवाग्रे संस्थाप्य ॐ मधु ३ इति पात्रमधोमुखाभ्यां पाणिभ्यामालभ्य जपति ॐ पृथिवी ते पात्रं द्यौरपिधानं ब्राह्मणस्य मुखे अमृते अमृतं जुहोमि स्वाहा, सजलयवं ऋजुकुशपत्रद्वयं गृहीत्वा वामकरेणान्नं स्पृशन् ॐ अद्येहामुकगोत्रास्मत्पित्रादित्रयश्राद्धसम्बन्धिभ्यः, तथाऽमुकगोत्रास्मन्मात्रादित्रयश्राद्धसम्बन्धिभ्यः, तथा अमुकगोत्रास्मन्मातामहादित्रयश्राद्धसम्बन्धिभ्यः धूरिलोचनसंज्ञकेभ्यो विश्वेभ्यो देवेभ्यः इदमन्नं सोपस्करं सोदकं निषिद्धवर्ज्यममृत-स्वरूपं ब्राह्मणस्यातृप्तिपर्यन्तदीयमानं यथाविभागं वः स्वाहा ॐ यथासुखेन भुङ्ध्वम् ॐ भुञ्ज्महि, अमृतमस्तु ॐ अमृतायताम् ॐ ये 'देवासो दिव्येकादशस्थ पृथिव्यामध्येकादशस्थ अप्सु क्षितौ महिनेकादशस्थ ते देवासो यज्ञमिमं जुषध्वम्। ॐ स्वाहा देवेभ्यः। तथा अपसव्येन पित्राद्यग्रेऽन्नं संस्थाप्य उत्तानाभ्यां पाणिभ्यां ॐ मधु ३ इति पात्रमालभ्य जपति ॐ पृथिवी ते पात्रं द्यौरपिधानं ब्राह्मणस्य मुखे अमृतेऽमृतं जुहोमि स्वधा, सतिलजलमोटकत्रयमादाय वामहस्तेनान्नं स्पृशन् ॐ अद्येह अमुकगोत्रेभ्यो अस्मत्पितृपितामहप्रपितामहेभ्योऽमुकामुकशर्मभ्यो वसुरुद्रादित्यस्वरूपेभ्योऽस्मिन् तीर्थश्राद्धे इदमन्नं सोदकं सोपस्करं निषिद्धवर्ज्यममृतस्वरूपं ब्राह्मणस्य तृप्तिपर्याप्तं दीयमानं यथाविभागं वः स्वधा। ॐ ये चेह पितरो ये च नेह याँ २॥ श्च विद्मयाँ २॥ उचन प्रविद्मत्वं वेत्थयति ते जातवेदः स्वधाभिर्यज्ञ सुकृतं जुषस्व। ॐ स्वधा पितृभ्यः। इति समुत्सृजेत्। तथा मात्राद्यग्रे अन्नं संस्थाप्य

उत्तानाभ्यां पाणिभ्यां ॐ मधु ३ इति पात्रमालभ्य जपति ॐ पृथिवी ते पात्रमित्यादि स्वधान्तं जपित्वा सतिलजलं मोटकत्रयमादाय वामकरेणान्नं स्पृशन् ॐ अद्येह अमुकगोत्राभ्योऽस्मन्मातृपितामहीप्रपितामहीभ्योऽमुकामुकीदेवीभ्यो वसुरुद्रादित्यस्वरूपाभ्योऽस्मिँस्तीर्थश्राद्धे इदमन्नं सोदकं सोपस्करं निषिद्धवर्ज्यम् अमृतस्वरूपं ब्राह्मणस्य तृप्तिपर्याप्तं दीयमानं यथा विभागं वः स्वधा। ॐ ये चेहेतिमन्त्रजपान्ते ॐ स्वधा मातृभ्यः इति समुत्सृजेत् तथा मातामहाद्यग्रेऽन्नं संस्थाप्य उत्तानाभ्यां पाणिभ्यां ॐ मधु ३ पात्रमालभ्य जपति पृथिवी ते पात्रं द्यौरपिधानं ब्राह्मणस्य मुखेऽमृतेऽमृतं जुहोमि स्वधा। सतिलजलं मोटकत्रयं गृहीत्वा वामकरेणान्नं स्पृशन् ॐ अद्येह अमुकगोत्रेभ्योऽस्मन्मातामहप्रमातामहवृद्धप्रमातामहेभ्योऽमुकामुकशर्मभ्यः सपत्नीकेभ्यो वसुरुद्रादित्यस्वरूपेभ्योऽस्मिन् तीर्थश्राद्धे इदमन्नं सोदकं सोपस्करं निषिद्धवर्ज्यममृतस्वरूपं ब्राह्मणस्य तृप्तिपर्याप्तं दीयमानं वः सम्पद्यतां स्वधा। ॐ येचेहेति जपान्ते ॐ स्वधा मातामहेभ्यः इत्युत्सृजेत्। ततः सव्यविधिना प्राङ्मुखः सव्याहृतिकां गायत्रीं ॐ मधुव्वातेति ऋक्त्रयञ्च जपेत्।

अथाक्षय्योदकदानम् प्रथमं सव्येन यवऋजुकुशजलान्यादाय ॐ अमुकगोत्रास्मत्पित्रादित्रयतथामुकगोत्रास्मन्मात्रादित्रय तथामुकगोत्रास्मन्मातामहादित्रयश्राद्धसम्बन्धिनां धूरिलोचनसंज्ञकानां विश्वेषां देवानां प्रीतयेऽस्मिन्तीर्थप्राप्तिनिमित्तकश्राद्धे इदमन्नोदकादिकं यद्दत्तं तदक्षय्यमस्तु ॐ अस्त्वक्षय्यम्। अपसव्येन तिलमोटकजलान्यादाय ॐ अद्य अमुकगोत्राणाम् अस्मत्पितृपितामहप्रपितामहानाम् अमुकामुकशर्मणां वसुरुद्रादित्यस्वरूपाणां तीर्थप्राप्तिनिमित्तकश्राद्धे इदमन्नोदकादिकं यद्दत्तं तदक्षय्यमस्तु, अस्त्वक्षय्यम् तथाऽमुकगोत्राणामस्मन्मातृपितामहीप्रपितामहीनाम् अमुकामुकीदेवीनां वसुरुद्रादित्यस्वरूपाणां तीर्थप्राप्तिनिमित्तकश्राद्धे इदमन्नोदकादिकं यद्दत्तं त दक्षय्यमस्तु ॐ अस्त्वक्षय्यम्। तथाऽमुकगोत्राणामस्मन्मातामहप्रमातामहवृद्धप्रमातामहानाम्, अमुकामुकशर्मणाम् सपत्नीकानां वसुरुद्रादित्यस्वरूपाणां तीर्थप्राप्तिनिमित्तकश्राद्धे इदमन्नोदकादिकं यद्दत्तं तदक्षय्यमस्तु अस्त्वक्षय्यम्।

तत आशिषो गृह्णीयात्। अञ्जलिं बद्ध्वा 'सव्येन' ॐ अघोराः पितरः सन्तु। गोत्रं नो वर्द्धताम् वर्धताम्। दातारो नोऽभिवर्द्धन्ताम्, वर्धन्ताम्। वेदाः वर्धन्ताम्, वर्धन्ताम्। सन्ततिर्वर्द्धताम्, वर्द्धताम्। श्रद्धा च नो माव्यगमत् मागाः। बहुदेयं च नो अस्तु, अस्तु। अन्नञ्च नो बहु भवेत् भवतु। अतिथींश्च लभेमहि लभध्वम्। याचितारश्च नः सन्तु सन्तु। मास्म याचिस्म कञ्चन, मा याचद्ध्वम्। एता आशिषः सत्याः सन्तु सन्तु सत्याः। स्वतिलकम्।

सत्यानुष्ठानसम्पन्नाः सर्वदा यज्ञबुद्धयः ।
मातृपितृपराश्चैव सन्त्वस्मत्कुलजा नराः ॥

देवताभ्य इति त्रिर्जपः । अपसव्येन सप्तव्याधेति पठेत् मनसा च पितॄन्ध्यात्वा ततोऽमुकगोत्राणामस्मत्पितृपितामहप्रपितामहानाममुकामुकशर्मणाम् वसुरुद्रादित्यस्वरूपाणां तथाऽमुकगोत्राणामस्मन्मातृपितामहीप्रपितामहीनाममुकामुकीदेवीनां वसुरुद्रादित्यस्वरूपाणां तथामुकगोत्राणामस्मन्मातामहप्रमातामहवृद्धप्रमातामहानाममुकामुकशर्मणाँ सपत्नीकानां वसुरुद्रादित्यस्वरूपाणामक्षयतृप्तिकामनया कृतं तीर्थश्राद्धं विसृजे । 'सव्येन' कृतमेतन्मया तीर्थप्राप्तिनिमित्तकश्राद्धं विधिहीनं द्रव्यहीनं श्रद्धाहीनं दक्षिणाहीनं वाक्यहीनं यत्कृतं तत्सुकृतमस्तु यन्न कृतं तत् श्रीविष्णोः प्रसादात् ब्राह्मणानां वचनात्सर्वं परिपूर्णमस्तु ॐ अस्तु परिपूर्णम् । कर्मपात्रं हस्ताभ्यामादाय उत्थाय ॐ आमावाजस्य प्रसवोजगम्या देवे द्यावापृथिवी विश्वरूपे आमागन्ता पितरा मातरा चामासोमो अमृतत्वेन गम्यात् । इतिप्रदक्षिणीकृत्य नमस्कृत्योपविश्य अपसव्येन नीवीं विमुच्य सव्येन ।

यस्य स्मृत्या च नामोक्त्या तपोयज्ञक्रियादिषु ।
न्यूनं सम्पूर्णतां याति तस्मै श्री विष्णवे नमः ॥ अच्युताय नमः ३ ।

•

## ॥ अथ पितृसूक्तम् ॥

ॐ मधु मधु मधु ॐ मधुव्वाता ऋताय ते मधु क्षरन्ति सिन्धवः माध्वीर्नः सन्त्वोषधीः ॥ १ ॥

मधुनक्तमुतोषसो मधुमत्पार्थिवँ रजः मधु द्यौरस्तु नः पिता ॥ २ ॥

मधुमान्नो वनस्पतिर्मधुमाँ२ऽअस्तु सूर्यः माध्वीर्गावो भवन्तु नः ॥ ३ ॥

ॐ अग्नये कव्यवाहनाय स्वाहा सोमाय पितृमते स्वाहा अपहता असुरा रक्षाँसि वेदिषदः ॥ ४ ॥

ये रूपाणि प्रतिमुञ्चमाना असुराः सन्तः स्वधया चरन्ति परा पुरो निपुरो ये भरन्त्यग्निष्टाँल्लोकात्प्रणुदात्यस्मात् ॥ ५ ॥

अत्र पितरो मादयध्वं यथा भागमावृषायध्वम् । अमीमदन्त पितरो यथा भाग मा वृषायिषत ॥ ६ ॥

ॐ नमो वः पितरो रसाय नमो वः पितरः शोषाय नमो वः पितरो जीवाय नमो वः पितरः स्वधायै नमो वः पितरो घोराय नमो वः पितरो मन्यवे नमो वः पितरः पितरो नमो वो गृहान्नः पितरो दत्तसतो वः पितरो देष्मैतद्वः पितरो व्वास आधत्त ॥ ७ ॥

आधत्त पितरो गर्भं कुमारं पुष्करस्रजम् । यथेह पुरुषोऽसत् ॥ ८ ॥

ऊर्ज्जं वहन्तीरमृतं घृतं पयः कीलालं परिस्रुतम्, स्वधास्थ तर्पयत मे पितॄन् ॥ ९ ॥

ॐ पितृभ्यः स्वधायिभ्यः स्वधानमः पितामहेभ्यः स्वधायिभ्यः स्वधानमः प्रपितामहेभ्यः स्वधायिभ्यः स्वधानमः अक्षन् पितरोऽमोमदन्त पितरोऽतीतृपन्त पितरः पितरः शुन्धदध्वम् ॥ १० ॥

पुनन्तु मा पितरः सोम्यासः पुनन्तु मा पितामहाः पुनन्तु प्रपितामहाः पवित्रेण शतायुषा । पुनन्तु मा पितामहाः पुनन्तु प्रपितामहाः पवित्रेण शतायुषा विश्वमायु र्व्यश्नवै ॥ ११ ॥

अग्न आयूँषि पवसऽआसुवोर्जमिषं च नः आरे बाधस्व दुच्छुनाम् ॥ १२ ॥

पुनन्तु मा देवजनाः पुनन्तु मनसा धियः पुनन्तु विश्वा भूतानि जातवेदः पुनीहि मा ॥ १३ ॥

पवित्रेण पुनीहि मा शुक्रेण देव दीद्यत् अग्ने क्रत्वा क्रतूँ१ऽरनु ॥ १४ ॥

यत्ते पवित्रमर्चिष्यग्ने विततमन्तरा ब्रह्म तेन पुनातु मा ॥ १५ ॥

पवमानः सो अद्य नः पवित्रेण विचर्षणिः यः पोता स पुनातु मा ॥ १६ ॥

उभाभ्यां देव सवितः पवित्रेण सवेन च मां पुनीहि विश्वतः ॥ १७ ॥

वैश्वदेवी पुनती दैव्यागाद्यस्यामिमा बह्व्यः स्तन्वो वीतपृष्ठाः ।
तया मदन्त सधमादेषु वयँस्याम पतयो रयीणाम् ॥ १८ ॥

ये समाना समनसः पितरो यमराज्ये तेषाँल्लोकः स्वधा नमो यज्ञो देवेषु कल्पताम् ॥ १९ ॥

ये समाना समनसो जीवा जीवेषु मामकाः ।
तेषाँ श्रीर्मयि कल्पतामस्मिँल्लोके शतँसमाः ॥ २० ॥

द्वे सृती अशृणवं पितॄणामहं देवानामुत मर्त्यानाम् ।
ताभ्यामिदं विश्वमेजत्समेति यदन्तरा पितरं मातरञ्च ॥ २१ ॥

इदँहविः प्रजननं मे अस्तु दशवीरँ सर्वगणँ स्वस्तये ।
आत्मसनि प्रजासनि पशुसनि लोकसन्यभयसनि ।
अग्निःप्रजां बहुलां मे करोत्वन्नं पयो रेतो अस्मासु धत्त ॥ २२ ॥

उदीरतामवर उत्परास उन्मध्यमाः पितरः सोम्यासः ।
असुं य ईयुरवृका ऋतज्ञास्ते नोऽवन्तु पितरो हवेषु ॥ २३ ॥

आङ्गिरसो नः पितरो नवग्वा अथर्वाणो भृगवः सोम्यासः ।
तेषां वयँसुमतौ यज्ञियानामपि भद्रे सौमनसे स्याम ॥ २४ ॥

ये नः पूर्वे पितरः सोम्यासो ऽनूहिरे सोमपीथं वसिष्ठाः ।
तेभिर्यमः सँरराणो हवीँष्युशन्नुशद्भिः प्रतिकाम मत्तु ॥ २५ ॥

त्वँ सोम प्रचिकितो मनीषा त्वँ रजिष्ठमनुनेषि पन्थाम् ।
तव प्रणीती पितरो न इन्द्रो देवेषु रत्नमभजन्त धीराः ॥ २६ ॥

त्वया हि नः पितरः सोमपूर्वे कर्माणि चक्रुः पवमानधीराः ।
वन्वन्न वातः परिधीँ१ऽरपोर्णु वीरेभिरश्वैर्मघवा भवा नः ॥ २७ ॥

त्वँसोम पितृभिः संविदानोऽनुद्यावापृथिवी आततन्थ ।
तस्मै त इन्द्रो हविषां विधेम वयँ स्याम पतयो रयीणाम् ॥ २८ ॥

बर्हिषदः पितरऽऊत्यर्वा गिमावो हव्या चकृमा जुषध्वम् ।
त आ गता वसा सन्तमेना था न शंयोररयो दधात ॥ २९ ॥

आहं पितॄन्त्सुविदत्रा २ँ ॥ अवित्सि न पातं विक्रमणञ्च विष्णो ।
बर्हिषदो ये स्वधया सुतस्य भजन्त पित्व स्त इहागमिष्ठा ॥ ३० ॥

उपहूताः पितरः सोम्यासो बर्हिष्येषु निधिषु प्रियेषु ।
त आगमन्तु इह श्रुवन्त्वधि ब्रुवन्तु तेऽवन्त्वस्मान् ॥ ३१ ॥

आयन्तु नः पितरः सोम्यासोऽग्निष्वात्ताः पथिभिर्देवयानैः ।
अस्मिन् यज्ञे स्वधया मदन्तोऽधिब्रुवन्तु तेऽवन्त्वस्मान् ॥ ३२ ॥

अग्निष्वात्ता पितर एह गच्छत सदः सदः सदत सुप्रणीतयः ।
अत्ता हवींँषि प्रयतानि बर्हिष्यथा रयिँसर्ववीरं दधातन ॥ ३३ ॥

ये अग्निष्वात्ता ये अनग्निष्वात्ता मध्ये दिवः स्वधया मादयन्ते ।
तेभ्यः स्वराडसुनीतिमेतां यथा वशं तन्वं कल्पयाति ॥ ३४ ॥

अग्निष्वात्तानृतुयतो हवामहे नाराशँसे सोमपीथं य आशुः ।
ते नो विप्रासः सुहवावन्तु वयँ स्याम पतयो रयीणाम् ॥ ३५ ॥

आच्या जानु दक्षिणतो निषद्येमं यज्ञमभिगृणीत विश्वे ।
माहिँसिष्ट पितरः केन चिन्नो यद्व आगः पुरुषता कराम ॥ ३६ ॥

आसीनासो अरुणीनामुपस्थेरयीं धत्तं दांशुषे मर्त्याय ।
पुत्रेभ्यः पितरस्तस्य वस्वः प्रयच्छत इहोर्जं दधात ॥ ३७ ॥

यमग्ने कव्यवाहन त्वं चिन्मन्यसे रयिम् ।
तन्नो गीर्भिः श्रवाय्यं देवत्रापनया युजम् ॥ ३८ ॥

यो अग्निः कव्यवाहनः पितॄन्यक्ष दृतावृधः ।
प्रेदु हव्यानि वोचति देवेभ्यः पितृभ्य आ ॥ ३९ ॥

त्वमग्न ईडितः कव्यवाहना वाड्ढव्यानि सुरभीणि कृत्वा ।
प्रादाः पितृभ्यः स्वधया ते अक्षन्नद्धित्वं देवप्रयताहवींँषि ॥ ४० ॥

ये चेह पितरो ये च नेह याँश्च विद्मया ँ॥ उचन प्रविद्म त्वं वेत्थयति ते
जातवेदः स्वधाभिर्यज्ञँ सुकृतं जुषस्व ॥ ४१ ॥

इदं पितृभ्यो नमो अस्त्वद्य ये पूर्वासो य उपरास ईयुः ।
ये पार्थिवे रजस्या निषत्ता ये वा नूनं सुवृजिनासु विक्षु ॥ ४२ ॥

अधा यथा नः पितरः परासः प्रत्नासो अप्र ऋतमाशुषाणाः ।
शुचीदयन्दीधितिमुक्थशासः क्षामा भिन्दन्तो अरुणीरपव्रन ॥ ४३ ॥

उशन्तस्त्वा निधीमह्य शन्तः समिधीमहि । उशन्नुशत आवह पितॄन् हविषे
अत्तवे ॥ ४४ ॥

त्रीन्समुद्रान्समसृपत्स्वर्गानपांपतिर्वृषभ इष्टकानाम् ।
पुरीषं वसानः सुकृतस्य लोके तत्र गच्छत यत्र पूर्वे परेताः ॥ ४५ ॥

आप्यायस्व समेतु ते विश्वतः सोम वृष्ण्यम् भवा वाजस्य सङ्गथे ॥ ४६ ॥।

सन्तेपया ँसि समुयन्तु वाजाः संवृष्ण्यान्यभिमाति षाहः ।
आप्यायमानो अमृताय सोम दिवि श्रवाँस्युत्तमानि जिष्वः ॥ ४७ ॥

अग्निः प्रियेषु धामसुकामो भूतस्य भव्यस्य
सम्राडेको विराजति ॥ ४८ ॥ ॐ तत्सत् ॥

इति यजुर्वेदे पितृसूक्तम् ।